ROB LAMPE

HAMBURGER BLUT

Kriminalroman

hansanord

hansanord
Rob Lampe
HAMBURGER
BLUT
Kriminalroman

Impressum

2. Auflage 2019

Der Roman spielt hauptsächlich in allseits bekannten Ecken in und um Hamburg, doch bleiben die Geschehnisse reine Fiktion. Sämtliche Handlungen und Charaktere sind frei erfunden.

ISBN Print 978-3-947145-06-5
ISBN E-Book 978-3-947145-16-4
Layout: Anna Radlbeck

Für Fragen und Anregungen: info@hansanord-verlag.de

hansanord

hansanord Verlag
Johann-Biersack-Str. 9 | D 82340 Feldafing
Tel. +49 (0) 8157 9266 280 | FAX +49 (0) 8157 9266 282

info@hansanord-verlag.de | www.hansanord-verlag.de

Für Felix, Helena, Tom & Zoé.

Erster Teil

Manche Menschen müssen dem Spiegel dankbar sein, dass er nur ihr Äußeres zeigt.

Kapitel 1

Der Typ mit der Boxernase hatte seine besten Jahre hinter sich. Ohne sie überhaupt erlebt zu haben.

„Max Goedeke, wa'?"

„Ja, das bin ich", bestätigte Max.

War dieser Typ der erwartete Kontakt? Max erhob sich zur Begrüßung.

Doch die Boxernase behielt die Hände in den Taschen.

Gut, dachte Max, fällt wohl Händeschütteln aus. Ist anders als im Hotel, macht man in einer Dönerbude nicht. Aber seinen Namen könnte der Kerl doch nennen.

„Und Sie sind …?"

Max schaute sich im *Imbiss* um und versuchte vergeblich, seine Nervosität zu verbergen. Er entdeckte zwischen Döner-Grill und Kühlschrank ordentlich aufgereiht mehrere Baseballschläger. Max war unentschlossen, ob er sich beschützt oder bedroht fühlen sollte.

„Rosenfeld."

Abrupt wurde Max aus seinen Gedankenspielen gerissen. Er hielt inne und wartete einen Moment. Vielleicht würde Rosenfeld noch seinen Vornamen preisgeben? Falls der Nachname überhaupt stimmte? Doch es kam nichts. Rosenfeld war von der wortkargen Sorte. Musste es auch geben. Würde er ihm die Details eben aus der plattgemachten Nase ziehen müssen.

„Warum treffen wir uns hier?"

„Sie wollen da drüben rein, wa'?"

Rosenfeld meinte die Genossenschaftsbauten gegenüber der

U-Bahnstation Borgweg. In den Genossenschaftsvorständen führten Pensionsfürsten, Professoren und Anwälte das Wort. Sie wollten keine Anteile an Max verkaufen.

Max beugte sich vor, vermied es aber, sich mit dem Cashmere-Mantel auf die Tischfläche zu stützen.

„Dabei können Sie mir helfen? Ist das Ihr Angebot?"

„Wie man's nimmt."

„Deswegen haben Sie mich kommen lassen?"

Der schwarzbärtige Wirt fragte nach Rosenfelds Bestellung. Eine Cola Light sollte es sein.

Nun brachte Rosenfeld die Hände aus den Taschen; sie waren groß wie Klodeckel und legten Papier auf den Tisch.

„Was ist das?", fragte Max.

„Unterlagen, wa."

„Interna über den Genossenschaftsvorstand?"

Rosenfeld nickte. „Interna, ja." Der Kiefer mahlte mit Nussknackerstärke. „Weniger über die Genossenschaft."

Max entfaltete die drei Blätter, überflog die Zeilen des Anschreibens.

Rosenfeld beobachtete ihn.

Es war die schlechte Fotokopie eines behördeninternen Briefs, der so alt war, dass er noch auf einer mechanischen Schreibmaschine getippt worden war. Papas Sekretärin hatte früher auf so einer Maschine getippt, Max erinnerte sich.

„Interessant, wa'?"

Er hatte Reptilienaugen. Sie blieben ausdruckslos und registrierten.

Max legte das erste Blatt auf den Tisch: „Was soll das?"

„Schauen Sie sich die zweite Seite an. Eine Zeichnung. Macht es klarer."

Max betrachtete die Zeichnung auf der zweiten Seite. Es war ein Bebauungsplan. Am oberen Blattrand ... das konnte ein Teil des Stadtparks sein.

Was hatte das mit der Genossenschaft zu tun? Vielleicht war Rosenfeld ein Spinner, der Max die Zeit stahl. Er wischte über das Papier. „Sagen Sie einfach, was Sie anzubieten haben."

„Die Frage ist, was Sie *mir* anbieten."

Rosenfeld tippte auf die dritte Seite. „Das Bodengutachten sollten Sie sich auch anschauen. Rundet das Bild."

„Aha", machte Max, und sein Unterbewusstsein signalisierte nun Gefahr. Die Wörter auf der dritten Seite waren mit verbrauchtem Farbband geschrieben worden, aber ihm leuchteten sie entgegen:

Boehringer. Bodengutachten. Benzol.

Am liebsten hätte Max das Gutachten vom Tisch gefegt. Aber er rührte es nicht an.

All die Worte begannen mit *B*. Das war jedoch nicht das Entscheidende.

Die Reptilienaugen studierten ihn und genossen sichtlich den Ausdruck auf Max' Gesicht, als er mit einem Mal begriff, was der Grund dieses Treffens war.

„Sie wollen mich erpressen!"

Rosenfeld zeigte ein zerschlagenes Lächeln unter der knorpellosen Nase.

„Sie werden zugeben, ich habe gute Argumente, wa."

Max lockerte die Seidenkrawatte, während Rosenfeld aus

der Flasche trank. Seine Fingerknöchel waren verhornt. Er wischte sich die Lippen mit dem Handrücken ab, Cola-Tropfen spritzten auf das Gutachten.

„Sorry, Goedeke. Ist nur 'ne Kopie, wa?" Rosenfeld wischte die Finger am Jackenstoff ab. „Ich mach 'ne neue. Wenn Sie wollen."

Die Ablichtung des jahrzehntealten Gutachtens war adressiert an den Leiter des Dezernats für Bauen und abgezeichnet von einem Angestellten des Bezirksamts Wandsbek. Ein Geologe war mit der Bodenuntersuchung des Flurstücks 905 beauftragt worden und zu dem Ergebnis gekommen, dass der Grund in erheblichem Maße mit Chlorbenzol belastet sei. Zudem bestände die Gefahr, dass die Chemikalie ins Grundwasser sickerte. Weitere chemische Stoffe wurden aufgeführt, die im Erdreich des Geländes gefunden worden waren. Im letzten Briefabschnitt wies der Gutachter auf die Gefahren hin, die von den Chemikalien ausgingen. Bei direktem Kontakt drohten Hautauschläge, Leberschäden, Haarausfall. Bei längerer Einwirkzeit war mit einer gesteigerten Zahl von Krebserkrankungen zu rechnen. Schwangere mussten befürchten, missgebildete Kinder zu gebären. Gliedmaßen könnten fehlen, Gaumenspalten auftreten sowie offene Rücken.

„Schlimm, was da steht.", sagte Max, „Was hat das mit mir zu tun?"

„Flurstück 905 steht da."

„Und das bedeutet?", fragte Max, obwohl er es wusste.

„Es ist Ihr Flurstück, wa?"

„Wie kommen Sie darauf?"

„Ihr Vater hat das *Imperial* drauf gebaut."

„Das ist Unsinn."

„7,5 Millionen. Dann bleibt der Unsinn unter uns."

Celina van de Laar fragte: „Wie hat Goedeke reagiert?"

„Er hat es abgestritten, wa."'

Celina nahm einen Zigarillo aus der Schachtel und zündete ihn an, kurbelte die Seitenscheibe einen Zentimeter herunter. Rauch entwich, Winterluft strömte herein.

Und Rosenfeld ergänzte: „Obwohl er wusste, dass er aus der Nummer nicht rauskommt."

„So sind sie", sagte Celina. „Vielleicht müssen wir auch bei der Mutter ansetzen."

Beide schauten aus der Windschutzscheibe des alten Jaguar auf den Schriftzug *Imperial*, der am Ende der Straße über dem Eingang des Fünf-Sterne-Hotels leuchtete.

Aus dem Autoradio plätscherte Swing. Noch immer war es auf den *Deutschlandfunk* eingestellt; das war der Sender, den Celinas Vater gern gehört hatte. Celina fuhr seinen Jaguar weiter. Ihr gefiel die Einrichtung: Wurzelholz und weinrotes Leder. Sie mochte vieles, was ihr Vater gemocht hatte.

„Rufen Sie Goedeke an", sagte sie und streifte Asche in den verchromten Aschenbecher.

„Ich denke, das ist rückverfolgbar?"

„Denken ist nicht Ihre Stärke. Besser Sie lassen es ganz." Celina zog das Kopftuch fester und stellte die Automatik auf *Fahren*. „Morgen rufen Sie ihn an. Über Nacht schmort er weich."

„Und was sage ich ihm?"

Kapitel 2

Max Goedeke wusste kaum, wie er aus dem Imbiss gekommen war. Er ließ die feuchte Februarnachmittagsluft in seine Lungenflügel strömen und hoffte, sich zu beruhigen. Einige Kanten der Gehwegplatten am Borgweg standen hoch, die Stadt tat wenig zur Pflege. Er achtete darauf, nicht ins Stolpern zu geraten.

Bis zum *Imperial* waren es nur einige hundert Meter, Max sah die Rhododendren und die mächtigen Buchen, die den Beginn des Stadtparks signalisierten.

Hinter sich hörte er einen Schrei.

Gegenüber der Dönerbude entdeckte er eine Frau mit schulterlangem, schwarzem Haar. Sie wurde von einem Mann mit orientalischem Aussehen bedrängt und geschlagen; er war größer und älter als sie. Die Wucht des Schlags schleuderte ihr Kopf zur Seite, der Klang ihres Schmerzes wurde von den Klinkern der Hauswand zurückgeworfen.

„Hey, lassen Sie das!", rief Max Goedeke.

Wieder schlug der Mann die Frau. Sie versuchte zu fliehen, der Peiniger erwischte ihr Haar, zog so heftig, dass die Frau das Gleichgewicht verlor.

Max Goedeke eilte zurück:

„Lassen Sie das!"

Statt abzulassen, ballte der Mann die Faust und trommelte auf den Hinterkopf der Frau, die auf den Knien kauerte und mit Unterarmen versuchte, den Kopf zu schützen.

Der Mann überschüttete sie mit Beschimpfungen in einer

Sprache, die Max nicht verstand.

„Hören Sie auf damit." Er packte den Schläger an der Schulter.

Der Mann schaute auf, in den Augen unter buschigen Brauen loderte es. Max erschrak und ließ die Schulter los.

Die Frau befreite sich und kam auf die Beine. Der Schläger fauchte Max an:

„Was willst du?"

„Kommen Sie besser", sagte die Frau und zog Max weg.

Doch der Schläger folgte ihnen: „Nicht so schnell, Alder. Ich mach dich tot. Bleib stehen!"

„Kommen Sie", drängte die Frau und zog Max über die Fahrbahn zum U-Bahneingang.

„Wir sollten die Polizei rufen."

„Das hat keinen Zweck. Er ist mein Ehemann."

„Was?" Max schaute zurück. — Der Schläger war stehen geblieben und pöbelte nun einen Jugendlichen an, der ein Smartphone in der Hand hielt. Es war derselbe Junge, der vorhin vor dem Imbiss gestanden hatte.

„Du hast gefilmt, Alder?", fauchte der Schläger. „Mich gefilmt? Mach dich tot!"

Der Jugendliche stritt es ab. Er hatte die Haare an den Seiten kurz rasiert, einen blonden Pony, der hin und her schwang.

„Doch hast du gefilmt, Alder!" Peng - der Jugendliche bekam einen Schlag vor die Brust, torkelte nach hinten. Er fing sich, drehte sich, wollte davonlaufen. Der Schläger stellte ihm ein Bein, der Junge fiel ... Sein Smartphone schlidderte über die Straße, prallte gegen die Bürgersteigkante fast vor die Füße der Frau, der Akku sprang heraus.

„Nehmen Sie es!" Die Frau griff das Smartphone und drückte

es Max in die Hand.

„Aber, was soll ich —"

„Er nimmt es mir weg!" Sie zeigte auf ihren Mann, und schon war sie auf den Treppen hinunter zum Bahnsteig.

„Soll ich es der Polizei geben?"

Sie schaute hinauf zu ihm. Nickte sie ihm zu?

„Wie heißen Sie?", rief er.

„Aische ..." Den Rest verstand Max nicht, Aische verschwand in der geöffneten Tür der wartenden U-Bahn.

Max Goedeke guckte zurück. Der Jugendliche war aufgestanden und lief davon. Der Schläger wurde indes von dem Wirt, der aus dem Imbiss gekommen war, am Arm festgehalten. Er wollte die Situation beruhigen. In der anderen Hand hatte der Wirt einen seiner Baseballschläger.

Besser verschwindest du jetzt, dachte Max. Vom Bahnsteig tönte ein Warnpiepen, die Zugtüren schlossen. Aische schien in Sicherheit. Max Goedeke schob das Smartphone in die Manteltasche und brach auf zum Wiesendamm, so käme auch er aus dem Sichtfeld des Schlägers.

Könnte der Junge nicht auch sein Treffen mit Rosenfeld gefilmt haben?

Der Wiesendamm bedeutete einen Umweg zum *Imperial*. Das war Max Goedeke recht. Er brauchte frische Luft und Zeit, sich zu sortieren.

Der Schläger schien ihm nicht zu folgen. Früher gab es das nicht, dass Frauen auf offener Straße geschlagen wurden. Oder wurde er alt und das *Früher* verklärte sich?

Er nahm die scharfe Kurve in den kleinen Wiesenstieg, der

ihn wieder näher an den Stadtpark heranführte.

Es war Feierabendzeit und in der nächsten Stunde würden die unbefestigten Seitenstreifen auf beiden Seiten des Stiegs mit Autos dichtgeparkt werden. Die letzten Heimkehrer, die Überstunden gemacht hatten und die informellen Plätze an den Seitenstreifen belegt fanden, rangierten ihre Wagen dann mit gewagten Manövern schräg unter die U-Bahnbrücke oder quetschten das Blech dicht an die Hecken der Kleingartenanlage. Nach hinten wurde der Wiesenstieg schmaler, sodass es für manche Autofahrer morgens schwierig war, überhaupt wieder mit dem Wagen herauszukommen, da sie über Nacht zugeparkt worden waren. Seit die Stadtverwaltung auf dem Wiesendamm Parkplätze durch Poller unnutzbar gemacht hatte, wurde es immer enger.

Langsam beruhigte Max sich, der Verstand begann wieder normal zu funktionieren. Er holte tief Luft.

Rosenfeld wollte ihn erpressen. Das war ihm klar geworden.

Der Asphalt endete, der Boden war aufgeweicht, Max wich Pfützen aus. Am Kindergarten vorbei gelangte er wieder auf festen Belag, der angestrahlte Schriftzug des *Imperials* wurde sichtbar. Max kam sich wie ein Abenteurer vor, der heimkehrte. Das *Imperial* bedeutete Familie und Geborgenheit, es bedeutete Wissen um die eigene Herkunft und es bedeutete Erfolg. Es bildete das Fundament von allem, was ihm wichtig war.

Rosenfeld wollte das gefährden? Mit der Kopie eines alten Gutachtens? Im ersten Moment war das schwer vorstellbar. Max Goedeke knöpfte den Mantel auf, fasste in die Innentasche, raschelte mit der Kopie, als wolle er sich versichern, die Sache nicht geträumt zu haben.

Seine Aufgabe war es, das Hotel für die nächste Generation zu sichern. Laura, seine Schwester, war dazu nicht in der Lage. Er würde mit Sascha telefonieren. Sascha hatte Ideen und Beziehungen. Er war Max' Freund und von Max *pro forma* als Finanzberater beschäftigt. Saschas eigentliches Talent lag woanders. Sascha hatte eine Nase für Immobilien.

Max griff zum Handy — das Falsche, es war das Smartphone des Jungen vom Borgweg. Da er es in der Hand hatte, prüfte er, ob das Handy eine Speicherkarte hatte. Das war nicht so. Schade, dachte Max. Er hätte die Speicherkarte herausgenommen, in seinen Laptop gesteckt und geschaut, ob ein Film mit Rosenfeld und ihm auf der Karte wäre. — Max steckte das Handy wieder ein und holte sein eigenes Handy heraus.

Sascha war gleich dran. Im Hintergrund hörte Max Klatschen und Johlen, als feiere Sascha eine Party. Was vorstellbar war, Sascha liebte Partys. Fast so sehr wie schwere Geländewagen und schöne Frauen. Seit Sascha das Steuerbüro des Vaters zuerst geerbt und dann versilbert hatte, war er finanziell unabhängig.

„Sascha, wir müssen etwas bereden."

„Unbedingt, und zwar schnell."

„Wie meinst du das?"

„Deine Schwester, Max … Wann kannst du hier sein?"

„Wo bist du?"

„Im *Imperial*. Deine Schwester auch. Leider." Das Johlen im Hintergrund schwoll an zu einem Begeisterungssturm.

Er wollte zum *Imperial* schlendern wie ein Stadtparkspaziergänger. Flanieren wie ein Tourist, der vom *Hauptbahnhof*

Süd die U3 genommen und am Borgweg ausgestiegen war: mit Appetit auf ein Steak im *Imperial*-Grill, Vorfreude auf das Wellness-Spa in der obersten Etage, auf eine gediegene Suite für die anschließende Nachtruhe. So hatte Max Goedeke es sich vorgenommen, als er kurzzeitig glaubte, Rosenfeld würde ihm helfen, Genossenschaftsanteile zu kaufen.

Nun ging Max schneller als ein Tourist und banger als ein Abenteurer. Er hatte eine Erpressung am Hals und seine Schwester Laura schien wieder einmal über die Stränge zu schlagen.

Das *Imperial* kannte Max seit Kindertagen, er war praktisch darin aufgewachsen. Dadurch war es schwierig, einen frischen Blick zu behalten. Den brauchte er, um zu ergründen, woran es lag, dass die Auslastung des Hotels auf 40 Prozent abgesackt war. Noch bescheidener sahen die Buchungen für den Sommer aus.

Die spätklassizistische Fassade war angeschmutzt. In der Dämmerung fiel das kaum auf. In Katalogen und Prospekten glänzte das Haus frisch, daran konnte der Buchungsrückgang kaum liegen. Im Frühjahr würde dennoch ein neuer Anstrich fällig sein. 80.000 Euro wären zu investieren … okay, wenn Max nur die Fassade streichen ließe, die Seitenwände ungestrichen blieben, dann käme er mit 40.000 hin; seine polnische *connection* mochte es sogar für 20.000 machen. Allerdings bestände dann die Gefahr, dass der Anstrich fleckig ausgeführt wurde. Außerdem würde er den Chef der Leiharbeitsfirma aus Posen mit einigen Frei-Urlauben für die Familie locken müssen.

Zu Zeiten von Max‘ Vater begrüßte ein Portier den Besucher und öffnete die messingbeschlagene Flügeltür. Der Portier war eingespart worden. Das war eine der ersten Amtshandlungen des nerdigen Hotelmanagers Paul gewesen, den Max vor einigen Jahren engagiert hatte, da sich der Buchungsrückgang abzuzeichnen begann. Max öffnete die Türen selbst und betrat die Hotelhalle.

Warme Luft quoll ihm entgegen, hüllte ihn mit dem Geruch ein, der entstand, wenn viele Personen sich in der Halle aufhielten. Hinein mischte sich der Duft der Abendparfums vermögender Damen. Die Lobby war voller Hotelgäste. Eine volle Lobby, das war eigentlich der Traum von Hotelmanagern und Hotelbesitzern. Nur hatten weder Max noch Paul für heute eine Veranstaltung an Land gezogen oder selbst organisiert. Es musste einen anderen Grund für den Menschenauflauf geben.

Das Licht des Kronleuchters setzte Damenfrisuren in Szene, brachte auch die breiten Scheitel angejahrter Lebemänner zur Geltung. Max sah Erregung in rotwangigen Gesichtern. Er sah Irritation und wohlige Empörung bei Damen. Man redete, schnatterte, kicherte.

Sascha bahnte sich einen Weg, grüßte hier, lächelte da, sah blendend aus. Er hatte welliges Haar, das mit Gel zurückgekämmt war. Den Abendanzug trug er mit einer Nachlässigkeit, die jahrelange Erfahrung in der Gesellschaft erforderte sowie das Geld für einen Maßschneider, der sich noch darauf verstand, schmiegsame Rosshaareinlagen mit eng gesetzten Handstichen am Jackenoberstoff zu fixieren.

„Was ist hier los, Sascha?", erkundigte sich Max.

Sein Freund knipste das Gesellschaftslächeln aus, schaute verdrießlich. „Laura hat eine Show abgezogen." Er wedelte die Hand, was bedeutete: Oh, là, là und was für eine Show.

„Wo ist sie jetzt?"

Sascha machte eine Kopfbewegung zur Rezeption, wo Emmy, die hübsche Rezeptionistin mit Pferdeschwanz, sich bemühte, einen professionellen Gesichtsausdruck zu behalten. „Ins Büro verschwunden", sagte Sascha.

Die Bürotür hinter der Rezeptionistin flog auf, Laura kam heraus, sprang auf den Tresen der Rezeption.

„Liebe Leute! Der zweite Teil", rief sie, „der Höhepunkt!"

„Oh", „Ah", „Los doch" tönte es aus der Menge. Hälse reckten sich, Doppelkinne verschwanden.

„Nein, ist nicht wahr", stöhnte Max, und Sascha spitzte den Mund.

Laura rief: „Darauf habt Ihr gewartet, oder?!"

„Jaa!", „Zeig's uns!", riefen die Dreisten unter den Gästen. Gern hätte Max sie rausgeworfen.

Laura streifte ihr Jäckchen ab und schwang es über dem Kopf. Sie war noch jung, hatte Modelmaße und verstand es, sich zu bewegen.

Wie sie da auf High Heels zwischen Kreditkartenlesegerät und Prospekten für die Stadtparksternwarte stand, war sie eine Attraktion - welche die Reeperbahn schmücken würde! Aber Gift war für das Ansehen des *Imperial.*

Laura warf ihre Jacke in die Menge. Ein Hüne mit mehr Vermögen als Benehmen eroberte sie, schwenkte das Stoffstück wie eine Trophäe. Bis seine Frau, eine nordische Walküre mit *Versace*-Täschchen, ihm eine Ohrfeige knallte. Der Hüne verlor jeden Enthusiasmus und ließ sich von seiner Frau Lauras Jäckchen abnehmen. Die Umstehenden lachten. Das Niveau sank, die Stimmung stieg.

Laura knöpfte die Bluse auf.

„Du musst sie stoppen, Sascha", flehte Max.

„Ich? Wieso ich?"

„Warum macht sie das? Warum tut sie uns das an?"

„Warum tut sie *sich* das an? Das ist die Frage."

„Wo ist der Hotelmanager?" Als ob der junge Mann etwas ändern könnte. „Hör auf, Laura", sagte Max. Wiederholte es lauter, brüllte es.

„Mach keinen Skandal", warnte Sascha.

„Den macht sie doch!"

Sascha winkte Emmy, der Rezeptionistin mit dem Pferdeschwanz, sie wurde aufmerksam, Sascha machte Zeichen. Emmy schien zu verstehen und verschwand im Büro. Max sah, wie sie die graue Blechtür des Verteilerschranks aufklappte.

Laura hatte den Rezeptionstresen zum Laufsteg umfunktioniert, sie ließ ihre Bluse von den Schultern gleiten, warf den Kopf in den Nacken, lachte kehlig.

Männer johlten, die jüngeren holten ihre Smartphones raus, Damen wandten sich ab: „Empörend."

Da erlosch der Kronleuchter, ebenso die LED-Lampen über der Rezeption. Ein Raunen ging durch die Menge. Das Kaminfeuer aus der Sitzecke spendete knappes Licht, über die Wände mit den braunen Textilgewebetapeten aus den 1960er-Jahren des vorigen Jahrhunderts flackerten Schatten.

Emmy hatte die Hauptsicherung ausgeschaltet. Max sagte: „Danke, Sascha."

„Hab dir den Arsch gerettet."

„Der ist sowieso ab."

„Wie meinst du das?"

Max hörte die Frage seines Freundes nicht mehr. Er wollte zu

Laura, die mit hängenden Schultern auf dem Tresen stand. Ihre Energie war weg.

Max streckte Laura die Arme entgegen: „Ich helfe dir."

„Max! Du bist hier?!"

Seine Schwester ließ sich in seine Arme fallen.

All die Vorhaltungen, die er ihr machen wollte — im Moment, da er sie hielt, waren sie vergessen.

„Du zitterst ja", sagte er, packte sie in seinen Mantel. Die Menge teilte sich vor ihnen, da er Laura quer durch die Halle zum Feuer geleitete. Es war still geworden; stiller als gewöhnlich, da auch das untergründige Rauschen der Klimaanlage aufgehört hatte.

Sie setzten sich in die Ledergarnitur, die seit fünfzig Jahren an dieser Stelle stand.

„Du weinst, Laura", sagte Max, „warum weinst du?"

Laura kauerte an seiner Schulter. Sascha kam hinzu, das Licht flammte wieder auf.

„Es gibt nichts zu sehen", erklärte Sascha den Gästen, die aufmerksam wurden, da sie die Frau, die eben noch auf dem Tresen vor Lebenslust zu sprühen schien, mit tränenverlaufender Wimperntusche an die Schulter eines Mannes gelehnt sitzen sahen.

„Ein empörendes Persönchen", urteilte eine Dame, „hier übernachten wir nicht mehr, Konrad."

Sascha breitete die Arme aus. „Ich wünsche Ihnen einen schönen Abend. Genießen sie ihn. Vielleicht bei Souvlaki und Rotwein in unserem Grill." Er zeigte sein gewinnendstes, von tadellosen Veneers überkrontes Lächeln.

Die Menge verlief sich: zum Aufzug, in den Stadtpark oder in den *Imperial*-Grill. Sascha sah den Hotelgästen nach, besonders den feinen, nicht mehr ganz so jungen Damen. Ihr Urteil war das entscheidende, und es würde nicht günstig ausfallen, das ahnte er. Sie mochten solche Auftritte junger Frauen nicht, er brachte ihre Männer auf Gedanken. Die Männer hatten zwar das Geld, aber ihre Frauen bestimmten, in welchem Hotel sie das nächste Mal absteigen würden. Seine Überlegungen behielt Sascha für sich. Max hatte genug um die Ohren.

Max tupfte Laura die Tränen ab. „Warum machst du so was?"

„Lass mich doch."

„Nein, ich bin dein Bruder."

„Ändert das was? Ich kann machen, was ich will."

„Striptease in der Lobby? Wirklich? Das kann nicht —"

„Immer wollt ihr mich bevormunden! Erst Papa, jetzt du."

„Aber —"

Sie schluchzte, was argumentieren schwierig machte.

Er nahm sie in den Arm. „Was ist los? Erzähl es mir. Etwas ist vorgefallen."

Doch Laura zögerte.

„Wie fühlst du dich, Schwesterherz?"

„Überhaupt nicht mehr!"

Dann nach einer kurzen Pause sprach sie weiter:

„Mit Elias ist es vorbei."

Sollte ihn das erschüttern? Max wusste nicht mal, wer Elias war. Lauras Favoriten wechselten. Sie liebte das Leben und die Liebe.

„Wir wollten heiraten und eine Familie gründen." Laura Stimme zitterte. Es fiel ihm schwer, zu beurteilen, wie ernst Laura es meinte. — Ziemlich ernst, ihrer derzeitigen Verfassung nach zu urteilen. Aber vielleicht bildete sie sich ihre Ernsthaftigkeit auch nur ein. Wie meistens.

„Und dann …", sie hob den Kopf von seiner Schulter, „… jetzt ist sowieso alles egal."

„Was ist passiert?"

„Er sagte, ich sei zu leicht zu haben und deswegen …" Laura vergrub sich in Max' Brust. Er legte den Arm um sie, schaute ins Feuer, ließ ihr Zeit.

„Da kann ich genauso gut das tun, was ich seiner Ansicht nach am liebsten mache", sagte sie, „tanzen und Männer auf mich aufmerksam machen."

Max strich seiner Schwester über das Haar.

Wie konnte er ihr helfen? Er fühlte sich von der Situation überfordert.

Max thronte hinter dem *Chippendale*-Schreibtisch, den sein verstorbener Vater angeschafft hatte. Vor ihm saß Sascha in einem Samtsessel.

Die zwei Freunde hatten sich in das Büro im Penthouse von Max' Vater zurückgezogen. Ursprünglich nahm das Penthouse die gesamte obere Etage des *Imperial* ein. Dann aber hatte der Vater zwei Drittel des Penthouses niederreißen lassen, um dort ein Spa für die finanzstarken Hotelgäste zu errichten.

Unter dem Glasdach des Spa wuchsen Palmen und Orchideen, bildeten zusammen mit den Baumwipfeln des Stadtparks eine grüne Landschaft, die bis zum Horizont reichte, effektvoll unterbrochen von der Kuppel des Hamburger Planetariums. Wenn die Besucher des Spa auf dem Dach im Whirlpool planschten oder im Liegestuhl ruhten, konnten sie glauben, sie seien umgeben von unberührter Natur. Gleichzeitig wussten sie, dass sie nur den Aufzug nach unten zu nehmen brauchten, um sich ins Großstadtgetümmel zu stürzen.

Max' Vater Egon hatte Millionen in das Spa gepumpt: Fast die gesamten Gewinne, die er seit Eröffnung des *Imperial* in den Fünfzigerjahren erzielt hatte. „17 Millionen Ostdeutsche haben 30 Jahre gewartet, Hamburg zu besuchen. Wir wollen sie nicht enttäuschen", begründete er seine riskante Investition. Der alte Herr behielt Recht. Die Kombination aus Wellness und Großstadt funktionierte. Es war eine Art Gelddruckmaschine.

Das *Imperial* war in der Wirtschaftswunderzeit ein gutgehendes Hotel gewesen. Der *Imperial*-Grill hatte in der Nachkriegsfresswelle mit üppigen Portionen gepunktet. Zum Beispiel dem dreifachen Souvlaki-Spieß, den Egon Goedeke auf die Speisekarte bringen ließ und gern selbst bestellte. Er hatte den Fleischspieß auf Rhodos kennengelernt, während seiner ersten Auslandsreise. Auf welche er seine Frau Theda nicht mitgenommen hatte. Ein Leben lang hielt sie ihm das vor. Auslandsreisen, gar Flugreisen, waren damals ein unvorstellbarer Luxus gewesen, Egon Goedeke hatte sparen wollen.

Dann, nach dem *Upgrading* durch den Spa-Ausbau, spielte das *Imperial* in einer anderen Liga: maß sich mit dem *Atlantik* und dem *Vier Jahreszeiten*. Die hanseatischen Vorzeigehotels prunkten mit Blattgold, blasierten Kellnern und Bussi-Gesellschaft. Das *Imperial* bot seinen Gästen neben einem leichten Hauch von Arroganz immer auch sympathische und entkrampfende Attribute wie zum Beispiel das neue Spa: eine unternehmerische Punktlandung angesichts des aufkommenden Wellnessbooms. Die Umsätze gingen durch die Decke, die Auslastung lag bei über 96 Prozent. Man warb nicht um Übernachtungsgäste, man teilte zu und notierte sommerliche Urlaubsbegehren in einer Warteliste oder empfahl, schon für die übernächste Saison zu buchen.

Max beugte sich vor. Diese Zeiten waren vorbei. Die *Excel*-Tabelle auf dem Laptop zeigte niederschmetternde Zahlen. Seit Vater gestorben war, sank die Bettenauslastung. Max machte sich Vorwürfe. Er hatte sich um Immobilienprojekte gekümmert und geglaubt, der junge Hotelmanager Paul würde es richten. Paul hatte tadellose Referenzen, war IT-Experte bei *booking.com*, danach Vizechef des *SAS Radisson* in Singapur gewesen.

Sascha zupfte seine Manschetten hervor. „Sieht nicht gut aus."

Max klappte den Laptop zu. „Ich weiß nicht, wo ich anfangen soll?"

„Am besten mit einem Single Malt." Sascha kam aus dem Samtsessel, schob die in Plexiglas gegossene alte Silbermünze mit Hamburger Wappen beiseite, um an den Barschrank zu kommen. Flaschen mit weißen, roten und bernsteinfarbenen Flüssigkeiten verhießen Entspannung.

Sascha servierte, sie tranken und schwiegen. Sascha trat an die Panoramascheibe, sein Blick schweifte, fand Halt am Planetarium, das angestrahlt wurde und sich vom Nachthimmel abhob. Sascha und Max kannten sich seit knapp dreißig Jahren. Saschas Vater hatte das Steuerbüro geleitet, welchem Egon Goedeke Buchhaltung und Steuersachen übertragen hatte.

So war Sascha, als die Zeit der beruflichen Orientierung gekommen war, über väterliche Verbindungen an eine Ausbildungsstelle als Hotelkaufmann beim *Imperial* gelangt.

Bald hatte er die Illusionen über die Arbeitswelt verloren und die Ausbildung geschmissen, jedoch einen Freund gewonnen: Max. Mit dem Sascha sich in den nächsten Jahren durch die Partys der Schönen und Reichen, der Reeder und Reeperbahnkönige feierte, Frauen eroberte und die Standfestigkeit elterlicher Grundsätze und Finanzmittel testete.

Max holte die Kopie heraus, die Rosenfeld ihm im Imbiss zugeschoben hatte. „Deswegen habe ich dich angerufen."

Sascha stellte sein Glas auf spröde gewordenes Nussbaumfurnier, nahm die Kopie, ohne einen Blick darauf zu werfen: „In Finanzdingen bin ich nicht perfekt. Aber mit Frauen kenne ich mich aus, bilde ich mir ein."

Laura schlief währenddessen im übrig gebliebenen Gästezimmer des verkleinerten Penthouses. Max hatte ihr ein Beruhigungsmittel gegeben. Sie war zehn Jahre jünger als er und lebte auf einem anderen Planeten. So kam es Max vor.

Sascha meinte: „Du solltest sie bei der Hand nehmen."

„Laura?"

„Gibt es eine andere Frau in deinem Leben? Ich meine, außer eurer Mutter."

„Ich hab wirklich genug andere Probleme am Hals."

„Alle lösbar."

„Ich will mich nicht um meine Schwester kümmern müssen. Nicht mehr. Nach 30 Jahren sollte sie es schaffen, auf eigenen Beinen zu stehen." Max nippte am Single Malt. „Schau dir bitte jetzt mal das Gutachten an."

Sascha überflog das Schreiben:

„Oha."

„Ja, dachte ich auch."

„Könnte ein Problem werden." Sascha blätterte um, schaute die Zeichnung an. „Wo hast du das her?"

Max erzählte von Rosenfeld.

„Ist das Gutachten echt?"

„Keine Ahnung. Wenn es echt ist, kann es viel kaputtmachen." Max drehte sich auf dem Bürostuhl und schaute zum Planetarium. „Eigentlich sogar alles."

„Was will der Typ konkret?"

„7,5 Millionen fordert er."

„Was? Das ist doch völlig abwegig. Damit musst du zur Polizei."

Am nächsten Morgen saß Max in dem schmucklosen Büro hinter der Rezeption. Er hatte schlecht geschlafen. Natürlich. Hatte er doch in der Nacht ständig an Rosenfeld und die Erpressung denken müssen. Sollte er zur Polizei gehen? Er war zu keiner Entscheidung gekommen. Nun durchpflügte er mit verquollenen Augen eingetroffene Mails.

Von der Frankfurter Touristikmesse meldete sich Paul, wo er versuchte, Bettenkontingente des *Imperials* für die nächste Saison an die TUI loszuwerden. Bisher ohne Erfolg, aber er hoffte noch.

Hartmut Reschke, Leiter Risk Management der Hamburger Sparkasse und auf dem Sprung in den Vorstand, bat um eine Unterredung.

Lucas Pohl von der Deutschen Bodenkreditbank kündigte den Kontokorrentkredit für Max Goedekes Immotrust. Die Immotrust gehörte zu dem Geflecht aus Unternehmungen, das Max gewoben hatte, um Gewinne und Investitionen steueroptimiert zu verwalten. In den letzten Monaten war Max die

Verwaltung der Unternehmungen durcheinandergeraten.

Sigbert Hansen, Büroleiter des Ersten Bürgermeisters, sagte mit Bedauern ein verabredetes Mittagessen im Block House Winterhude ab, da er terminlich verhindert wäre. Max hatte mit ihm Möglichkeiten besprechen wollen, wie er an eine Genehmigung gelangen könnte, den Parkplatz für Hotelgäste hinter dem *Imperial* erweitern zu lassen.

Beim letzten Mittagessen mit Sigbert Hansen hatte Max vorgeschlagen, in den nächsten Wochen ein Mendelssohn-Konzert in der Elbphilharmonie zu besuchen. Hansen mochte klassische Musik. Zum Konzert könnte er sich von seiner Gattin sowie Tochter Amelie begleiten lassen. Die hohlwangige Schönheit der zweiten Kategorie wurde im Frühjahr 30 Jahre alt und entwickelte sich zum Ladenhüter, wie Hansen es Max gegenüber letzten Herbst im Ratskeller zu mitternächtlicher Stunde unverblümt formuliert hatte.

Im Türrahmen tauchte Emmy auf, die Rezeptionistin mit dem Pferdeschwanz. Sie verdrängte Max' Gedanken an Amelie.

„Geht es Ihrer Schwester besser?"

„Sie schläft noch, Emmy." Max schloss das Mailprogramm.

Emmy hieß mit vollem Namen Emilia, sie war Hotelkauffrau im zweiten Lehrjahr. Frisch und ausgeruht sah sie aus. Dabei hatte sie die Spätschicht hinter sich und konnte kaum mehr als fünf Stunden geschlafen haben.

„Wie machen Sie das?", erkundigte sich Max.

Emmys Augen fragten, was ihr Chef meine; er fand ihre unschuldige Ratlosigkeit anziehend. Natürlich finge er mit Emmy niemals etwas an. Zum einen galt *never-in-the-office*, zum anderen war sie zu jung.

„Sie standen gestern Abend am Empfang und haben uns gerettet, als Sie die Sicherung herausdrehten." Emmy errötete und dem Hotelbesitzer ging das Herz auf. Er fragte: „Seit fünf Uhr morgens sind Sie wieder im Dienst?"

„Kein Problem, es macht mir Spaß." Ihr Strahlen besiegelte, dass sie die Wahrheit sprach.

Wenn Emmy wollte, könnte sie im letzten Lehrjahr nach Singapur, um Auslandserfahrung zu sammeln. Er würde es ihr anbieten und seine Kontakte spielen lassen, das nahm er sich vor.

„Würden Sie für mich zum Fotoladen rüberlaufen und einen Akku besorgen?" Er hielt ihr das kaputte Smartphone hin, mit dem der Jugendliche gestern Nachmittag vor der Dönerbude hantiert hatte. Hatte er das Ding erst wieder zum Leben erweckt und tauchte ein Kennwortschutz auf, würde er Paul bitten, diesen zu knacken.

Emmy versprach, zum Fotogeschäft zu gehen. An der Rezeption würde sie sich vertreten lassen.

Max' Handy meldete sich.

*Bin da. Warte drau*ßen.

schrieb Sascha. Max stand auf:

„Könnten Sie auch noch in der Küche Bescheid geben, Emmy? Bevor Sie zum Fotoladen gehen. Ich werde das Frühstück mit Laura ausfallen lassen müssen. Aber Lauras Gedeck kann liegen bleiben, sie kommt bestimmt gleich herunter."

„Selbstverständlich, Herr Goedeke."

Sie sah Max Goedeke hinterher. Zwar hatte Hotelmanager

Paul sie eingestellt, und sie in der darauffolgenden Woche zu einem nächtlichem Kiez-Bummel über die *Große Freiheit* eingeladen, aber der gutaussehende Max Goedeke war der eigentliche Boss hier, das hatte Emmy bald begriffen. Sie überlegte, ihren jägergrünen Rock - Teil der Dienstkleidung der weiblichen Angestellten des Hauses - einen Zentimeter kürzen zu lassen. Ihre Mutter konnte mit Nadel und Faden umgehen und so kämen die Beine besser zur Geltung.

Max stieg zu Sascha in den Geländewagen.

„Was tippst du?", fragte Sascha. Er brachte den Geländewagen auf die Otto-Wels-Straße, welche durch den Stadtpark führte. Gestern Abend hatten sie sich fast gestritten: Sascha meinte, Max solle die Polizei über die Erpressung informieren. Max war dagegen. Es brauchte nur eine Andeutung durchsickern von der angeblichen Giftmülldeponie, auf welcher das *Imperial* stand — dann würden die Buchungen endgültig wegbrechen.

„Ich wünsche Laura einen guten Morgen." Max tippte Herzen dazu. „Ich wollte sie nicht wecken. Sie soll sich erholen."

„Ihr Auftritt gestern wird dich Gäste kosten."

„Ja, kann sein."

„Hast du Stornierungen im System gesehen?"

„Habe ich nicht angeschaut. Das soll Paul machen, wenn er zurück ist."

Auf dem vierspurig ausgebauten Überseering durch die City Nord beschleunige Sascha den V8. In den 1980er-Jahren galten die Bürohochhäuser der *City Nord* als futuristisch. Sie waren ein Aushängeschild der modernen Stadt. Zehn Jahre später standen die meisten Gebäude leer, Asbest wurde entdeckt, und der Nordwind pfiff durch die aufgeständerte, menschenleer gewordene Fußgängerzone mit dem Charme einer Betonbrache.

Die Außenrolltreppen wurden defekt, Einzelhändler schlossen die Geschäfte; nur eine Postfiliale hielt die Stellung. Dort hatte Max ein Postfach eingerichtet und bald die Möglichkeiten erkannt, welche sich in der verwaisten *City Nord* boten. Max wollte wenigstens eines der verwaisten Hochhäuser kaufen.

Doch selbst als er Sascha von der Idee überzeugt hatte, reichte die gemeinsame Finanzkraft nicht, um als Investor und Projektentwickler ernst genommen zu werden. Die *City Nord* erwies sich als eine Nummer zu groß für die beiden Unternehmer. Zehn Jahre später machten Immobilienfonds das Geschäft.

Max' Vater Egon Goedeke hätte dazu gesagt: „Mund abwischen und weitermachen." So wollte Max es halten.

Heute würde Sascha ihm das Stellmoorer Tunneltal zeigen. Es lag knapp vor den Toren der Stadt. Noch war es Naturschutzgebiet.

Sascha hatte im Regionalausschuss Rahlstedt der Bezirksversammlung Wandsbek einen Gewährsmann sitzen: den Architekten Sebastian Nielsen, einen Mann mit Ambitionen und Einfluss. Sascha zeigte sich begeistert von den bisherigen Arbeiten Nielsens und machte dem Architekten Hoffnungen, dass er für ihn und einen finanzkräftigen Freund Zinshäuser errichten dürfte. Wenn … ja wenn sich endlich stadtnaher Baugrund fände. Hamburg brauche dringend preisgünstigen Wohnraum. Nielsen, natürlich sehr interessiert, erzählte vom naturgeschützten Tunneltal und versprach, sich zu melden, sobald Bewegung in die Sache käme … Gestern hatte Nielsen bei Sascha angerufen.

Der Geländewagen passierte das Rahlstedter Ortsschild.

Sie befanden sich noch auf Hamburger Stadtgebiet, aber der Charakter der Stadt änderte sich. Dörfliche Satteldächer, klassizistische Bürgerhäuser und Nachkriegseigenheime versprachen Gemütlichkeit. Dann fingen endlich Wald und Wiesen an.

„Wie weit ist es noch?"

„Fünf Minuten", meinte Sascha.

„Können wir danach bei meiner Mutter vorbeifahren?" Witwe Theda Goedeke, Max Goedekes Mutter, lebte seit elf Monaten in einer noblen Seniorenresidenz.

Sascha sagte: „Dich beschäftigt Rosenfeld."

„Bevor ich irgendwas unternehme, möchte ich wissen, was sie davon hält. Ob das Gutachten echt sein könnte."

„Du willst es ihr sagen?"

„Ich will es versuchen."

Sascha räusperte sich, er wollte nicht widersprechen. Seiner Meinung nach war Theda Goedeke dement.

Max' Smartphone brummte.

„Bestimmt Rosenfeld." Max stellte das Handy auf *laut*.

Rosenfeld meldete sich: „Sie werden sich besprochen haben."

„Mit wem sollte ich mich besprechen?"

„Mit Ihrem Freund. Mit Ihrer Mutter."

„Sie sind gut informiert. Glauben Sie, das beeindruckt mich?"

„Ich weiß es, wa.""

„Gut, Sie wissen, dass ich einen Freund habe und eine Mutter. Soll mich das einschüchtern?"

„Ich hoffe, Sie lassen sich nicht so leicht einschüchtern, Herr Goedeke. Auch nicht von der Summe."

„7,5 Millionen sind illusorisch, Rosenfeld. Genauso könnten

Sie 10 sagen oder 20."

„Sie wollen nicht zahlen, wa'?"

„Nein." Es war eine spontane Eingebung, und Max konnte hören, wie Rosenfelds übersichtliches Nachdenkgetriebe in den Overdrive schaltete. Das freute Max, er genoss Rosenfelds Schweigen und das Säuseln des V8.

Dann sagte Rosenfeld: „Okay. Dann nehmen wir 20, wa.'"

„20?!"

Rosenfeld wiederholte. „20 Millionen."

„Aber … das ist …" Max suchte das richtige Wort. „Schwachsinn. Schwachsinn ist das!"

Rosenfeld legte auf.

„Geben Sie zu, dass das Schwachsinn ist, Rosenfeld! Rosenfeld ...?"

Kapitel 3

„Das lief jetzt kacke, Max."

„Ach hör auf." Immer noch starrte Max sein Smartphone an. „Ich hab' seine Nummer."

„Du hast sogar seinen Namen."

„Der könnte falsch sein. Aber die Nummer —"

„Prepaid?"

Max nickte.

„Zwecklos", meinte Sascha, „der kauft die Karte in einem Kiosk, gibt eine falsche Adresse an oder er lässt kaufen."

„Du weißt Bescheid."

„Jeder Feierabend-Gauner macht es so."

Max schaute auf die vorbeiflitzenden Ladengeschäfte und dachte nach. „Ich hab' trotzdem einen Trumpf."

„Und der wäre?"

Sie fuhren auf der Jenfelder Allee stadteinwärts. Max erzählte von dem Jugendlichen, der vor der Dönerbude mit dem Handy gefilmt hatte. Womöglich auch Rosenfeld gefilmt hatte. Und Max, so berichtete er Sascha stolz, hatte das Handy des Jungen. Emmy besorgte dazu den verlorengegangenen Akku. Paul könne sicher den Kennwortschutz knacken.

„Aha." Etwas mehr Begeisterung könnte Sascha zeigen, fand Max. Eine Filmaufnahme des Erpressers — das war wirklich ein Trumpf.

Sascha nahm die Auffahrt zur A24 mit Schwung.

Max sagte: „Das ist doch ein Ansatzpunkt."

„Was willst du damit?"

„Damit gehe ich zur Polizei."

„Ich denke, die willst du raushalten?"

„Wenn Rosenfeld auf dem Film ist … Der Typ hat eine Visage wie gemacht für die Verbrecherkartei. Der ist bekannt. Garantiert. Die nehmen den gleich hops, da brauche ich nur sagen, der hätte mich bedroht."

„Aha."

„Noch besser, ich führe Rosenfeld den Film vor und sage, wenn er mich nicht in Ruhe lässt, gehe ich damit zur Polizei und zeige ihn an." Max klatschte in die Hände. „Peng. Und erledigt."

Er begann, sich besser zu fühlen.

Sachte lehnte sich Rosenfeld in dem dunklen Lederpolster zurück.

Die Möbel, die Holzdecken, die Teppiche. Alles in Celina van de Laars Haus war dunkel.

Spärlich drang Licht durch die Fenster, behindert von Gardinen, die wohl vor 40 Jahren modern waren.

Die bescheidene, rot geklinkerte Stadtvilla von Celina van de Laar stand im Schatten. Eine fensterlose Hauswand des Nachbargebäudes nahm der Villa das Sonnenlicht. Es überragte sie um mehrere Meter und war direkt auf der Grundstücksgrenze platziert.

Rosenfeld saß regungslos. Sonst quietschte das Leder. Celina van de Laar hantierte in der Küche.

„Kandis oder Zucker zum Tee?", rief sie.

„Kandis."

Kaffee wäre ihm lieber, aber den gab es nicht. Noch leckerer wäre ein *Astra*, aber er traute sich nicht zu fragen, hatte im

Gefühl, dass die Frage nach einem Morgenbier bei einer Frau wie Celina nicht gut ankäme, ihr einen falschen Eindruck von ihm vermittelte.

Celina van de Laar war in dem Haus aufgewachsen. Das hatte sie ihm erzählt. Sie hatte im ersten Stock im Arbeitszimmer bei ihrem Vater mit Bauklötzen gespielt, während der Vater Semesterarbeiten von Studenten korrigierte und nebenher Ideen für Aufsätze in Fachzeitschriften auf einem Block notierte, bei dem die Blätter am oberen Rand jeweils einen eleganten Aufdruck in kleinen Lettern von purpurner Farbe hatten:

Professor Horst van de Laar

Seit dem Tod des Vaters hatte sie das Haus unverändert gelassen. Rosenfeld stellte sich vor, dass oben auf dem väterlichen Schreibtisch sogar noch ein altmodisches Wählscheibentelefon stand. Draußen bröckelte Putz von den Gesimsen. Drinnen roch es nach Zigarillos und letztem Jahrhundert.

Beim Eingießen hielt Celina den Deckel der Silberkanne fest, damit er nicht auf den Tisch mit der Spitzendecke purzelte.

„Einen Keks dazu?"

Artig lehnte Rosenfeld ab. Womöglich waren die Kekse ähnlich alt wie die Einrichtung.

Durch das Porzellan schimmerte der Tee. Celina van de Laar schaute, wie Rosenfeld nippte.

„Es ist eine aromatische Mischung. Sie mögen das, ich erinnere mich."

„Ganz hervorragend." Er kramte gutes Benehmen hervor. Dafür hatte er in seinem Leben wenig Verwendung gehabt.

Aber seine Mutter hatte es ihm eingebläut und gelernt war gelernt. Wäre sie nicht so früh gestorben, vielleicht wäre alles anders gekommen.

Jetzt aber, da es so gekommen war, wie es war, da brauchte er Geld. Dringend brauchte er es.

„Ich … mein Geld, ich meine —" Er stocherte nach der richtigen Formulierung. Auf der Reeperbahn wären ihm die Argumente schnell bei der Hand gewesen. Jedoch einer Dame gegenübersitzend und vor den Knien einen skandinavischen Wohnzimmertisch aus Teak: Das machte die Lage für einen gealterten Boxer mit mürber Hirnmasse herausfordernd.

„Sie meinen", half Celina van de Laar, „Sie meinen, Sie haben Goedeke noch mal angerufen?"

„Ja, ja …", er meinte etwas anderes, sein Geld meinte er. Welches Celina van de Laar ihm für seine Dienste versprochen hatte. „Und Goedeke, als der Goedeke —" Rosenfeld geriet ins Stammeln. Sie machte ihn nervös. Sie hatte studiert.

Celina van de Laar sagte: „Goedeke hat nicht länger abgestritten. Er will bezahlen."

„Nun ja …"

Sie hob die Augenbrauen. „Nun ja? Was heißt das?"

„Also er kam mir dumm."

„Bitte?"

„Da habe ich erhöht. Ich meine, wir waren ja am Telefon. Ich konnte ihm schlecht einen vor den Karton geben. Das habe ich fährbal versucht."

„Verbal?"

„Also, ich meine, mündlich, wa'. — 20 Millionen habe ich gesagt."

„Aber das ist dumm." Ihr klirrte das Tässchen auf die Untertasse.

„Meinte Goedeke auch. Oder so ähnlich."

„Sie haben nicht gesagt, wo die Übergabe stattfinden soll? Sie haben nicht gesagt, dass er die Polizei raushalten soll?"

„Äh … ich habe … so weit ist es nicht gekommen, weil … ich habe aufgelegt."

Celina van de Laar kräuselte die Lippen. Wie seine Mutter es früher getan hatte. Bei seiner Mutter kam dann das Donnerwetter. Rosenfeld zog den Kopf ein und die Schultern hoch. Das Leder quietschte.

Celina van de Laar sagte: „Das war Ihr Auftrag. Sie wiederholen die Forderung. Sie vereinbaren den Übergabeort am Planetarium. Sie verlangen, die Polizei rauszuhalten."

Sein Geld konnte er vergessen.

Er dachte an Frieda. Sie schmorte auf Malle in einer Zelle.

Frieda und er hatten ein Restaurant am Ballermann übernommen. Sie wollten den Absprung ins bürgerliche Leben. Die Verträge hatte er auch nicht mit Julian Rosenfeld unterzeichnet, sondern mit seinem richtigen Namen. Er war ja nicht blöd, er hatte echtes Geld fürs Restaurant hingelegt und wollte unanfechtbare Eigentumsrechte. Dann aber stellte sich heraus: Balken waren morsch, nachts fielen Scharen von Kakerlaken über Küchenabfälle her und bekrabbelten schmierige Bierleitungen. Rosenfeld ließ das Restaurant renovieren. Gerade war es fertig, ein Schmuckstück geworden, sie hatten Eröffnung gefeiert, eine rauschende Party … da wurde ihnen das Restaurant abgefackelt. Rosenfeld vermutete, dass alte Konkurrenten aus Hamburg die Täter waren. Frieda glaubte das auch. Luden, halbseidene Investoren von der Reeperbahn, die Rosenfeld und Frieda das Glück unter spanischer Sonne nicht gönnten, die meinten, noch eine Rechnung offen zu haben. Die spanische Feuerversicherung verzögerte die Auszahlung der Versicherungssumme Monat um Monat. Sie sagte, dass Frieda und Rosenfeld mit dem Brand etwas zu tun gehabt hatten. Währenddessen drückten die Kredite, die Handwerker verlangten rustikal ihr Geld, der Prozess gegen die Versicherung verschlang Rosenfelds Reserven. Ein karrierescharfer Richter, der in der Regionalpostille von Palma gegen den Ausverkauf der Insel an Deutsche wetterte, erwirkte Friedas Inhaftierung. Auch Rosenfeld sollte festgesetzt werden. Die Polizisten waren schon in der Wohnung — Rosenfeld entwischte durchs Toilettenfenster, bestach einen Sportskipper, ihn von der Insel zu schmuggeln. In einer Tiefgarage auf der Reeperbahn hatte Rosenfeld einen Notgroschen gebunkert aus seiner Zeit als Wirtschafter. Damit wollte er die spanischen Handwerker bezahlen, die Prozesskosten begleichen, Frieda herausholen. Als Rosenfeld nach abenteuerlicher Flucht von Spanien nach Hamburg das Lüftungsgitter neben der Tiefgaragenaufzugstür endlich abschraubte, da war in dem Hohlraum, wo seine Ersparnisse lagern sollten: Nichts. Nichts war da. Rosenfeld war pleite.

Die 100 Meter bis zur *Ritze* schaffte er gerade noch. Im Keller der *Ritze* hatte er 15 Jahre zuvor für eine Profikarriere trainiert, oben im Schankraum der *Ritze* von den ersten Preisgeldern Lokalrunden geschmissen. Ratlos und niedergeschlagen sank Rosenfeld jetzt auf einen Barhocker. Barfrau Juna, er kannte sie von früher, baute ihn auf und füllte ihn ab.

„Aber ich kann nicht bezahlen. Ich bin blank."

„Das findet sich", meinte Juna und erzählte irgendwann in der Nacht von Celina van de Laar, die Hilfe benötigte.

Darum saß Julian Rosenfeld nun an Celina van de Laars Teetafel und sah auf seine Boxerpranken. Er könnte die Teetasse kaputtschlagen, um Druck auf die Leitung zu bekommen.

„Ich will mein Geld, wa'", sagte er stattdessen. „Wie wir es vereinbart haben." Ihm fiel ein, dass Celina van de Laar von Max Goedekes Mutter gesprochen hatte. Das wäre eine Alternative, falls er hier nicht weiterkam; wenn der Sohn Geld hatte, dann hatte seine Mutter auch welches.

„Sie haben nicht das gemacht, was wir vereinbart haben", antwortete Celina van de Laar ruhig und besonnen, „Sie sagten, Sie würden mir helfen. Stattdessen vermasseln Sie es."

„Ich will das vereinbarte Geld."

Er hob eine Hand, locker zur Faust geballt, wie nebenher.

„Sie wollen mir drohen?"

„Nennen Sie es, wie Sie wollen."

„Ich habe kein Geld hier."

Er erhob sich. „Ich könnte umräumen. Es moderner machen."

„Wir haben uns beide geirrt. Ich dachte, Sie wären der richtige Mann. Und Sie dachten, es wäre leicht verdientes Geld."

Das hatte er angenommen. Und jetzt, da er auf Celina van de Laar herab sah, auf diese früh verblühte Lady, die ihre Verunsicherung gut verbarg, während ihr bewusst wurde, dass sie sich einen Schläger ins Wohnzimmer geholt hatte, da begriff er, dass es trotz allem leicht verdientes Geld sein würde. Er fühlte die Sicherheit zurückkehren, er kam auf vertrautes Terrain. Nur die Personen wechselten, die Psychologie blieb dieselbe. Sie konnten so schlau reden, wie sie wollten, letztlich kam es auf den Punch an. Den hatte er immer drauf gehabt. Nur einstecken, das hatte er nie gut können, aber das war hier auch nicht nötig. Er brachte 110 Kilo auf die Waage, sie wog maximal 60 Kilo.

Unter der unvorteilhaft geschnittenen Funktionsjacke verbarg Rosenfeld einen Körper, der noch immer trainiert war. Die Motorik des Kampfes hatte sich über Jahrzehnte eingebrannt. Einen *Fight* an Bordelltür und Bordsteinkante verlernte man nicht. So wie man das Fahrradfahren nicht verlernte, auch wenn man Jahrzehnte auf keinem Sattel gesessen hatte.

„Es ist in der Garage.", lenkte sie ein. „Das Geld ist in der Garage."

Mit dem Schienbein ruckte er den Tisch einen Zentimeter beiseite, die Tassen klirrten, der Kürbis auf der Spitzendecke wackelte.

„Im Kofferraum", sagte Celina van de Laar, „Da ist Ihr Geld."

„Den Schlüssel, wa'" Er hielt ihr die geöffnete Pranke hin.

Sie holte ein Schlüsselbund aus der Küche.

Eingezwängt zwischen der fensterlosen, überhohen Hauswand des Nachbargebäudes und der bescheidenen Stadtvilla vegetierte die Garage, umwuchert von Bodendeckern, die seit Jahren niemand mehr mit einer Heckenschere zur Ordnung gerufen hatte.

Rosenfeld schloss das Garagentor auf und ließ das Blech nach oben rauschen. Da stand der Jaguar. Der Kofferraum war unverschlossen, Rosenfeld klappte den Deckel hoch.

Eine Wolldecke lag im Kofferraum, dazu Warndreieck, Verbandskasten. Rosenfeld hob die Wolldecke, schüttelte sie. Wo versteckte sich das versprochene Geldbündel?

Wollte Celina van de Laar mit ihm Spielchen machen? Gut. Er kannte sich mit Spielchen aus. — Rosenfeld stapfte die geteerte Garagenauffahrt zurück, die drei backsteingemauerten Stufen zum Eingang hinauf. — Die Eichentür war ins Schloss gefallen. Er nahm das Schlüsselbund und probierte, kein Schlüssel passte. Rosenfeld rüttelte, klingelte.

„Wenn Sie nicht aufhören, rufe ich die Polizei", hörte er Celina van de Laars Stimme.

Er schaute die Front entlang, ging zurück zur Auffahrt.

Da sah er Celina van de Laar: Im ersten Stock schaute ihr Kopf aus dem geöffneten Fenster des Zimmers, wo der Schreibtisch ihres verstorbenen Vaters stand, dem vormaligen Professor am Institut für Geologie.

„Hauen Sie ab", rief sie herunter und wedelte mit einem schnurlosen Telefon.

„Das können Sie nicht."

„Natürlich kann ich das. Alles, was Sie behaupten, werde ich abstreiten. Ich bin eine angesehene Frau, eine Gutachterin der Universität zu Hamburg. Und was sind Sie?"

Um hinauf zu Celina van de Laar zu schauen, hatte Rosenfeld den Kopf in den Nacken gelegt.

Auf dem Dach des Nachbargebäudes, ganz oben, da stand jemand. Rosenfeld kniff die Augen zusammen. Es war ein Mädchen oder eine junge Frau. Sie stand an der Kante und schaute herunter.

„Gucken Sie dort, Frau Laar!", sagte Rosenfeld und zeigte auf das Mädchen.

Celina van de Laar schaute am Nachbarhaus hinauf. Ihr blieb

der Mund offen stehen.

Für Rosenfeld sah es aus, als überlegte die junge Frau, ob sie springen sollte. Rosenfeld dachte an Frieda. An die Mädchen, die mit Hoffnungen nach Hamburg kamen. Die auf der *Großen Freiheit* vermeintlich die große Liebe kennenlernten: glutäugige Typen mit rasierten Schädeln. Die katapultierten die Provinzschönheiten ins Paradies, überzuckerten die Falltür mit weißem Pulver. Nach einigen Wochen klappte die Falltür auf und die Schönen landeten vor Rosenfelds Tür. Sie hatten anzuschaffen. Die glutäugigen Typen stellten sich als Luden heraus: Albaner zumeist, welche die Herrschaft über die Hamburger Halbwelt mit schlagkräftigen Argumenten übernommen hatten. Rosenfeld hatte für sie als Wirtschafter gearbeitet. Er versuchte, das Schlimmste zu verhindern. Wenigstens überleben sollten die Mädchen den Absturz.

Oben auf dem Dach breitete die junge Frau ihre Arme aus.

„Halt! Stop!", rief Rosenfeld hinauf und sprintete los.

Von der Auffahrt lief Rosenfeld auf den Bürgersteig, gleich an der ersten Tür des Nachbarhauses rüttelte er. Sie war aus Stahl und abgeschlossen. Über dem Eingang war ein Schild angebracht:

Notausgang

Rosenfeld lief weiter, an der Fensterfront entlang, hinter welcher Kellnerinnen Tische eindeckten. Die nächste Tür war unverschlossen. Im Winter benutzte sie der Hausmeister als Abkürzung zum Bürgersteig, wenn er Split streuen oder Schnee wegschieben musste. Im Sommer standen um den Seiteneingang Stühle, Tische und Sonnenschirme und lockten Stadtparkbesucher zum Ausspannen bei Kaffee und Kuchen.

Rosenfeld trat ein, eilte zwischen Restauranttischen zur nächsten Tür.

Toilette

war darüber notiert. Die Kellnerinnen waren beschäftigt und beachteten ihn kaum. Aber aus der Hotelhalle rief eine Blondine mit Pferdezopf zu ihm herüber. Rosenfeld ignorierte sie und gelangte durch die Tür ins Treppenhaus. Immer zwei Stufen auf einmal nehmend raste er nach oben. Die kahlen Wände warfen den Klang seiner Schritte zurück. Im vierten Stock wurde Rosenfeld langsamer, sein Atem lauter. Er spürte kühlere Luft, die Tür zum Dach war geöffnet.

„Warten Sie!", rief er.

Die Frau am Rand des Flachdachs drehte sich zu ihm. Wenn sie sich nach hinten fallen ließe …

„Wie heißen Sie?", rief Rosenfeld ihr zu.

Sie stutzte. „Was interessiert Sie das?"

„Alles interessiert mich."

„Sie lügen." Die Frau spähte hinunter.

„Wenn es so wäre?" Unter seinen Schuhen knirschte die Dachpappe. Er kam näher. „Dann könnten Sie mir eine Ohrfeige geben."

„Glauben Sie, dazu hätte ich Lust?"

Einen Mann zu schlagen, das wünschte sie sich. Vermutete Rosenfeld. Mehr als alles andere wünschte sie sich das und wusste es vielleicht nicht mal. Vor allem einen bestimmten Mann wollte sie schlagen. Den, der ihr das angetan hatte. Weswegen sie dort stand, wo sie stand.

„Ich hätte es verdient. Dass Sie mir eine runterhauen." Er war jetzt bei ihr. Sie war schön. Ungeschminkt und die Augen waren verquollen. Das Leben hinterließ erste Spuren.

„Was würden Sie dann machen? Wenn ich Sie schlage", fragte die schöne Unbekannte in der Reißverschlussjacke.

„Sie herunterschubsen."

„Das dürfen Sie nicht!"

„Wenn mich jemand schlägt, dann schlage ich zurück."

„So sehen Sie aus." Er sah das Aufblitzen in ihren Augen und wusste, was kam. Jeder Anfänger verriet sich so, und es wäre ein Leichtes gewesen, ihrem Schlag auszuweichen. Aber er wollte nicht ausweichen.

Die Backpfeife traf ihn mit Wucht, und er schmeckte Blut. Rosenfelds Arme umfingen die Frau, damit sie, falls sie aus dem Gleichgewicht geriet, nicht hinunter stürzte.

„Ey!", protestierte sie, aber er hielt sie fest:

„Verraten Sie mir Ihren Namen?"

Sie zögerte.

„Ihren Namen. Bitte."

„Laura."

„Schönen guten Morgen, Laura." Er trug sie fort von der Dachkante und entließ sie aus der Umarmung.

„Er ist nicht schön", sagte sie.

„Wer?"

„Der Morgen, er ist nicht schön."

„Für mich ist er es. So oft lerne ich keine hübsche Frau kennen."

Laura schaute freundlicher. „Ein ziemlich plumpes Kompliment, oder?"

„Es ist die Wahrheit." Der Dachwind zauste an ihnen. „Besser, wir gehen hinein."

„Ich will nicht."

Sie kam ihm vor wie eine Frau, die nicht erwachsen werden mochte. Vielleicht hatte es das Leben bisher nicht von ihr verlangt. Frieda hatte früh erwachsen werden müssen. Hätten die Eltern Frieda mehr Zeit gegeben, Kind zu sein — Frieda wäre einiges erspart geblieben.

„Wieso wollen Sie nicht rein? Möchten Sie hier erfrieren?"

Sie schob die Unterlippe vor. Wie ein beleidigtes Kind.

„Das hätte was", meinte sie, „hier erfrieren und da laufen die Hotelgäste in Badehosen und Bikinis rum. Wenn sie mich heute Nachmittag entdecken, wie ich hier auf dem Dach liege."

Rosenfeld sah den gläsernen Aufbau. Es war ein riesiger Wintergarten. Die Scheiben waren beschlagen, ein Whirlpool war zu erkennen, Palmen drücken ihre Blätter an die Scheiben, als wollten sie hinaus in die Freiheit.

„Das ist der Spa-Bereich. Wird im Winter erst ab Mittag geöffnet.", sagte Laura. „Aber ich kenne die Tür für den Gärtner, die ist offen. Kommen Sie, es wird Ihnen gefallen, auch wenn mal eine Renovierung fällig wäre. Ist aber kein Geld da."

Sie nahm ihn an der Hand. Er dachte daran, dass es Zeit war, herunterzusteigen und zu verschwinden. Aber ihre Finger waren eiskalt, und er wollte Laura nicht enttäuschen. Vor Minuten noch war sie kurz davor gewesen, eine Dummheit zu machen.

Die feuchte Wärme im Spa war erstaunlich.

Sie rückte zwei Liegestühle zusammen, machte es sich bequem:

„Setzen Sie sich."

Unentschlossen sah er sich um. Bis auf sie beiden war niemand anwesend in der Tropenlandschaft über den Dächern von Hamburg.

Laura sagte: „Ein bisschen Zeit werden Sie für mich haben."

Wenn Celina van de Laar die Polizei gerufen hatte, wäre es ungeschickt, hier oben die Minuten zu verplaudern.

„So ist es immer", sagte Laura, und er sah ihre Enttäuschung. Sie sagte: „Erst kümmern sie sich. Dann haben sie keine Zeit. Es liegt an mir. Ich bin leer. Ich interessiere nicht."

„Du bist eine schöne Frau, Laura."

„Das ist es gerade. Du siehst die Hülle. Männer sehen immer die Hülle."

„Du hast gerade gesagt, du fühlst dich leer. Dann bleibt nur die Hülle."

Laura setzte sich auf. „Weißt du was? Du bist schlau."

„Das hat noch keiner zu mir gesagt." Es brachte ein Lächeln auf sein zerschlagenes Gesicht. Er setzte sich in den bereitgestellten Liegestuhl.

„Weil die Menschen nur auf dein Äußeres achten und voreilige Schlüsse ziehen." Ihre Hand, warm geworden und weich, legte sich auf seine verhornte Pranke.

„Ich muss los." Er kam aus dem Liegestuhl, bemühte sich um geschmeidige Bewegungen.

„So plötzlich? Wartet jemand auf dich?"

„Eine Aufgabe, die ich lösen muss."

„Männer glauben immer, sie hätten Aufgaben zu lösen."

„Hast du keine?"

„Leben." Sie erhob sich ebenfalls und folgte ihm ins

Treppenhaus. „Das ist meine Aufgabe."

„Dann machst du nicht mehr solch einen Unsinn wie da oben?"

Sie schmunzelte ihn an. „Wenn du mir deinen Namen sagst."

„Julian."

„Das ist ein schöner Name. Und gut zu merken."

Hoffentlich wurde das nicht zum Problem, dachte er.

Sie kamen unten an. Er öffnete die Tür, durch welche er das Treppenhaus vor einer halben Stunde betreten hatte, und zu seiner Routine gehörte es, einen sichernden Blick in den Raum zu werfen.

Aber diesmal nützte ihm die Vorsicht wenig.

Mit einem Polizisten stand die pferdeschwanzige Blondine in der Lobby und hatte ihn schon entdeckt: „Da ist er!"

„Man, bleiben Sie doch stehen", rief der Polizist, kam mit uniformentschlossenen Schritten zwischen den eingedeckten Tischen heran. Er war jung, trug rötlich schimmernden Babyflaum als Oberlippenbart.

Laura stellte sich vor Rosenfeld und sagte laut:

„Herr Wachtmeister, er gehört zu mir." Zu Rosenfeld sagte sie leise: „Wenn das schief geht, Treppe runter, durch die Kellertür."

Der Polizist baute sich vor ihnen auf, er war einen Kopf größer als Laura.

„Herr Wachtmeister, Sie machen mir Angst."

„Er gehört zu Ihnen?", fragte der Polizist, schaute auf Laura herab.

Langsam zog sie den Reißverschluss ihrer Jacke nach unten. Darunter trug sie wenig: „Er war mir … behilflich."

Der Polizist bemühte sich, Laura weiter ins Gesicht zu gucken.

„Wer sind Sie?"

„Die Tochter des Hauses, Laura Goedeke. Emmy, kommst du mal. Sagst du dem Wachtmeister, dass alles in Ordnung ist."

Die Rezeptionistin eilte rotköpfig herbei, klärte auf, entschuldigte sich, irrtümlich die Polizei alarmiert zu haben, sprach von bereitstehendem Frühstück für Laura, wollte ein Gedeck für den Polizisten dazulegen lassen. Sie sprach von Lauras Bruder Max, der nicht länger habe warten können und aus dem Haus war und dann entschuldigte sie sich wieder. — Während der Polizist versuchte, all die Informationen zu verarbeiten, mit welchen die zwei knusprig aussehenden Damen ihn in die Mitte nahmen, und er sich nicht entschließen konnte, welche der beiden seine Favoritin war, währenddessen also entfernte sich Julian Rosenfeld: lautlos die Stufen hinab und durch die Kellertür in die Freiheit.

Kurz hatte er mit dem Gedanken gespielt, dem Polizisten mit einer Geraden eine neue Nasenform zu geben. Doch hatte er gelernt, seine Reflexe zu beherrschen. Eine Schlägerei bedeutete kurzen Triumph, entfernte ihn jedoch von seinem Ziel. Er musste zu Geld für Frieda kommen.

Zur gleichen Zeit, da Rosenfeld durch die Kellertür in die Freiheit schlich und Geld für Frieda auftreiben wollte, stiegen Hotelbesitzer und Immobilienunternehmer Max Goedeke sowie sein Freund Sascha Niederberger aus dem Geländewagen, den Sascha im Bullenbarg auf dem Platz vor einer Hundeschule abgestellt hatte.

Über einen Spazierweg drangen sie ins Stellmoorer Tunneltal vor. Umgestürzte Bäume säumten den Weg. Im Dezember war ein Wintersturm durch die bewaldete Senke gefegt, welche vor Jahrtausenden durch einen abschmelzenden Gletscher geformt war. Die Wurzelballen der sturmgefällten Holzkolosse ragten als bizarre Skulpturen aus dem aufgerissenen Waldboden heraus. Kein Waldarbeiter räumte auf, die Natur blieb sich selbst überlassen.

Während der nächsten hundert Meter wandelte sich der Spazierweg unter den rahmengenähten *Budapestern* der Immobilienunternehmer zu einem matschigen Pfad, der durchzogen war von Mountainbike-Spuren. In der Nacht waren die Reifenrillen gefroren, nun am späten Vormittag tauten sie und wurden nachgiebig.

„Gummistiefel wären besser", meinte Max. „Du bist sicher, dass Nielsen uns findet?"

„Auf der Brücke da.", sagte Sascha.

Sie stapften zu einer Spaziergängerbrücke aus vermoostem Holz, die einen Bachlauf überspannte.

„Das verwunschene Paradies.", witzelte Sascha. Bachwasser plätscherte, Wind ging durch die Zweige der blattlosen Birken.

„Aber schlechter Empfang", sagte Max. Er richtete sein Smartphone in unterschiedliche Richtungen.

„Bist du scharf auf einen Anruf von Rosenfeld?", fragte Sascha, „Sei froh, dass du nichts mehr von ihm hörst."

„Wir müssten Glasfaser legen lassen."

„Häh?"

„Ist Moorboden, wird nicht billig. Aber ohne Internet wirst du keine Bude los."

Durch den Wald drangen Satzfetzen. Es klang nach einer Frauenstimme. Zuerst wurde ein Mann sichtbar, dahinter eine Frau.

Beide waren mit Gummistiefeln ausgerüstet. Er schaute auf den Matschweg. Sie ruderte, um das Gleichgewicht zu halten, mit den Armen und mit einer beutelartigen Naturledertasche. Dabei redete sie viel.

„Huhu, hier sind wir!", rief sie, „Wir kommen!"

Die Augen von Max und Sascha wurden größer. Die Frau hatte Figur. Die Art von Figur, die einen Pastor die Bibel vom Altar wischen lässt, um Platz zu schaffen.

„Wer ist denn das?", entfuhr es Max.

„Die Granate? Keine Ahnung", antwortete Sascha, „Er ist Nielsen, unser Mann."

Mit schmatzenden Ledersohlen eilten die zwei Freunde dem Architekten Sebastian Nielsen und vor allem seiner Begleiterin entgegen.

Nachdem man Hände geschüttelt und sich vorgestellt hatte, bat Nielsens Begleiterin: „Wollen wir auf die Brücke? Da bekäme ich festen Boden unter die Füße." Sie hieß Barbara. Ihren Nachnamen hatte Max vergessen. Nielsen hatte Barbara als seine Assistentin vorgestellt. Wobei sie assistiere, erkundigte sich Max, und Barbara meinte, sie sei diplomierte Architektin. Was seine Frage kaum beantwortete. Oder doch.

Die Vierergruppe rutschte, wackelte, jonglierte zur Brücke. Sascha und Nielsen ließen die Blicke schweifen und versicherten sich gegenseitig, wie sehr die Natur, der Bach, der Wald sie begeistere. Max beobachtete, wie Barbara sich der Gummistiefel entledigte. Ihre Beweglichkeit dabei war erstaunlich. Denn der Rock der schönen Barbara umschloss ihre Schenkel kompromisslos eng wie ein Präservativ das beste Stück. Noch erstaunlicher war, was Barbara aus ihrer Beuteltasche zauberte:

ein Paar hochhackiger Schuhe, deren Absätze spitz waren wie Nachbars Lumpi.

„Bleiben Sie damit nicht stecken? Ich meine, zwischen den Bohlen", fragte Max.

„Ich bestimme selbst, in was ich stecken bleibe."

„Aha … Mmmh."

Sie streifte die Pumps über. Schwang, drehte, verkantete dabei Becken, Brüste, Beine gleichzeitig zielführend und lasziv, so dass Max das Gefühl hatte, einem Striptease ohne Ausziehen beizuwohnen. Er war fasziniert.

„Wie gefällt Ihnen die Aussicht?", fragte Nielsen.

„Ah … Mmmh … fantastisch", meinte Max.

„Nicht wahr", so Nielsen, „hier zu wohnen, das hätte was. Rundherum intakte Natur und der Rahlstedter Bahnhof ist in Fahrradweite. In einer guten halben Stunde ist man im Zentrum auf der Mönckebergstraße."

„Ja, wunderbar." Max war nicht bei der Sache, und Sascha sprang ein:

„Der Regionalausschuss gibt grünes Licht?"

„So einfach ist es nicht", erklärte Nielsen. „Es ist ein Naturschutzgebiet, wenn wir da mit privaten Bauwünschen kommen —"

„Warum sind wir dann hier?", unterbrach Sascha, „Du sagtest, es hätte sich was getan, wir müssten schnell sein."

„Es gibt einen Trick." Architekt Nielsen, die schwarzrollkragige Kreativenuniform seiner Zunft tragend, machte eine Pause und genoss die Aufmerksamkeit. Schließlich sagte er: „Ihr baut ein Flüchtlingsheim."

„Ein Flüchtlingsheim?"

„Genau." Nielsens Hand glitschte über das feuchtmoosige Holzgeländer. „Dann flutscht es."

Max schaltete sich ein. „Ein Flüchtlingsheim im Naturschutzgebiet? Wie krank ist das denn?"

„Barbara, gibst du mir den Ordner", bat Nielsen; sie kramte in der Beuteltasche, reichte Nielsen einen Schnellhefter. „Hier …", Nielsen blätterte auf, zeigte mit dem Finger auf eine Zeichnung, „… da könnte es stehen. Holzbauweise. Nachhaltig. Schnell umzusetzen. Das würde ich durchkriegen in den Gremien und der Verwaltung."

Max begann zu begreifen. „Nach ein paar Jahren widmen wir um."

„Natürlich", sagte Nielsen. „Die Stadt wächst, keiner erinnert sich mehr, dass hier Naturschutzgebiet war."

„Genial", lobte Sascha.

„Es wird noch genialer", sagte Nielsen mit dem Verschlagenheitsgesicht eines Politgremienschlawiners. „Die Stadt ist gesetzlich verpflichtet, Unterkünfte für Flüchtlinge bereitzustellen."

„Das heißt, sie müssen bauen?", fragte Max.

„Für Flüchtlinge? Ja."

„Was kostet das hier?" Max machte eine umfassende Bewegung. Ähnlich einem Feldherren bei der Vorabbesichtigung des Schlachtfeldes.

„Ist noch gar nicht auf dem Markt.", bremste Nielsen, „Sind wir uns einig, soll ich dafür sorgen?"

Er suchte Max‘ Blick.

Doch Max war auf einmal nicht mehr bei der Sache. Max schaute auf sein Smartphone. Er erbleichte.

„Moment …“, murmelte er, wandte sich ab.

Sascha sagte zu Nielsen: „Natürlich, machen Sie es so. Alles wie besprochen.“

„Ich bekomme den Auftrag für das Wohnheim, wenn ich das Grundstück besorge?“

„Exakt.“

„Auch für die Renovierung vom Spa?“

„Ich denke schon. Sobald es so weit ist.“

„Die Parkplatzerweiterung des *Imperial*? Die braucht Herr Goedeke so schnell wie möglich. So wie es jetzt ist … eine Katastrophe für die Gäste.“

„Ich weiß, ich weiß. Wir arbeiten mit Hochdruck daran.“

„Kann nicht schwierig sein, so eine Genehmigung. Ist *Bauen im Bestand*, wird gefördert.“

Sascha nickte, schaute zu Max, der mit gesenktem Kopf auf dem Smartphone tippte.

„Max, alles klar?“, fragte Sascha.

Max Goedeke ließ das Smartphone in der Manteltasche verschwinden. „Ist doch Empfang hier. Dünn zwar, aber *WhatsApp* kommt durch. Ich habe mitgehört. Alles klar zwischen uns.“ Er streckte Nielsen die Hand entgegen, immer noch bleich. „Ich verlasse mich auf Sie.“

„Wie ich mich auf Sie.“ sagte Nielsen.

„Das können Sie. Ich bin bekannt dafür, Zusagen einzuhalten. Sonst wäre ich nicht so weit gekommen.“

Sie schüttelten die Hände, auch die von Barbara.

Max‘ Gesicht bekam wieder Farbe.

„Wie kommen Sie zurück?“, fragte er Nielsens Assistentin.

„Wie ich hergekommen bin.“

„Mmmh, in Gummistiefeln?"

„Es sei denn, Sie wollen mich tragen."

„Mmmh ..."

Julian Rosenfeld sah Celina van de Laar gerade noch in den Borgweg verschwinden. Wollte wahrscheinlich mit der U-Bahn zur Mönckebergstraße, sich was Hübsches kaufen. Neues Seidenkopftuch oder so. Von dem Geld, was sie gespart hatte, weil sie ihm nicht das gab, was ihm zustand.

Er huschte über die Garagenzufahrt hinters Haus. Noch mal im Jaguar nachzuschauen hätte keinen Zweck, da war nichts zu holen. Mit dem Ellbogen drückte er die Einfachverglasung eines Sechzigerjahrekellerfensters ein und zwängte sich durch die Öffnung. Es roch muffig, unbenutzte Marmeladengläser standen auf Holzregalen, die Kartoffelkiste war leer.

Zügig durchsuchte er die Kellerräume, knöpfte sich dann das Erdgeschoss vor. Durchs Küchenfenster sah er, wie der Polizist, der ihm im *Imperial* auf den Zahn hatte fühlen wollen, zum Streifenwagen zurückkehrte und abfuhr. Rosenfeld stieg in den ersten Stock, suchte in den Schlafzimmerschränken nach Geld, auch unter dem Ehebett. Ob es immer noch das Bett vom toten Professor und seiner toten Frau war, in dem nun die Tochter schlief? Wäre das pervers? Rosenfeld war unsicher. Er hatte seinen eigenen Vater nie kennengelernt, die Mutter starb im Suff, da war das bescheidene Elternhaus lange verkauft. — Nur eine Seite des Ehebettes war benutzt. Celina van de Laar lebte allein, wie Rosenfeld es vermutet hatte. Viel Spaß gönnte sie sich nicht. Müsste sich locker machen, fand er und griff zur Schachtel auf dem Nachttisch, steckte sich ein Zigarillo an.

Was war zu tun? Konnte es sein, dass die Frau, die nach außen wie eine *Dame von Welt* auftrat, in ihrer braungetäfelten Sechzigerjahrestadtvilla wirklich kein Geld aufbewahrte? Für ihn passte das nicht. Solche Altjungfern hatten irgendwo eine Schatulle, trauten den Banken nicht. — Es blieb noch das Arbeitszimmer des Professors. In dem sie mit Bauklötzen gespielt hatte; so hatte sie es Rosenfeld am ersten Abend erzählt, während er sich nach einem *Astra* sehnte.

Schreibtischschubladen, Bücherbord, Schrankrückwände und Teppichbrücke: Mit Griffen zu den Versteckstellen, die er aus seiner Zeit als Wirtschafter bei den Mädchen kannte, filzte Rosenfeld das museale Arbeitszimmer, förderte nichts zutage. Er schaute hinab zur Garage, hinauf zum Hoteldach, wo Laura gestanden hatte, um zu springen.

Was für eine bescheuerte Idee von ihr. Sie war jung, hatte das Leben vor sich. Jedenfalls war das seine Meinung.

„Laura", sagte er und atmete Rauch aus. Jetzt hätte er ihr gern seine Meinung gesagt. Das wäre wichtig für sie, das hatte er im Gefühl. Für ihn war Aufgeben keine Option, egal wie sehr das Leben ihn piesackte. Frieda verließ sich auf ihn. — Er ging zum Schreibtisch zurück. Tatsächlich, da stand ein Telefon mit altertümlicher Wählscheibe. Diese Frau, Celina van de Laar, sie lebte ziemlich in der Vergangenheit. Rosenfeld legte das Zigarillo auf den Ascher mit dem Löwenkopf. Auf dem Abreißblock mit dem purpurnen Aufdruck

Professor Horst van de Laar

bemerkte Rosenfeld Schreibspuren.

Er schaltete die Schreibtischlampe an und ging in die Hocke. Ja, da waren Schriftspuren, durchgedrückt von dem Blatt darüber, welches aber abgerissen und verschwunden war. Vielleicht eine von Celina aufgeschriebene Adresse oder Telefonnummer, die zu Geld führte. Er würde die Notiz mit einem Bleistift lesbar machen, dessen Mine er flach über dem Papier abrieb, sodass die Buchstaben weiß sichtbar wurden, während die Blattfläche sich dunkel färbte.

In der obersten Schublade waren unter den Briefen die Bleistifte gewesen. Er färbte die Blattfläche mit Grafit ein …

Aber eine leserliche Schrift wie in den Spionagefilmen wollte nicht entstehen. Das war typisch, dachte er. Wieder und wieder zeigte ihm das Leben Chancen: schnell verdientes Geld auf der Reeperbahn, schönes Restaurant auf Mallorca, Frieda … Und immer stellte es ihm auf den letzten Metern ein Bein.

Davon würde er sich nicht unterkriegen lassen. Dieses Mal nicht. Er würde einfach darüber hüpfen.

So holte Rosenfeld die Briefe aus der Schublade, entschlossen irgendeine Information zu finden, die sich zu Geld machen ließ. Aber die Briefe kannte er bereits, da gab es nichts Neues. Es waren die Originale des Anschreibens, der Zeichnung und des Gutachtens, deren Kopien Rosenfeld dem Idioten Max Goedeke unter die Nase gehalten hatte.

Die letzte Zeile des Gutachtens … die hatte er bisher nicht wahrgenommen; unterhalb der unleserlichen Unterschrift stand getippt:

*Kopie z. Hd. Egon Goedeke, Braunschweiger Stra*ße 1, Hamburg-Altona

Die ganze Zeit spielte Celina van de Laar mit einem Zettel in der Jackentasche. Sie war ein bisschen nervös. Nägel mit Köpfen machen, dachte sie. Immer nur war sie unentschlossen. Ihr ganzes Leben lang den Risiken aus dem Weg gegangen. Wie Vater es ihr empfohlen hatte. — Hoheluftbrücke stieg sie aus. Die Grindelhochhäuser waren in Fußweite. In einem der oberen Stockwerke wohnte Juna, die Barfrau aus der *Ritze*. Ihr Gönner Tarek hatte das kleine Appartement für sie gekauft.

Juna war überrascht, dass Celina vor der Tür stand. Celina hatte darauf verzichtet, sich anzukündigen. Juna hatte Schultern wie ein Ringer, Reißbrettbusen und ein Gesicht vom Chirurgen. In der *Ritze* schmeichelte die schummrige Beleuchtung. Im Neonlicht des Etagenflurs und ohne Make-up sah Juna erschöpft aus.

„Celina! Was machst du denn hier? Komm herein!"

„Darf ich?"

„Aber natürlich! Ich freue mich."

„Ich will dich aber nicht aufhalten."

„Ach was! Gut schaust du aus. Mit den Haaren, das gefällt mir."

Celina hatte ihr Haar mit Gel streng nach hinten gekämmt.

„Komm, wir gehen auf den Balkon!"

Die zwei Frauen kannten sich seit Schultagen. Celina war die graue Maus mit den guten Zensuren gewesen, Juna der Klassenclown. Damals hieß Juna noch Klaus. Nach der Schule ging Klaus nach Südamerika und führte ein Wanderleben. Celina studierte. Mit Anfang 30 ließ Klaus sich zur Frau umbauen, fast jedenfalls, das Gemächt blieb zur Sicherheit dran; Klaus hieß seitdem Juna, fühlte sich zum ersten Mal im Leben, wie sie sagte, im Einklang mit ihrem Körper und tauchte ein in die

Szene auf dem Kiez.

„Ist es nicht zu kalt auf dem Balkon?", fragte Celina.

„Ach was! Das hält frisch und ist gut für den Teint."

Juna schloss die Balkontür hinter ihnen und steckte sich eine mondäne Zigarette an, die so dünn war wie die Ausreden der Ehemänner, die sie in Absteigen bestiegen hatten. Auch Celina nahm eine Zigarette. Sie rauchten und schauten über die Dächer der Stadt.

„Da lief *Lawrence von Arabien*", sagte Juna.

Celina wusste, dass Juna den Film meinte. Juna war Kinofan.

„Ist Jahre her, im Grindelpalast in 70-Millimeter-Breitbildprojektion", Juna zeigte nach unten auf die Kreuzung am Grindelberg. „Das Kino ist weg, sind Eigentumswohnungen draus gemacht worden." Lawrence von Arabien sei ein toller Typ gewesen, erklärte Juna. Peter O'Toole habe ihn gespielt, mit sooo blauen Augen. „In den könnte ich mich glatt verlieben. Das ging damals schon, ich war ja Frau geworden." Junas knochige Finger hielten die Zigarette wie eine Film-Diva. „Weißt du, was mir mittlerweile für ein Verdacht kommt?"

Celina hatte keine Ahnung.

„Ich habe die Geschlechtsumwandlung gemacht, weil ich nicht begriffen habe, dass ich schwul bin."

„Du bist Frau geworden, damit du mit Männern rummachen darfst, ohne ein schlechtes Gewissen zu haben?"

„Heute ist das kein Problem, aber damals, schwul ging gar nicht, da dachte ich nicht mal selbst dran."

Celina konnte das schwer nachvollziehen; aber sie war nicht Juna, sie wusste nicht, was in Juna vorgegangen war, als sie noch Klaus war. Sie konnte sich nicht erinnern, wie man vor einem

Vierteljahrhundert über Schwule dachte. Celinas Leben war wie auf geraden Schienen verlaufen. Genau deswegen war sie aufs Abstellgleis geraten. Juna mochte verbraucht aussehen, wenn kein schummriges Licht einer Nachtbar zur Hand war, aber immerhin hatte sie gelebt. Sie war jahrelang durch Südamerika gereist, war in *Nachtclubs* aufgetreten, hatte Männer gehabt, vielleicht Frauen, so genau hatte Juna sich darüber nie ausgelassen. Nun lebte sie in einem Appartement mit Blick über die Stadt und hatte einen Job in der *Ritze.* In die Jahre gekommene Stars der Szene wurden weiter beschäftigt. Das war ungeschriebenes Gesetz im Milieu. Celina dagegen ... irgendwo war bei ihr eine Lebensweiche falsch gestellt gewesen. Sie war unzufrieden und wollte das korrigieren, bevor es zu spät war. Bevor das Leben vorbei war.

„Ich muss mich setzen." Juna ließ sich in einen billigen Klappstuhl fallen. Von dort aus konnte sie nur noch den Fernsehturm sehen, die Balkonbrüstung verdeckte den Blick auf die Dächer.

„Ist dir nicht gut? Ich hol ein Wasser."

„Nein, lass nur." Juna schnippte den Zigarettenrest über die Brüstung. „Geht schon. Manchmal wird mir schwindlig."

„Wie lang hast du das?"

Juna winkte ab. „Ich beklage mich nicht. Ich habe meinen Spaß gehabt und bin bereit, den Preis zu zahlen. Willst du mir sagen, warum du hier bist? Nicht um zu sehen, wie es einer ausgemusterten Transenhure geht."

„Sprich doch nicht so."

Juna zündete sich die nächste Zigarette an. Sie hörte zu, was Celina über Julian Rosenfeld zu berichten hatte. Juna hatte Rosenfeld an Celina vermittelt, die vor Wochen zu ihr gekommen war, ob sie jemanden kenne, der ein Problem lösen könne. Was für ein Problem, hatte Juna gefragt und Celina sagte, sie brauche jemanden, der Angst machen könne.

Juna kannte Rosenfeld seit langer Zeit. Sie hatte ihn stets als fair erlebt. Wenn er Schicht hatte, waren die Zimmer sauber, Kleenex und Kondome lagen bereit, die Betten waren frisch bezogen. Rosenfeld hatte geschlichtet, wenn auf der Etage ein Freier den großen Macker markierte, hatte sich vor die Mädchen gestellt, sogar wenn es Meinungsverschiedenheiten mit den Luden gab. Als er Anfang des Monats abgebrannt in der *Ritze* auftauchte, hatte sie ihn an Celina vermittelt und ein gutes Gefühl dabei gehabt. Die beiden würden sich verstehen. Rosenfeld löste Celinas Angstmachproblem und Celina löste Rosenfelds Geldproblem. So hatte Juna es sich vorgestellt.

„Wie werde ich ihn wieder los?" fragte Celina und fröstelte, sie sah sich nach dem zweiten Klappstuhl um und setzte sich. Der kalte Bezug war durch die Jacke zu fühlen, immerhin hielt die Brüstung den Wind ab, der auf dem Balkon stärker wehte als unten auf dem Bürgersteig. — „Juna, wie werde ich ihn bloß wieder los?"

Junas Gesicht war Maske. Ein Meisterwerk aus Chirurgenhand. Den Menschen dahinter mit seiner Geschichte und den Gefühlen verbergend.

„Juna?"

Juna war die Zigarette heruntergefallen.

„Juna!" Celina war bei ihrer Freundin, die würde doch jetzt hier nicht einen Infarkt oder so was bekommen. „Juna … was ist mit dir?!"

Der Puls war schwach. Juna saß weiter unbeweglich.

„Wo hast du das Telefon, Juna?!" Celina war schon drin. „Halt durch, ich rufe einen Krankenwagen!" Wo zum Teufel lag das Telefon?

Auf dem Balkon sank Junas Oberkörper wie in Zeitlupe auf den Campingtisch.

Das schnurlose Festnetztelefon fand sich neben der Spüle, Celina telefonierte nach einem Krankenwagen.

Zurück im Wohnzimmer fand Celina eine Decke. Die würde Juna wärmen … Ihr kam eine Idee.

Einmal nicht wie auf Schienen funktionieren.

„Moment noch, Juna."

Celina hangelte sich im Menü zur SMS-Funktion und holte den Zettel hervor. Unter dem purpurnen Aufdruck

Professor Horst van de Laar

hatte sie mit Bleistift die Nummer von Max Goedeke notiert. Celina tippte diese in das Telefon. Sie würde Nägel mit Köpfen machen. Und Juna hatte gefälligst durchzuhalten.

Max und Sascha waren auf dem Rückweg zum Geländewagen. Sascha fragte:

„Du sahst geschockt aus. Rosenfeld hat sich gemeldet?"

„Schlimmer."

„Was kann schlimmer sein?"

„Will ich nicht drüber reden."

Max blieb stehen und schaute zur Holzbrücke zurück. Dort standen Sebastian Nielsen und Barbara Irgendwas. Die Frau passte so wenig in ein Naturschutzgebiet wie ein roter Ferrari vor die Parteigeschäftsstelle der Grünen.

Max sagte: „Ihr muss doch kalt werden?"

„Weiß nicht", meinte Sascha, „Sie sieht ziemlich heiß aus. Friert man trotzdem?"

„Ich meine, an den Beinen. Das ist doch alles nackig da."

„Willst du sie wärmen?"

„Keine Ahnung. Vielleicht wäre ich ihr nicht gewachsen." Max riss sich los von dem Anblick.

Die Freunde gingen weiter und schwiegen ausführlich. Der Weg wurde besser, der Geländewagen kam in Sicht.

„Was kann schlimmer sein als Rosenfeld?", erkundigte sich Sascha erneut.

„Reschke hat geschrieben. Als wir auf der Brücke standen."

Hartmut Reschke war der Leiter des Risc Managements der Hamburger Sparkasse.

„Vertröste ihn."

„Hab ich. Funktioniert nicht länger. Er will die Hypothek kündigen."

„100 Millionen? Das kann er nicht so einfach."

„Doch. Er fordert alles zurück, ich kann am nächsten Ersten die Gehälter nicht zahlen."

„Du müsstest verkaufen. Die Gehälter zurückzuhalten würde kaum reichen."

„Es sei denn, ich schlage morgen um 10 Uhr bei Reschke auf. Einen piekfeinen Umschuldungsplan sollte ich dabei haben."

„Das sind nicht mal 24 Stunden."

„Es gibt keinen Umschuldungsplan. Die letzte Chance war Paul in Frankfurt." Er sollte der TUI die Hälfte der Hotelkapazität für die nächste Saison verkaufen. „Bisher hat er nichts erreicht und heute geht die Messe zu Ende."

„Sie ist schon zu Ende. Zumindest für Paul", sagte Sascha und startete den Motor. „Paul sitzt im Flieger."

„Woher weißt du das?"

Sascha kurbelte die Servolenkung, setzte zurück. „Als ich vor dem Hotel auf dich wartete, rief Paul an. Das letzte Meeting mit den TUI-Executives war gerade vorbei. Sie wollten das *Imperial* nicht, und Paul fragte mich, wie er es dir beibringen soll."

Max schlug auf die Ablage. „Scheiße. Warum wollten sie nicht?"

„Wenn es renoviert wäre. Wenn Parkplätze da wären. Dann wären sie interessiert."

„So ein Mist. Der Vater baut es. Der Sohn verkauft es."

„Was?"

„Geht mir durch den Kopf", sagte Max. „Die Bodenkredit hat mir gekündigt. Jetzt macht die Haspa Zicken. Ich bin pleite. Aber so was von pleite."

„Ich meinte zu Paul, er soll in den nächsten Flieger steigen und zurückkommen. Ich würde es dir beibringen."

„Danke, hast du."

„Sieh es positiv, Max. Schlimmer kann es kaum werden." Sascha steuerte den schweren Wagen im Schrittempo über den Bullenbarg.

Max holte sein brummendes Smartphone hervor und las eine SMS, die gerade eingetroffen war.

„Es kann schlimmer werden", sagte er. Auf dem Display stand:

Es bleibt bei 7,5 Millionen. Morgen Mitternacht.

„Ist billiger geworden", sagte Sascha. „7,5 statt 20. Hast 12,5 gespart."

„Idiot", lag Max auf der Zunge; aber er hielt sich zurück, stattdessen sagte er: „Aber den Übergabeort verrät er nicht."

„Den werden wir erfahren, verlass dich drauf."

Sie waren auf der Jenfelder Allee auf Höhe der großen Satellitenschüssel, die signalisierte, dass dort Studio Hamburg residierte, als die zweite SMS einlief.

Planetarium. 7,5 Mio. Morgen Mitternacht. Das sind noch 24 Stunden und der Rest von heute.

las Max vor. — Sascha fuhr hart rechts ran und parkte in zweiter Reihe. Der Hintermann hupte.

„Mein Gott, ich hab's gehört", meinte Sascha, beugte sich herüber. „Zeig mal."

Sascha studierte die SMS auf Max' Smartphone, als gäbe es eine geheime Botschaft zu entziffern.

„Der Absender", sagte er schließlich, und gab Max das Smartphone zurück. „Kennst du die Nummer?"

„Ist eine Festnetznummer", sagte Max, „Letztes Mal war es ein Handy. Diesmal Festnetz."

„Da hat er einen Fehler gemacht", sagte Sascha.

Max begriff und nickte. „Stimmt."

Das hatte Celina wirklich geschrieben und gesendet.

Planetarium. 7,5 Mio. Morgen Mitternacht. Das sind noch 24 Stunden und der Rest von heute.

Sie hatte sich getraut. Sie war zufrieden mit sich. Das hatte der miese Max Goedeke verdient.

„Er hat es verdient."

Sie sagte es lauter. „Er hat es verdient!"

Sie hätte es noch mal gesagt. Wie eine Beschwörung. Damit sie nicht an Laura denken musste. Aber das funktionierte nicht. Sie dachte trotzdem an Laura.

Ausgerechnet jetzt, da sie vor dem Triumph stand, verschwendete sie Gedanken an Laura. Sie sah Laura auf dem Dach stehen. Laura breitete die Arme aus.

Rosenfeld lief.

Sie aber … sie stand am Fenster im Arbeitszimmer ihres Vaters und schaute. Sie schaute nur. Regungslos und gaffte.

Wollte sie, dass Laura sprang? Wollte sie das sehen?

Das war die Frage. Die unangenehme Frage. Weswegen sie Gedanken an Laura verdrängt hatte, während sie in der U-Bahn saß, auf dem Weg zu Juna.

Nun kam das Verdrängte hoch. Immerhin hatte sie die Polizei wegen Lauras Eskapade alarmiert. Aber reichte das, um sich zu entschuldigen? Um Absolution zu erlangen vor der letzten, schwierigsten Instanz: vor sich selbst?

Ihr Handy brummte, eine Männerstimme mit slawischem Akzent meldete sich.

Celina fragte. „Wer sind Sie?"

„Tarek. Ein Freund von Juna."

Juna hatte Tarek irgendwann mal erwähnt, er hatte ihr das Appartement verschafft. War Zuhälter gewesen oder so was. Sie würde vorsichtig sein. Mit solchen Typen war nicht zu spaßen, das hörte man immer wieder und sie wollte mit so etwas nichts zu tun haben. Sie war eine rechtschaffende Frau, eine Wissenschaftlerin.

„Was wollen Sie, Tarek?"

„Sie lebt."

„Sie meinen Juna?"

„Ja —"

„Haben Sie mit ihr gesprochen? Geht es ihr gut?"

„Ich sollte sie anrufen. Das hat sie gesagt und mir ihre Nummer gegeben."

„Mich anrufen?" Erstaunlich.

„Hat sie gesagt. Viel mehr nicht. Sie ist noch schwach, hat überall Schläuche."

Sie hatte sich Juna so nah eigentlich nie gefühlt. Sie hätte Juna kaum als Freundin bezeichnet. Hatte Juna eher fern von sich gehalten, hatte ihr Leben beobachtet. Aber eben aus der Ferne.

„Warum sollten Sie mich anrufen?", fragte Celina. „Hat sie das gesagt? Was hat sie über mich gesagt?"

Aber sie sprach ins Leere, Tarek hatte bereits aufgelegt, und bei Celina regte sich das Gewissen. Schließlich konnte es sein, dass es Juna besser gehen würde, wenn Celina den Krankenwagen schneller alarmiert hätte. Hastig verwarf Celina den Gedanken. Es waren doch nur Sekunden gewesen, die sie für die SMS an Max gebraucht hatte.

Tarek hätte solche Gewissensbisse bestimmt nicht gehabt. Ihn stellte sie sich bullig vor. So klang er jedenfalls. Ein Mann mit aufbrausendem Charakter und großen Gefühlen. Ein Romantiker, sentimental und nachtragend. Trinkfest. Außerdem hatte er eine große Familie. Durch dick und dünn gingen sie für ihn. Er war das Oberhaupt. Führte die Sippe unbestritten, sorgte sich um Strauchelnde, um Menschen, die ihm verpflichtet waren und Hilfe benötigten. Sie dagegen, Celina, sie war allein. Niemand war da, der sie unterstützte. Das Leben überrollte sie. So kam es ihr vor. Aufgeben würde sie deswegen nicht. Schließlich hatte sie nur das eine Leben. Sie würde kämpfen. Um Aufträge, um ihr Haus, um ihren Platz im Leben. Um die 7,5 Millionen. Die hatte sie verdient. Für alles, was Egon ihrem Vater angetan hatte. Was Max ihr antun wollte.

Max tippte ein „OK" ins Smartphone und sandte es an die Festnetznummer. Ob er wirklich beim Planetarium auftauchen würde, hatte er nicht entschieden. Er öffnete den Browser und tippte die Nummer in die Suche von *dasoertliche.de* ein.

Wie er es sich gedacht hatte: kein Ergebnis.

„Wir fahren zur Polizei", entschied er, und Sascha schaute verdutzt.

„Er hat von einer Festnetznummer geschrieben!", begründete Max. „Will mich erpressen, diese Flachnase."

„Okay, wenn du meinst." Das Navi zeigte noch die Seniorenresidenz als Ziel, aber mit einem Auge auf dem Verkehr manövrierte sich Sascha durch die Menüs, um ein Polizeirevier zu finden und als Zwischenziel einzugeben. „Willst du deine Mutter anrufen?"

„Wieso?"

„Dass du später kommst … oder willst du gar nicht mehr hin?"

Max wusste es selbst nicht. Da er sich nicht angekündigt hatte, würde sie ihn auch nicht vermissen. Es war 15 Uhr, gleich ginge sie zum Bingo; sie liebte das Spiel.

Das Navi zeigte das nächstgelegene Revier in der Caffamacherreihe an. Sascha wollte im Wagen bleiben, um zu telefonieren;

er würde versuchen, etwas zu organisieren, um das Hotel aus der Finanzklemme zu bringen, schließlich sei er als Max' Finanzberater dafür zuständig.

Konnte er alles machen, dachte Max und glaubte nicht, dass Sascha etwas erreichen würde.

Sascha brachte den Geländewagen vor dem Kommissariat zum Stehen, einem roten Backsteingebäude mit adretten weißen Fensterrahmen. Max stieg aus, schlug den Mantelkragen hoch; die Nachmittagssonne war hinter den Innenstadtgebäuden verschwunden, sogleich wurde es winterkalt.

„Verrat ihnen nicht, worum es geht", sagte Sascha.

„Dann komm mit, wenn du meinst, ich schaff das nicht." Glaubte Sascha, er wäre blöd? Er würde doch nicht rauslassen, dass das *Imperial* angeblich auf verseuchtem Boden stand. Außerdem: In all den Jahren war ihm nie zu Ohren gekommen, dass es einem Hotelgast schlecht gegangen wäre, dass er krank geworden wäre wegen eines Aufenthalts im *Imperial* oder Schlimmeres.

Max' Schritte hallten. Der Gang des Kommissariats war bis auf Schulterhöhe mit Kacheln in Klofarben gefliest. Seit Kaiser Wilhelms Zeiten schien sich wenig an der Ausstattung geändert zu haben.

Am Kaffeeautomaten neben der Toilettentür drückte ein großer Mann große Tasten. Die Backen hingen, ebenso die Schultern. Das Blouson war eindeutig vom Resteposten. Alt, verschlissen, faltig.

„Sagen Sie", begann Max, „… ich würde gern etwas wissen … wegen eines Anrufs." Er fingerte das Smartphone aus der Manteltasche.

Der Mann schaute auf, hatte die hellen, wässrigblauen Augen

eines Filmstars, die so gar nicht in ein hängebackiges Rentnerzielgradengesicht passten:

„Auch einen Ristretto?" Der Mann zog ein Plastikbecherchen unter dem brauntröpfelnden Spender hervor.

„Öh …"

„Ich bin Oberkommissar Möller, und wie heißen Sie?"

Max stellte sich mit Namen vor, lehnte das Gebräu ab, was Möller für einen Ristretto hielt. Im *Imperial*-Grill ließ Max den Ristretto aus besten Lavazza-Bohnen brauen, zubereitet in einem chromblitzenden Monster, einem Direktimport aus Italien.

„Diese Nummer … von der ich den Anruf … könnte man die rausbekommen?"

Möller schlürfte Plörre. „Was für einen Anruf?" Fixierte ihn mit den wasserblauen Augen, und Max fühlte sich schuldig. Wofür auch immer.

„Genau genommen war es kein Anruf. Eine SMS —"

„Zeigen Sie mal her."

Schon hatte Möller das Smartphone in den Händen. Max hatte es ihm gar nicht richtig gegeben und was wollte Möller überhaupt damit …

„Ihren Ausweis?"

„Bitte?"

„Den haben sie doch dabei?" Die Hängeschultern waren verschwunden, wirklich ganz schön groß war Möller.

„N-natürlich."

Der Oberkommissar hatte den Plastikbecher auf den Automaten gestellt, warf einen Blick auf Max' Ausweis, gab Ausweis und Smartphone zurück:

„Die Nummer kann man leicht rauskriegen."

„Super."

„Aber dürfen tun wir es nicht."

„Aber …"

„Ja?"

„Ach nichts."

„Es ist dringend. Sie brauchen die Nummer unbedingt."

Max nickte und fühlte nun die Hand Möllers, die sich auf die Mantelschulter legte: „Herr Goedeke, wenn ein Herr wie Sie —"

„Wie ich?"

„Teurer Mantel, Seidenkrawatte, der Tag hat zu wenige Stunden für all ihre Ideen. Wenn ein Mann wie Sie sich Zeit nimmt, um in ein Revier zu kommen. Dann ist der Leidensdruck hoch. Wenn ein solcher Mann dann nach einer Telefonnummer fragt, gibt es nach 30 Jahren Erfahrung nur zwei Gründe. Scheidung und die Frau versteckt das Kind. Oder es geht um eine Erpressung."

„Aber …!"

Möller hob die Hände. „Ich will gar nichts wissen. Nächsten Monat bin ich pensioniert." Möller nahm den Ristretto vom Automatendach. „Aber ich kann Ihnen einen Tipp geben. Wenn Sie wollen."

Max wollte. Er folgte Möller in das Oberkommissarbüro. Es hatte die Größe eines Schuhkartons.

Möller suchte unter Papieren, fand schließlich Visitenkarten: „Hier."

Max las:

Adalbert von Gerte
Anwalt

Oberhalb des Namens war ein Wappen eingeprägt: zwei stilisierte Reitgerten.

„Grüßen Sie Bertie von mir", sagte Möller.

„Bertie?"

„Er ist teuer. Um genau zu sein, der Teuerste. Aber Sie können es sich leisten. Und so verquollen, wie Sie ausschauen, sollten Sie ihn sich leisten. Hilft Ihrer Nachtruhe."

„Er dürfte Nummerneinsicht beantragen?"

Möller schüttelte den Kopf. „So einfach ist das nicht. Aber Bertie ist kreativ. Wenn Sie mit *Braunen* wedeln. Dann wird er *richtig* kreativ."

„Mit *Braunen*?"

Möller schaute ihn mitleidig an. Als wenn er Max sagen wollte: Nur in deiner Cashmere-Welt gelebt und keine Erfahrung mit dem echten Leben, was?

Kapitel 4

Falscher Name … wäre auch ein Wunder gewesen nach 40 Jahren.

Trotzdem drückte Julian Rosenfeld den Klingelknopf.

Es dauerte, dann tönte der Summer, er betrat den Hausflur in der Braunschweiger Straße. Knarrende, messingkantenbeschlagene Treppen bis in die *Beletage*.

„Moin, wa', verehrte Dame, ich suche Egon Goedeke." Natürlich war der tot. Aber er wollte an die Witwe; hatte doch Celina van de Laar gestern Abend im Jaguar gesagt, während sie aufs *Imperial* schauten:

„Vielleicht müssen wir bei der Mutter ansetzen."

Das würde er tun. Ohne Celina, die ihm sein Honorar nicht zahlte. Würde er sich eben das gesamte Geld holen. Celina konnte sehen, wo sie bliebe. Würde ihr eine Lehre sein.

Die Wohnungstür hatte sich einen Spalt geöffnet, ein umrunzeltes Auge bespähte ihn:

„Wen wollen Sie sprechen?"

Er wiederholte. Die Runzeloma sagte:

„Egon Goedeke? — Wohnt hier nicht."

„Oh, das ist schade. Ich bin ein Schulfreund —"

„Der hatte Freunde?"

„Natürlich, mich —"

„Geld hatte er, aber Freunde … außerdem ist er tot."

„Oh." Rosenfeld markierte ein trauriges Gesicht. „Vielleicht seine Frau, wissen Sie, wo sie ist? Ich meine, dann kann ich ihr mein Beileid aussprechen, wa.'"

Rumms, knallte die Tür zu, und er stand wie ein Anfänger im Etagenflur; hätte den Fuß in den Türspalt stellen sollen, solange sich die Gelegenheit bot. Er war aus der Übung. Zu lang auf Malle gewesen.

Die Tür öffnete sich wieder, weiter als zuvor, mit vorgelegter Kette nun. Die Oma mit runzligem Gesicht und wachen Augen hielt ihm einen Zettel hin:

„Theda Goedeke ist im Altersheim."

Er überflog die Adresse.

Die Oma sagte: „Wenn sie noch lebt, bestellen Sie einen Gruß von mir."

„Aber ich kenne Ihren Namen nicht?"

Die Oma musterte ihn von oben bis unten und wieder zurück, entschied sich. „Sagen Sie einfach, ‚Grüße von der zufriedenen Nachmieterin.'" — Rumms, die Tür war zu.

Celina van de Laar kam am Universitätsinstitut an. Universitätsinstitut — wie hochgestochen das klang. Ein algengefärbter Betonklotz am *Schlump* war es, eine Siebzigerjahre-Stadtbauschande, die zu stahlbetonmassiv war, um sie wegzusprengen. Ein Messingschild verkündete:

Institut für Geologie
- Professor Horst van de Laar -

Die schwarze Schrift blätterte. Hätte Celina das Schild nicht selbst wieder festgeschraubt, wäre es längst abgefallen und verschwunden. Zu Lebzeiten ihres Vaters hatte das Institut das Erdgeschoss eingenommen. Seine besten Studenten beschäftigte er als Assistenten. Er mochte clevere Studenten. Mit ihnen könne man gute Gespräche führen, sie brächten neue Ideen, sagte er gern. Jetzt war ein Kellerraum übrig geblieben, den die Verwaltung Celina van de Laar überlassen hatte, damit sie das Institut fortführen konnte. Wahrscheinlich hatte Celina den Keller lediglich aus einem Grund noch immer: Weil die Verwaltung vergessen hatte, dass das Institut existierte. Archivalien aus einer namibischen Völkerkundesammlung waren in den Algenbunker ausgelagert worden. Seit zehn Jahren betrieb Celina das Institut im Keller, keiner hatte sich seitdem nach der namibischen Sammlung erkundigt.

Leider hatte auch niemand nach einem geologischen Gutachten gefragt, das Celina hätte erstellen können.

Dabei besaß Celina jede Qualifikation dafür, hatte alles absolviert, was Vater ihr empfohlen hatte. Sie hatte promoviert wie er, hatte sogar die besseren Noten bekommen ... Sie war zu den gleichen Events gegangen, hatte die gleichen Meinungen gehabt, sie war in die richtigen Integrations- und Fördervereine eingetreten. Zur Professorin war sie zwar nicht berufen worden, aber das machte ihr wenig aus, sie blieb optimistisch, der Vater war es schließlich auch geblieben:

Sein Universitätsinstitut erhielt Aufträge über Aufträge, daneben hielt er Vorlesungen, korrigierte Studentenarbeiten; Celina nahm ihm die Aufträge aus der Wirtschaft ab. So würde es weitergehen, dachte Celina. Doch so ging es nicht weiter. Als ihr Vater starb, war es vorbei mit der Auftragsflut aus Stadt und Verwaltung. Der Vater war es, der alles am Laufen gehalten hatte. Das wurde ihr erst in der Rückschau klar. Wenn die verdammte Epilepsie nicht gewesen wäre ... noch heute könnte er leben.

„Guten Morgen, Celina." Einen Werkzeugkasten schleppend tapste der Hausmeister mit Altherrenschritten heran.

„Guten Morgen, Fritz!" Celina zwang sich ein Breitlächeln ab, Fritz hatte es verdient. Vor drei Monaten war er in ihr Leben getreten; in einer Montur, die sie nie zuvor gesehen hatte, einem *Crossover* aus Hausmeisterkittel und bayerischem Trachtenjankerl, welche Fritz - wie er behauptete - bereits bei seiner letzten Stelle in einem Boardinghouse in der ABC-Straße getragen hatte, ohne dass es zu Beanstandungen gekommen wäre.

Mit der Uniform also brachte er Celina bei ihrem ersten Aufeinandertreffen zum Lachen — und lachte mit. Sie schloss Fritz in ihr Herz und hatte die Idee, ebenfalls farbenfroher zu werden. Celina rangierte ihren braunen Strickhut aus; wenn sie aus dem Haus ging, band sie sich fortan Seidentücher um die Haare, die mit Blumenmotiven bedruckt waren.

Fritz sagte, er würde als Hausmeister arbeiten, und Celina kam der Verdacht, dass die Universitätsverwaltung ihn nicht geschickt hatte. Denn als sie Fritz fragte, kannte er keine Universitätsverwaltung. Aber Celina verzichtete darauf, Erkundigungen über Fritz einzuziehen, es riefe die Institutsexistenz unnötig in Erinnerung. — Fritz machte sich nützlich und war fortan neben Celina das zweite lebendige Wesen im Betonklotz.

„Die Heizung spukt wie Anfang letzter Woche." Er stellte den Werkzeugkasten ab.

„Spukt?"

„Sie macht Geräusche. Ich werde es ihr austreiben." Fritz grinste schief.

„Hast du wieder Schmerzen?", fragte sie. Fritz war an seiner alten Arbeitsstelle niedergestochen worden, er hatte es ihr erzählt.

„Immer", antwortete Fritz. „Aber das ist in Ordnung. Zeigt mir, dass ich lebe. Dafür bin ich dankbar."

Das war eine interessante Logik, fand Celina. Sie gäbe etwas dafür, in ihrem Leben auch eine Logik entdecken zu können. Aber da war nichts zu entdecken. Zumindest nicht für einen universitär auf Durchschnitt gedokterten Kopf wie ihren. Nur das eine sah sie: Dass sie einiges falsch gemacht hatte. Sie hatte ihrem Vater geglaubt und nun - unwiederbringlich gelebte Frauenjahre später - entdeckt, dass der Vater falsch gelegen hatte: Letztlich hatte er ihr, ohne es jemals ausgesprochen zu haben, seinen Lebensweg empfohlen. Aber sie konnte sein Leben nicht noch einmal leben. Etwas hatte sich inzwischen geändert. Nur hatte sie noch nicht herausgefunden, was es war.

„Morgen Mitternacht, 7,5 Millionen."

„Was sagst du, Celina?"

„Ich habe nur laut gedacht." Sie würde Logik in ihr Leben bringen. Vielleicht war das bisher ihr Fehler gewesen: zu wenig Logik. Dabei hatte sie eine wissenschaftliche Ausbildung, war Geologin.

Logisch war, dass sie sich vor der Geldübergabe das Planetarium angucken musste. Vor 20 Jahren war sie dort zum letzten Mal gewesen. Damals mit ihrem Vater. Meine Güte, überall spukte der Vater herum.

„Treib der Heizung das Spuken aus, Fritz."

„Liegt wahrscheinlich am Brenner." Fritz wuchtete den Werkzeugkasten hoch, tippelte in die Dunkelheit des Kellergangs, am längsten sah Celina die weißen Haare, die ihm wirr vom Kopf abstanden.

Bei ihr war es umgekehrt. Die Haare waren streng gekämmt,

der Verstand wirr. Den wollte sie klar kriegen. Sie schloss das Kellerbüro auf, knipste das Licht an. Vanilleduft waberte. Er kam von den Auftragsgutachten des Vaters: Das brüchig gewordene Papier ging mit der Kellerfeuchte nach Jahrzehnten des unentschlossenen Beschnupperns eine süßduftende Melange ein.

Celina schob die Urne mit Vaters Asche beiseite und holte die alten Stadtpläne hervor. Vater hatte sie gesammelt. Hunderte lagerten neben einem Stapel von Luftbildstadtplänen. Sie suchte den neuesten Hamburg-Plan. Er war von 1988; aber die Standorte von Planetarium und Stadtpark würden sich in den letzten 30 Jahren nicht geändert haben. Der Stadtplan ließ sich ausklappen, das Planetarium war als niedliches Bildsymbol eingezeichnet. Nicht weit entfernt lag ein Parkplatz. Jedoch verwarf sie den Gedanken, mit dem Jaguar vorzufahren. Das wäre zu auffällig. Sie ginge zu Fuß, die Entfernung betrug kaum einen Kilometer.

Einen Kilometer bis zum Triumph. Tausend Schritte für 7,5 Millionen. Das machte 7.500 Euro pro Schritt.

„Ich vollende, was du damals nicht mehr geschafft hast, Papa." Und das Geld würde kaum das Wichtigste dabei sein.

Was machte sie nach ihrem Sieg? Das müsste bedacht werden. Sie würde Papas alte Unterlagen sortieren. Sie betriebe sein Institut weiter, käme endlich an neue Aufträge.

Die Trippelschritte des Hausmeisters wurden hörbar.

„Repariert. Brenner läuft sauber."

„Super." Sie klappte den feuchtlappigen Plan zu, Fritz' flinke Augen hatten ihn gesehen:

„*Google Maps* find ich praktischer."

„Wir haben keinen Internetanschluss." Sie würde auch keinen beantragen, sich nicht in Erinnerung rufen. Obwohl … wie konnte sie Aufträge akquirieren, ohne Aufmerksamkeit auf sich zu ziehen?

Fritz holte sein Smartphone hervor. „Aber mit'm Handy …"

„Hier ist kein Empfang, Fritz."

Er wischte auf der Glasfläche herum. „Manchmal schon … Aber jetzt geht's nicht. Du brauchst einen Internetanschluss. Kannst du bestimmt beantragen. Bei der Verwaltung. Die gibt es doch. Hast du mir erzählt."

„Ja, könnte ich tun."

„Und dann machst du Marketing. *‚Geo-Institut jetzt mit Internet'* oder so. Marketing, Celina. Damit das Telefon klingelt."

„Ich brauch kein Marketing. Qualität setzt sich durch." Das hatte Vater gesagt. So ähnlich hatte er es gesagt. Marketing hieß damals Reklame. Vielleicht war Vaters Meinung auch nicht richtig. Genauer: Damals war sie richtig gewesen, aber heute nicht mehr. Heute machte man besser Marketing. Sie brauchte Einnahmen. Auf der Villa lastete noch eine Resthypothek, sie musste Raten zahlen und das fiel ihr immer schwerer.

Fritz sagte: „Ich kenne einen Marketingspezialisten."

„Du kennst einen Marketingspezialisten?"

„Leon Artles, der ist gut und würde sich freuen."

„Und ich sollte ihm eine Freude machen? Weil er sich freuen würde?" — Nein, sie brauchte etwas ganz anderes als Marketing …

Aber sie wusste nicht genau, was es war.

Seltsamerweise fiel ihr Rosenfeld ein. Der bedrohte sie. Den wollte sie loswerden.

Oder doch nicht?

Sie hatte nur geschaut. Er jedoch … er war gelaufen, um Laura zu retten.

Aber wer würde sie retten? Wenn es mal nötig war. Papa konnte es nicht mehr.

Das war kein Altersheim. Das war ein … er fand kein passendes Wort. Von der Form her war es ein überhoher Speicher, wie es viele an den Kais gegeben hatte, in den Zeiten als noch Stückgut gelöscht und gelagert wurde. Waren die anderen Speicher längst abgerissen, so war dieser aufgebrezelt worden. Hatte Etagenfenster bekommen, eine Lounge, gepflasterte Vorfahrt, einen schicken Eingang. Und einen Gnom als Portier.

Rosenfeld lugte aus dem Bushaltehäuschen und sah das Problem. Den Gnom würde er kaum auf die Schnelle übertölpeln. Das war einer von seinesgleichen. Vielleicht im *Salambo* aufgetreten, als es noch stand. Oder in einer Kuriositätennummer in einem der Nachtclubs am Steindamm. Dürftige Show, dürftigere Bezahlung. Auf ihren Schnitt kamen die Künstler durchs Trinkgeld der Kleinstadtkavaliere, die vor ihren Kleinstadtdamen in Billig-Fummel den Wochenendmann von Welt markierten. Der Gnom brauchte Rosenfeld nur zu sehen, um misstrauisch zu werden; misstrauischer noch als die Oma aus Altona, von der er die Adresse hatte. Max Goedeke dagegen, der hatte für so was keine Antenne. Ließ sich in diese Dönerbude zu seiner eigenen Erpressung zitieren.

Rosenfeld grinste. Lehnte sich an das verglaste Reklameplakat im Bushaltehäuschen und wählte Junas Nummer. Sie hatte ihn zu dem verkorksten Celina-Job gelotst. Sie würde ihm jetzt heraus zu helfen haben.

Meine Güte, ließ Juna sich Zeit, ans Telefon zu kommen.

Sascha wartete, bis Max im Eingang des Reviers verschwunden war, dann kontrollierte er die WhatsApp-Nachrichten. Kein Wort von Nele. Sie hatte es versprochen — und sich nicht daran gehalten.

Eigentlich musste er sich darüber ärgern. Andererseits machte es Nele interessant. Sie hatte einen eigenen Kopf, dachte unkonventionell und traute sich, Entscheidungen zu fällen. Zum Beispiel wen sie anrief und wen sie vergaß.

Sascha wollte zu denen gehören, die sie nicht vergaß. Also tippte er ihre Nummer. Es dauerte ... Vielleicht war sie im Kundengespräch, schwatzte jemandem Blech auf, dass er nicht brauchte, aber glaubte, es zu wollen.

„Hallo Saschaah" — Ihre Gänsehautstimme ...

Er fragte: „Warum magst du mich?"

„Mag ich dich?"

„Du hast meinen Anruf entgegen genommen."

„Deswegen mag ich dich, glaubst du?"

„Es ist ein Anfang."

Wieder ihr Lachen. „Vielleicht mag ich dich ...", sie machte es spannend, „weil du gut im Bett bist ..."

„Oh ..." Ihre Direktheit frappierte ihn noch immer, „Ist das eine Frage oder Feststellung?"

„Eine Feststellung ...", ihr kehliges Lachen in der Leitung, „... hoffst du."

„Hast du was Neues für mich?"

Ihre Stimmung kippte, er merkte es. Er hätte nicht so ungeschickt fragen sollen.

„Deswegen rufst du an?"

„Du wolltest dich melden, Nele."

„Bestimmt nicht deswegen."

„Warum dann?"

„Weil ich es mag, mit dir zu sprechen." Aber es war kein Gänsehautfaktor mehr in ihrer Stimme. Er hatte es kaputtgemacht.

„Das mag ich doch auch", sagte er, „Ich meine, mit dir zu sprechen."

„So scheint es aber nicht."

Gott, waren Frauen kompliziert.

Sie sagte: „Mir kommt es vor, du meldest dich, wenn du einen Tipp brauchst."

„Ich wollte mit dir Essen gehen." Okay, etwas plump …

„Das fällt dir jetzt ein."

„Deswegen rufe ich an."

„Haha."

„Heute Abend? Im Roccos?"

„19 Uhr. Damit wir noch was haben vom Abend." Klick — sie hatte aufgelegt. Ihm war warm geworden. Im Bett war sie toll. Wenn sie es bis dahin schafften und nicht gleich in Roccos Toilettenkabine übereinander herfielen.

Sascha sah Max aus dem Revier kommen, verkniffener Mund, die Fäuste in den Manteltaschen versteckt.

Sascha ließ das Handy verschwinden, „Und?", fragte er, da Max einstieg und einen Schwall Kälte mitbrachte.

„Meine Personalien haben sie jetzt jedenfalls."

„Weißt du, von wo Rosenfeld angerufen hat?"

Max schüttelte den Kopf.

„Schlechter Tausch", sagte Sascha

„Hä?"

Sascha verspürte keine Lust, das Thema zu vertiefen. „Jetzt zu deiner Mutter?" Er bugsierte den Geländewagen aus der Lücke.

„Ich habe mit einem Kommissar gesprochen. Er meinte, ich sollte mit *Braunen* wedeln." Max knickte an einer Visitenkarte herum.

„Jemanden bestechen?" Sascha kam eine Idee.

„Er meinte wohl eher, jemanden motivieren. Einen Anwalt motivieren, von dem er mir die Karte gegeben hat. Hast du noch Zeit? Ich spring nur schnell rein bei meiner Mutter, beim Bingo lässt sie sich sowieso ungern stören. Danach —"

„Natürlich habe ich Zeit", unterbrach Sascha, „Dafür bezahlst du mich."

„Was?" Max sah Sascha von der Seite an. „Ich bezahle dich dafür, dass du mein Freund bist?"

„So meine ich das nicht." Oh nein, heute war er ungeschickt. Erst schlidderte er in eine Auseinandersetzung mit Nele, jetzt mit Max. „Hör mal, ich habe eine Lösung."

„Eine Lösung?"

„Für deine Finanzklemme."

„Du meinst die Millionenpleite? Mit der ich das Lebenswerk meines Vaters gerade gegen die Wand fahre?"

„Ach was." Die *Braunen* hatten Sascha auf eine Lösung gebracht. „*Braune* hießen früher die Tausender. Dein Kommissar ist von älterem Semester?"

„Kann man sagen."

Der Geländewagen quälte sich durch schmale, auf beiden

Seiten zugeparkte Altstadtgassen, vorbei an Maßschneiderateliers, die an Ratsherren und Bankern verdienten, vorbei an Militariahändlern, die im Schaufenster original Helgolände Knochenschiffmodelle, im Hinterzimmer Wehrmachtsorden anboten. Die Knochenschiffe importierten sie aus China, die Orden aus der Ukraine, wo sie aus Soldatengräbern gewühlt wurden.

„Reschke ist auch von älterem Semester."

„Und das hilft mir, die 100 Millionen ranzuschaffen?", fragte Max, „Dass Reschke und Kommissar Möller kurz vor der Rente stehen, hilft mir?"

„Nicht so ungeduldig, mein alter Freund." Mittlerweile war Sascha sicher: Der Plan konnte gelingen.

Während die Straßen breiter wurden und die Elbe näherkam, Containerbrücken sichtbar wurden, währenddessen also entwickelte Sascha Niederberger seinem Freund Max Goedeke das Vorgehen, wie der Hotelier und Immobilienunternehmer sich aus dem Finanzschlamassel bis morgen früh um 10 Uhr befreien konnte, um sich ganz Rosenfeld und seiner Erpressung widmen zu können. Es war ein so raffinierter und dabei doch einfacher Plan, dass Max seinen Freund Sascha am liebsten geküsst hätte und sich beglückwünschte, Sascha einen gut dotierten Posten als Berater gegeben zu haben.

Vorbei an der Fischauktionshalle holperte der Geländewagen über das historische Kopfsteinpflaster der *Großen Elbstraße*. Der zur Luxusseniorenresidenz hochsanierte Kornspeicher überragte die flachen Zweckbauten der Touristengaststätten, Hafenhändler, Makler und Schiffsausrüster. Der Kornspeicher stand direkt an der Kaimauer. Von den oberen Etagen hatte man einen atemberaubenden Blick auf Stadt und Elbe.

Die Parkplätze vor dem Kornspeicher waren mit Granitpollern unbrauchbar gemacht. In Fußweite war ein Bushaltehäuschen aufgestellt. Die alten Millionäre leisteten sich so in dem luxuriösen Kornspeicher ein letztes irdisches Edelapartement vor dem Abflug in den Himmel. Sascha parkte den Geländewagen mitten auf der Katzenkopfpflastervorfahrt. Ein Gnom in dunkelroter Uniform schoss aus der Drehtür, wedelte mit seinem kurzen Zeigefinger.

Max ließ die Seitenscheibe herunter. Ins Gesicht fegte ihm eisiger Wind, der über die Elbe hinweg Fahrt aufgenommen hatte. „Wir wollen zu meiner Mutter. Sie wohnt hier."

„Sie dürfen aba hier nich' stehen bleiben."

Sascha stieg aus. Langsam, hanseatisch, die Macht war mit ihm.

Der Gnom sagte: „Ich rufe Polizei."

„Nicht nötig", meinte Sascha, „Ich bin die Polizei." Er klappte die Brieftasche auf; der Gnom warf einen Blick, nahm Haltung an, und Sascha und Max durften in den Kornspeicher.

„Was hast du ihm gezeigt?", fragte Max.

„Keine Ahnung … Mein Führerschein ist gerade vorn."

In Loungesesseln dämmerten alte Menschen. Durch große Scheiben, die den Blick auf Elbe und endlosen Himmel freigaben, entdeckte Max seine Mutter; aber Theda Goedeke war nicht in der Lounge, sie stand draußen.

Sie stand auf der Kaimauer. Ihr graues Haar, sonst zum Knoten gebunden, wehte im Wind. Sie trug ihren Lieblingsschottenrock, dazu eine Sommerbluse, bedruckt mit Blumenmustern, wie Max sie ähnlich gestern Nachmittag auf dem Kopftuch einer

Unbekannten in dem Jaguar gesehen hatte, aus dem Rosenfeld ausgestiegen war.

„Mama, wo ist dein Mantel?!" — Das konnte sie natürlich nicht hören.

„Meine Güte!", rief Sascha aus, „Sie holt sich den Tod da draußen!"

Max rannte zum gläsernen Seitenausgang. Im Sommer führte der Seitenausgang zu Klappstühlen und Sonnenschirmen. Jetzt war er verschlossen.

„Hallo! Können Sie öffnen!"

Der Gnom fegte den Eingang mit einem Miniaturbesen und tat, als höre er nicht.

Sascha machte einen Satz zum Gnom und zog ihm am Ohr.

„Aua!" Der Besen polterte.

„Aufmachen."

„Aba ..." — Aus einer Schublade hinterm Empfangstresen brachte der Gnom einen Schlüsselbund hervor, stocherte in dem Sicherheitsschloss der Glastür, es passte kein Schlüssel. Mittlerweile war Max durch den Haupteingang und um den Kornspeicher herum zur Kaimauer gelaufen.

Aber Theda Goedeke stand nicht länger auf der Mauer.

„Mama!"

Böen fegten über die unruhige Elbe. Theda Goedeke war verschwunden.

Kapitel 5

Raspelkurze Haare, kesse Zahnlücke, leckere 20 Jahre. So kam sie auf ihn zu. Sie war neu.

Huiih, dachte er. Nur die Haare müssten länger ... Wenn die Albaner sie in die Finger bekämen ... eine Nacht auf der Tanzfläche, einige Bacardi-Cola — sie wäre Wachs in ihren Händen. Sie erzählten ihr, sie wäre die Schönste und verdiene, auf Händen getragen zu werden.

Wo das endete, das wusste er.

„Sie wünschen, mein Herr?" Sprach mit gezupften Augenbrauen, schaute stahlselbstbewusst statt rehäugig.

„M-mein Name ist Rosenfeld ..." Etwas war anders bei der Kurzhaarschönen, passte nicht in sein Frauenmuster, brachte ihn zum Stottern. „Ich wollte zu Herbert, wa."

„Zu Doktor Herbert Plöckeboom, meinen Sie." Heben einer Augenbraue, „Haben Sie einen Termin?"

„Öh ..." — Vielleicht war sie eine Lesbe.

Herbert kam aus seinem Büro gehumpelt, erlöste ihn: „Lassen Sie nur, Valérie."

Herbert war einen Kopf kleiner als Valérie, zwei Köpfe kleiner als Rosenfeld: ein Männchen mit Flanellhemd um schmale Schultern:

„Lass uns ins Konferenzzimmer gehen, Diet- äh ... Julian."

Herbert humpelte voran, vorbei an Steuergehilfinnen vor Computern und Aktenordnern.

„Valérie ist neu", sagte Herbert.

„Hab' ich gemerkt." Verkniff sich die Frage, ob sie Lesbe sei.

Herbert schloss die Tür: „Was kann ich für dich tun?" Sie setzten sich auf schwarzes Rindsleder. Rosenfeld schaute auf umrahmte Kleckse. Schätzungsweise moderne Kunst. Käme ihm nicht an die Wände im Restaurant auf Malle. Da würde er Bilder von Leuchttürmen aufhängen. Vor Jahren hatte er Leuchtturmzeichnungen in einem Bücherladenschaufenster gegenüber vom Rathaus gesehen, die Zeichnungen waren unterlegt gewesen mit Seekarten. Das wäre eine tolle Deko.

„Ich wollte mit Juna telefonieren", begann er, „und ich habe sie nicht erreicht."

„Wartest du drei Stunden, dann dürfte sie in der *Ritze* auftauchen."

Herbert kannte die Lebensumstände von Juna und weiteren Mädchen. Als Steuerberater erledigte er ihre Angelegenheiten mit dem Finanzamt.

„Solange kann ich nicht warten", sagte Rosenfeld. „Könntest du mir stattdessen die Nummer von Carla geben?" Carla hatte die Telefonnummern der Mädchen, die Rosenfeld brauchte, um in den Kornspeicher zu kommen.

Herbert wiegte den Kopf.

Dreißig Jahre war Carla Puffmutter in der *Herbertstraße* gewesen, mittlerweile Immobilienunternehmerin, in Steuersachen Herberts Klientin.

„Gefällt dir die Wohnung?", fragte Herbert.

„Ja, gut."

„Tue ich nicht genug für dich?"

„Doch, doch." — Herbert hatte Rosenfeld in einer Dachkammer in Niendorf untergebracht. In der Einflugschneise des Flughafens. Herbert hatte auch Wohnungen in der *Silbersack-*

straße, die waren ruhiger; aber Rosenfeld würde sich nicht beklagen. Wahrscheinlich war es sogar gut außerhalb der Szene zu wohnen, in der er sich früher bewegt hatte. In der Dachkammer hauste er mietfrei und durfte solange bleiben, wie nötig war. Weil er Herbert mal faustweise ausgeholfen hatte.

„Wir sind also quitt?"

„Jaja, wa?"

„Dann frag' bitte nicht nach Carlas Nummer. Die kann ich dir nicht geben, das weißt du", sagte Herbert.

„Es ist nur so, ich brauche schnell ein paar Mädchen."

„Deren Nummern du im Handy hast."

Herbert war naiv. — In Steuersachen mochte er ein Fuchs sein; aber wie man sich auf der Straße durchschlug, begriff er nicht. Noch immer nicht.

Auf der Reeperbahn war Herbert mit einem jugendlichen Albaner in Streit geraten. Eine nichtige Sache, und juristisch gesehen war Herbert im Recht. Als Herbert mit Anzeige drohte, trat ihm der Jugendliche auf den Fuß — Trümmerbruch. Am Abend erschien Tarek in Herberts Büro, stellte sich als Vater des jugendlichen Heißsporns vor und entschuldigte sich für seinen Sohn. Der Vater war als Flüchtling aus Albanien eingewandert. Zwei Morde und drei Jahre später war er Kiezboss. Der schmalschultrige Herbert versprach ihm, auf eine Anzeige des Sohns zu verzichten. Man kam ins Plaudern. Der Kiezboss deutete Probleme an, die er mit Koffern hatte. Koffern voller Bargeld. — Herbert nahm sich der Koffer an, ordnete die Buchhaltung des Kiezianers, besänftigte das Finanzamt. So begann Herberts Karriere als Steuerberater auf der Reeperbahn.

Trotzdem blieb er in Straßendingen naiv. — „Das Handy hab'

ich weggeworfen", erklärte Rosenfeld. „Die Spanier sind an den Grenzen ganz schön angespitzt. Angeblich wegen Flüchtlingen, aber das ist eine Ausrede. Die fischen jeden ab, der ihnen nicht passt. Handy mit Kontaktdaten sollte man besser nicht dabei haben."

„Im Kopf hast du sie nicht?", fragte Herbert.

„Die Nummern? Bist du verrückt." Nicht jeder besaß das Zahlengedächtnis eines bedokterten Steuerberaters.

„Auf irgendeinem Stick gespeichert?"

Herbert, der Schlaumeier. Nein, hatte er nicht. Nicht dran gedacht. — Einfach Carlas Nummer. Jetzt. Rosenfeld legte seine Pranken aufs Mahagoni.

„Ich hol' mal Kaffee." Herbert verschwand — und kehrte nicht zurück. Stattdessen brachte diese Lesbe, Valérie, den Kaffee.

„Wo bleibt Herbert, wa'?"

„Der Doktor? Ist in sein Büro gegangen. Kommt bestimmt gleich."

Rosenfeld trank, wartete, stand auf, schaute hinüber zum Kornspeicher. Ein Krankenwagen mit Blaulicht fuhr vor. In den Kornspeicher wollte er rein, zu der alten Theda Goedeke. Die würde Geld haben. Wenn er gewusst hätte, dass seine Idee sich so schwierig umsetzen ließ, hätte er die Fäuste genommen und dem Gnom einen auf die Glocke gegeben. — Ach was, das war Unsinn. Nach all den Jahren war er erfahrener geworden: Um aus dem Kornspeicher wieder herauszukommen, durfte er vorher keine Aufmerksamkeit erregen.

Herbert erschien, hatte eine Mappe dabei: „Das ist deine Steuererklärung, kannst du direkt abschicken. Für dich zur Info, nicht fürs Finanzamt, ist die Aufstellung der Einnahmen und Ausgaben. Die Nummern hinter den Posten, mit Bleistift geschrieben, das sind die Buchungsnummern."

„Was soll ich damit?"

„Für deine Unterlagen."

„Interessiert mich nicht. Den Rest fürs Finanzamt kann deine Lesbe einwerfen."

Schnell, bevor etwas Falsches passierte, packte er seine Pranken ein und ließ Herbert stehen. — Schon im Treppenhaus bedauerte Rosenfeld den Abgang. Herbert war ein Guter, war einfach in einer anderen Welt zu Hause, man musste mit ihm reden, viel erklären. Herbert war einer der wenigen, die seinen wirklichen Namen kannten, nicht nur diesen *Julian-Rosenfeld-Mist*, den ihm sein damaliger Trainer aufgeschwatzt hatte: „So was brauchst du als Champion. Das muss klingen." Später stellte sich der ungeliebte, angenommene Julian Rosenfeld als praktisch heraus, half dabei, unterm Radar der Ordnungshüter zu bleiben. Herbert brauchte natürlich den richtigen Namen, wegen des Finanzamts. Aber Herbert konnte man vertrauen. Eigentlich blöd, dass er da gerade so aus dem Büro rausgedampft war.

Valérie kam die Treppe hinterher: „Ihre Unterlagen! Soll ich Ihnen bringen!"

Dieser selbstsichere Blick … „Kannst du dir wohinschieben", sagte Rosenfeld.

„Wissen Sie, dass Sie so aussehen?"

„Wie sehe ich aus?"

„Wie Sie sprechen."

„Sie sind mutig, wa."

„Das verunsichert Sie? Solche Frauen kennen Sie nicht?"

Er wusste nicht recht. Sie drückte ihm die Mappe in die Hand.

„Sie schauen sich die Bleistiftnummern an. Das lässt Ihnen der Herr Doktor ausrichten."

Das war unmöglich. — Max schaute links und rechts der Mauer entlang. Gerade war seine Mutter noch da gewesen. Sie konnte nicht einfach ins Wasser fallen. Vor der Kaimauer war Sandstrand. Verdreckt von angeschwemmten Holz, Hundekot, leeren Bierflaschen. Am Ufer wateten Spaziergänger in Thermojacken durch Schlick.

Max winkte Sascha, dann sprang er in den Sand und lief zum Elbufer. Aus der Nähe war das Wasser grau, hatte algenschmutzigen Schaum. Wassertröpfchen, von Böen angetrieben, prickelten Max auf Wangen und Lippen.

Sascha kam. „Wo ist sie?"

„Ich habe keine Ahnung!"

Beide schauten über das Wasser. Rufe wehten heran. Die Thermojackenspaziergänger knieten und winkten. Bevor Max nachdachte, setzten sich seine Beine in Bewegung.

„Mama!"

Sie lag im Sand, zugedeckt von einem wattierten Mantel, den ein Spaziergänger ausgezogen hatte. Max warf sich auf seine Mutter. Sie schien ihm klein und leblos unter dem Mantel, und sie würde frieren in dem nassen Sand. Er hob seine Mutter, todeszart war sie, der Mantel fiel, wurde ihr von hilfreichen Händen erneut übergestreift.

„Mama, alles wird gut ..."

Seine Mutter schlug die Augen auf, Gott sei gelobt — die Worte berührten Max bis ins Mark, obwohl er das letzte Mal vor Jahrzehnten im Gottesdienst gewesen war und sich ansonsten um den alten Herrn nicht gekümmert hatte.

Als sie dem Kornspeicher näher kamen, Max mit seiner Mutter auf den Armen, begleitet von Sascha und Spaziergängern, da sah Max die alten Leute, die vorhin in der Lounge in Sesseln gedämmert hatten, an den Scheiben stehen und mit gereckten Hälsen gucken. Er war ihnen nicht böse, hatte keine Zeit dazu.

Sie brauchte Tee, dachte er. Heißen Tee, ein Bad dazu —

„Ich habe den Krankenwagen alarmiert!" Es war eine junge, schwarzhaarige Frau in weißem Kittel, die ihm mit diesen Worten entgegeneilte. Sie kam ihm bekannt vor, er konnte sie aber nicht gleich einordnen. Offensichtlich war sie eine Altenpflegerin vom Kornspeicher. Sie hatte eine Rettungsdecke aus Aluminium dabei.

„Ich habe es von oben gesehen", sagte sie und legte die Decke über die Jacke, welche Theda Goedeke bereits wärmte. Mit aufgerissenen Augen starrte Max' Mutter in den Himmel. Die Altenpflegerin fühlte Theda Goedekes Stirn und Puls: „Ich haben den Notruf gewählt. Die arme Frau Goedeke —"

„Sie kennen meine Mutter?"

„Oh ja, eine liebe alte Dame. Als sie nicht beim Bingo erschien, habe ich —" Max sah, dass sie ihn erkannte und nun war es auch ihm klar.

„Gestern Nachmittag ...", sagte er und hörte anschwellendes Martinshorn, „... vor dem Imbiss, Sie sind..."

„Aische. Ja, ich bin Aische", die Altenpflegerin lächelte, „Sie haben mich gerettet. Vor meinem Mann. Und ich weiß nicht wie ich Ihnen danken kann. Aber sagen Sie nichts meinen Kollegen, bitte."

Am Anfang der Kornspeichervorfahrt, hinter Saschas Geländewagen, stand ein Krankenwagen. Das Blaulicht kreiste, zwei Sanitäter hoben eine Trage heraus.

„Junger Mann!" — In Theda Goedekes gerade noch todesschlaffen Körper kehrte Leben zurück. Sie zupfte sich ihren Rock zurecht … „Lassen Sie mich runter."

„Mama …"

Theda Goedekes Blick löste sich vom Februarhimmel, sie schaute zu Max. Um die Nase herum bekam sie den verkniffenen Zug, den er bei ihr kannte, und da wusste er, dass seine Mutter völlig genesen würde. Als ob sie schon wieder ihre lebenslange Verbitterung riechen konnte, dass Egon die Ideen gehabt hatte und sie zu Hause saß, während er ein Hotel leitete und um die Welt jettete. Was sie nach seinem Tod dazu brachte, kaum noch einen Schritt in das familieneigene Altonaer Stadthaus zu setzen, stattdessen allerlei neue Unternehmungen zu starten, die gutes Unternehmergeld verbrauchten, um schlechte Künstler zu finanzieren.

„Sie sollen mich runterlassen."

Vorsichtig stellte Max seine Mutter auf die Beinchen, und die zierliche Theda Goedeke wäre zusammengesackt, wenn der Sohn sie nicht gehalten hätte. Aische hakte sich auf der anderen Seite ein.

„Ich will das nicht."

„Aber Mama …"

Sie machte sich frei, aber lediglich von ihm, von Aische ließ sie sich zur Drehtür geleiten, von einem Sanitäter die Vitalwerte messen; aber nur im Sitzen, die Trage lehnte sie ab. Mitbewohner umringten sie, es bedeutete Abwechslung im Alltag. Es ging in den Aufzug, Max trottete hinterdrein und war froh, in das schmale Ding neben seiner Mutter und Aische hineinzupassen.

Sascha besprach sich mit den Sanitätern, unterschrieb ein Papier.

„Der Mann kann gehen", sagte Theda Goedeke, als sie in ihrer Suite angelangt waren, „was macht der hier?"

„Das ist Ihr Sohn, Frau Goedeke", meinte Aische.

Max fühlte sich nicht getroffen. Erkannte sie ihn wirklich nicht oder tat sie so? Sein Blick streifte ihr Gesicht — undurchdringlich. In der Suite war die Luft trocken und warm, fast überheizt. Das Hafenpanorama könnte das viele Geld wert sein, das seine Mutter für die Suite bezahlt hatte. Der Himmel spannte sich über einen silbrigen Elbstrom und das Alte Land. Max fragte sich, ob seine Mutter die Schönheit wahrnahm.

Wahrscheinlich tat sie es. Wenn nicht bewusst, so wirkten der Himmel und der Ausblick doch unbewusst.

Milde gestimmt wandte Max sich seiner Mutter erneut zu.

„Sie erinnern sich doch an Ihren Sohn?" Aische beugte sich über Theda Goedeke, die nun in ihrem Lieblingssessel saß und einen Alarmdrücker befingerte und damit völlig beschäftigt war. Ihren Sohn beachtete sie nicht. Gerade das ließ Max vermuten, dass sie weniger schusselig war, als sie vorgab.

„Ihr Sohn …" Aische guckte zu ihm.

„Max heiße ich."

„Ihr Sohn Max. Sie erinnern sich." Aische schaute nicht seine Mutter an, sondern ihn; er hatte das Gefühl, sie würde etwas zu dem gestrigen Vorfall sagen wollen oder er sollte etwas dazu sagen. Bevor ihm einfiel, was er sagen könnte, war der Augenblick vorbei.

„Geben Sie mir", forderte Theda Goedeke von Aische. Die Pflegerin brachte das Telefon, Theda Goedeke schüttelte den Kopf, hielt herrisch die Hand, und Aische apportierte das nächste und übernächste Ding aus dem Regal.

Regale, Sideboard und Tisch waren neu und sämtlich aus glattem Ahorn, das Bodenlaminat passte dazu. Wahrscheinlich waren die anderen Suiten auf der Etage ähnlich eingerichtet, verbreiteten eine optimistische Abwischatmosphäre, die gleichermaßen Bewohnerinnen und Reinigungskräfte zufriedenstellte.

Nur den Sessel hatte seine Mutter aus Altona mitgebracht.

Sie rieb die Silbermünze mit dem Hamburger Wappen, welche Aische ihr gegeben hatte. Es war eine ähnliche Münze, wie sie im Penthousebüro des *Imperial* in Plexiglas eingegossen herumlag. Angebliche Erbstücke, die in Wahrheit meist nur nutzloses Zeug waren, Erinnerungsstücke von sentimentalem Wert, welche sich in Familien ansammelte und weitergegeben wurde; bis sich einer der Nachkommen erbarmte und den Krempel bei *Ebay* einstellte.

Theda Goedeke sagte: „Kommt Egon nach Hause?"

Max stutzte. „... Mama, das dauert noch eine Weile, bis er kommt."

Sie schaute auf zu ihm. „Du bist Max." Dann, nach einer Weile. „Schön, du bist da."

„Ja, Mama." Er strich ihr das zerzauste Haar zurück. Endlich, sie erinnerte sich.

„Ich lasse sie beide besser allein", sagte Aische.

Aische erfasste Situationen, war einfühlsam. Max nickte ihr zu und glaubte, eine Übereinstimmung mit ihr zu spüren, die er mit seiner Schwester Laura nie gehabt hatte; obwohl er Laura seit ihrer Geburt kannte und Aische erst seit dem gestrigen Erlebnis vor der U-Bahnstation Borgweg.

„Immer lässt er mich allein", sagte Theda Goedeke.

„Schau mal die Aussicht. Die Elbe, die Schiffe —"

Darauf ging Theda Goedeke nicht ein. „Und du steckst mit ihm unter einer Decke."

„Mama. Papa ist tot."

„Aber für mich, da habt ihr keine Zeit. Ich bin ja nicht wichtig, ich habe ja keine Ahnung."

„Aber Mama —"

„Soll ich dir was sagen?!" Weiter rieben Daumen und Finger an der Münze. „Ich habe das Geld in die Familie gebracht."

Oft hatte er das gehört. Vater hatte es nie abgestritten. „Ohne Theda wäre ich nichts" sagte er bei passender und unpassender Gelegenheit: auf Konfirmationen, Investorengesprächen, beim Neujahrsempfang der Industrie- und Handelskammer.

„Ja, Mama, du hast Recht."

Er wollte nach dem möglichen Gift in der Erde unter dem *Imperial* fragen, seiner Mutter Briefe und Gutachten zeigen. Sie fragen, ob das Gutachten echt sein könne. Aber er überlegte, ob das eine gute Idee wäre. Was war die Aussage einer verwirrten Überachtzigjährigen wert? Anschließend bestände die Gefahr, dass seine Mutter sich verplapperte: gegenüber Mitbewohnerinnen, Pflegerinnen, dem Gnom … Gerüchte verbreiteten sich schnell. Es war besser, er ließe die Kopien von Rosenfeld in der Manteltasche.

Max verabschiedete sich. Theda Goedeke nahm es kaum wahr, sie hatte den Ausblick entdeckt. Die Elbe konnte sie aus dem Sessel heraus zwar nicht sehen, aber den Himmel. Der interessierte sie.

Auf dem Etagenkorridor ging ein frischer Luftzug. Max atmete durch und merkte, wie verschwitzt er unter Mantel und Jackett war, kühl klebte das Hemd auf der Haut. Im Aufzug auf dem Weg nach unten las Max eine Nachricht. Sie war von Emmy:

Akku da

Super. So musste das laufen. Gutes Mädchen. Er fühlte neuen Schwung. Als würde der Akku *ihn* laden. Auf welch telepathische Weise auch immer. Jetzt jedenfalls ginge es Rosenfeld an den Kragen.

Es war dunkel geworden. Es hatte gedauert. Bis er die *Bleistiftnummer* kapierte. Bis er die Mädchen zusammentelefoniert hatte. Sein Angebot klang für die Mädchen verlockend, aber zu gut, um es glauben zu können.

Welches von den Mädchen, nach all den gemachten Erfahrungen, glaubte an leicht verdientes Geld?

Ob es funktionieren würde, da war Rosenfeld selbst unsicher. Verriet er natürlich nicht.

„Los jetzt. Hakt euch unter. Und lächeln."

Babsi mit den Schlauchbootlippen: „Wir machen es für Frieda."

„Schon klar. Ich hole sie raus. Versprochen."

„Und das Geld dürfen wir behalten."

„Ehrenwort." Kein Lude würde von ihm etwas erfahren.

Sie stöckelten an zwei Taxis vorbei und an der Bushaltestelle, eierten über das Katzenkopfpflaster der Vorfahrt:

Babsi mit den Schlauchbootlippen, Friedas Busenfreundin Jeanette und Klunker-Katrin.

Alle drei im besten Hurenalter. Solange künstliche Beleuchtung herrschte. Besser gar keine.

Der Gnom schoss aus der Drehtür:

„Sie dürfen aba hier nich' einfach so rein!" Der kurze Zeigefinger wedelte.

Rosenfeld kam nach vorn: „Alt genug sind sie."

„Wohl kaum."

„Umso besser."

Klunker-Katrin fummelte an der goldenen Schützenschnur der Uniform des Gnoms. „Die Diamanten dazu zeig's mir gleich, oder?"

„Aba ..." — Lief rot an, der Gnom. Das war selbst im garstigbläulichen Licht der LED-Supersparleuchte des Kornspeichereingangs zu sehen.

Rosenfeld schob seine Damen durch die Drehtür. „Rein jetzt." Rechts war der Empfang, links der Aufzug — da eine Veranstaltungstafel. Bingo war gewesen, im Gemeinschaftsraum, erster Stock. „Ihr fahrt hoch in den Ersten." Rosenfeld sah den Gnom durch die Drehtür hereinschießen. „Katrin, bleib noch hier, bitte", entschied Rosenfeld.

„Aber —"

„Du wolltest Diamanten suchen. Darfst du jetzt."

„Von dem krieg ich kein Geld", protestierte Klunker-Katrin, und Rosenfeld versicherte, es würde genug für alle übrig bleiben und sie solle lächeln und ranrauschen.

Katrin lächelte, stöckelte, wickelte. Den Gnom um ihren

Finger. In der Lounge, auf den Lederpolstern, die jahrelang bedöst, nun erstmals befickt wurden und darauf quietschend und knarzend jubilierten, während Katrin die Klunker fand, und der Gnom nicht länger Gnom blieb, sondern heranwuchs, geradezu ein Riese der Lust wurde.

Im ersten Stock, im Gemeinschaftsraum, lief es weniger saftig. Jeanette und Schlauchboot-Babsi hockten auf unbequemen Stapelstühlen, rührten langfingernagelig in ihren Clutches.

Rosenfeld kam herein. „Lasst bloß die Pumps an, geht gleich los." Meine Güte, hier sollte Stimmung aufkommen? Der Gemeinschaftsraum wirkte so einladend wie das Wartezimmer eines Zahnarztes. Und das alles, um an Oma Goedeke zu kommen. — Nun hatte er die drei Bordsteingrazien verpflichtet, war auch im Kornspeicher drin und musste dafür sorgen, dass die Damen auf ihre Kosten kämen.

Er eilte durch den dunklen Etagenflur und klopfte an Zimmertüren. Niemand öffnete. Die schliefen alle. Es war noch keine 21 Uhr. Meine Güte.

Er klopfte lauter. Bollerte.

Die Sache musste ins Laufen kommen. Rosenfeld trat die Tür ein. — Die Alte schlief gar nicht, saß im Sessel, bemerkte ihn nicht, sondern guckte Fernsehen und hatte Kopfhörer auf, die so laut gestellt waren, dass Rosenfeld mithören konnte.

Er trat vor den Fernseher: „Entschuldigung, können Sie mir sagen, wo Theda Goedeke wohnt?"

Die Alte schreckte so sehr zusammen, dass die Kopfhörer rutschten. Mühsam beruhigte Rosenfeld die Verschreckte, brachte aus ihr heraus, dass sie nichts von einer Theda Goedeke wusste. Sie wusste sowieso wenig.

Ähnlich erging es Rosenfeld mit weiteren Seniorinnen hinter weiteren Türen. Auf der Etage schien es nur Frauen zu geben. Irgendwann bemerkte Rosenfeld, dass er die Türen nicht einzutreten brauchte. Sie waren unverschlossen, Klinke drücken reichte.

Als er aus dem vorletzten Zimmer kam, empfing ihn Schlauchboot-Babsi im nachtbeleuchteten Flur: „Hier ist nichts los, Sami."

„Ihr solltet im Gemeinschaftsraum warten, wa."

„Warten kann ich in der Kiste", maulte Jeanette.

Meine Güte, warum machten die nicht, was er ihnen sagte. Luden kriegten das hin. Vielleicht hatte er es deswegen nur bis zum Wirtschafter gebracht, er war zu gutmütig. Schlauchboot-Babsi sagte:

„Ich kann nicht warten, ich muss Geld ranschaffen. Bin im Rückstand mit den Raten fürs Sankt Blasius."

„Sankt Blasius?" Wollte sie ihn auf den Arm nehmen, die Babsi mit den hochgespritzen Männertraumlippen?

„Sami", sagte Babsi, „das ist eine Privatschule, geht mein Jüngster drauf."

„Auf eine Privatschule?"

„Warum wiederholst du ständig, was ich sage. Bist du blöd?"

Huren mit Söhnen auf Privatschule. Da war er für ein paar Monate weg auf Malle, und in Hamburg schienen sie verrückt zu spielen.

„Du weißt nicht, was hier los ist, Sami?"

Nee, wusste er nicht.

Babsi stemmte die Hände in die Hüften. „Überall Afghanen und Syrer. Die sind schneller mit dem Messer als du mit dem Schwanz. Da lass ich doch meinen Jungen nicht zwischen aufwachsen. Lass ich nich.'"

Jeanette nickte. „Und jetzt wollen wir Geld verdienen, Julian. Hast du versprochen."

„Aber hier sind keine Männer. Auf der gesamten Etage nicht. Nur Omas."

Babsi klimperte mit Mascara-Wimpern. „Ist doch toll."

„Omas?"

„Wie spießig bist du denn drauf?"

„Was Besseres als ne Oma kann's nich' geben", meinte Jeanette, „Zahm, zärtlich, ausgehungert."

Au Mann, das glaubte er nicht. Er verschwand ins letzte Zimmer. — „Mädels wa', hier is' ein Kerl!"

Im Bett schlief ein Hängebackensenior.

Schlauchboot-Babsi schaute um die Ecke. „Müffelt nach Krankenhaus."

Rosenfeld verzichtete auf eine Antwort; nicht noch eine Diskussion anfangen. Babsi griff in ihre weiße Clutch, versprühte blumigen Duft aus einer Dose, setzte sich engschenkelig zu dem Schläfer auf die Matratze und tippte an seiner Schulter.

„Aufwachen, die Fee ist da."

Der alte Mann blinzelte. Dann wurden die Augen groß. Fast so groß wie die Möpse, die Babsi umstandslos präsentierte.

Er grunzte, versuchte hochzukommen, griff tatternd nach der Brille, die vom Nachttisch sprang. Babsi gab sie ihm.

„Boah", sagte der Opa mit Brille und griff hinein ins Vergnügen. Babsi gurrte.

„Nur eins noch", ging Rosenfeld ohne viel Hoffnung dazwischen, „wissen Sie, wo Theda Goedeke ihr Zimmer hat?"

„Oberste Etage", sagte der Senior und widmeten sich Wichtigerem. — Doch da entzog sich ihm Babsi, rieb Daumen und Zeigefinger. Der Alte verstand, was gemeint war.

„Hinterm Schrank", er zeigte die Richtung. Kein Tattern, schnelle Auffassung — Babsis Behandlung verjüngte. Erstaunlich, fand Rosenfeld. Derweil Babsi schon hinter den Wohnzimmerschrank griff und ein Bündel Geldscheine hervorzog.

„Aber nichts verraten, die klauen hier wie die Raben", zischte der Alte.

Die Knete dürfte Babsis Privatschule für mehr als ein Jahr abdecken, dachte Rosenfeld. — Babsi stopfte die Hälfte des Geldes wieder hinter die Rückwand, fummelte sie aber gleich erneut hervor, nahm noch zwei Scheine … überlegte … zupfte weitere Scheine heraus. Der Rest kam endgültig hinter den Schrank, und mit breitem Lächeln, aufgespritzt und echt zugleich, widmete Babsi sich dem Herrn mit den jung gewordenen Augen.

Kurz überlegte Rosenfeld, sich das arg gerupfte Bündel zu fischen. Wegen Geldes war er schließlich hier. Aber irgendwie wäre das unanständig, auch noch den Rest zu nehmen.

Er war ein ehrlicher Gauner und trollte sich.

Außerdem warteten in der obersten Etage größere Schätze. Rosenfeld strebte zum Aufzug. Oben stieg er aus. In der Schummerbeleuchtung entdeckte er im letzten Moment eine Pflegerin auf dem Gang und drückte sich an die Wand.

„Hallo?" Die Pflegerin näherte sich der offenstehenden Aufzugtür. „Ist da wer?"

Es war Aische, aber das wusste Julian Rosenfeld da noch

nicht. Aische hatte einen 15-Stunden-Tag hinter sich und war erschöpft. Zwar freute sie sich nicht auf zu Hause, aber irgendwie würde sie ihren Mann abwimmeln und endlich schlafen … Der letzte Bus fuhr in 18 Minuten.

„Ist da wer", wiederholte Aische, „Ich riech doch was."

Rosenfeld hatte sich durch die nächste Tür gedrückt: eine Abstellkammer. Er ließ das Licht aus, hielt die Luft an. So verharrte er.

Er hörte die Aufzugstür, die sich schloss. Ob die Pflegerin eingestiegen war? Zur Sicherheit wartete Rosenfeld, dann war es mit seiner Geduld am Ende und trat auf den Flur.

Scheinbar war er allein.

Auf der Etage existierten weniger Türen als unten. Über den Teppich lief es sich schlechter, der Flor stand höher. Neben den Klinken klebten Namensschilder. Rosenfeld beugte sich herab. Im schlechten Licht konnte er ohne Brille wenig entziffern. Lautlos drückte er die Klinke und schlüpfte hinein. Eine Suite, kein einzelnes Zimmer …

Aber niemand lebte in der Suite. Rosenfeld probierte die nächste Tür.

Gleicher Zuschnitt wie nebenan, die gleichen hellen Möbel, in der Dunkelheit zu erkennen, menschenleer, nur der altertümliche Sessel vor der riesigen Fensterscheibe passte nicht.

Moment …

Er schlich näher. Da schlummerte zusammengesackt ein altes Weib in dem Sessel.

Als er sich über sie beugte, klappte sie die Augen auf. Rosenfeld zuckte zurück:

„Huch."

„Egon?"

„J… jah."

Sie schaute. — Die war über 80. Viel erkennen würde sie kaum. Er sagte:

„Ja, ich bins, wa', der Egon."

„Holst du mich?"

„Wa' … ja, genau."

„Ich bin bereit, Egon."

Die war nicht mehr von dieser Welt. Aber unzweifelhaft Theda Goedeke. Deren Mann hieß nämlich Egon. — Rosenfeld sah sich um, machte Licht. Wo waren die Schätze? Einfach fragen …? Er grabbelte hinter dem Wohnzimmerschrank — Staub, ein fieser Holzsplitter. „Aua." Sonst nichts.

„Sind Sie Theda Goedeke?"

Misstrauen kam in ihren Blick. — Ok, war die falsche Frage gewesen; als Egon hatte er zu wissen, wer seine Frau war. Er versuchte zu reparieren:

„Scherz, Theda." Und lächelte … das geriet zur Grimasse, da ihm vor Jahren der Champ im letzten Boxkampf die Nase mehrfach gebrochen hatte.

„Sie sind nicht Egon." Die Alte holte aus und warf nach ihm.

„Auah!" Irgendwas traf Rosenfeld an der Stirn, klimperte übers Laminat. Er hockte sich, griff danach. Rund, glitzernd, schwer — es war eine Silbermünze.

„Wo ist die her?" Sie sah alt aus, die Münze. Hinten war ein Wappen geprägt.

„Geben Sie meine Münze wieder."

„Die haben Sie gerade weggeworfen. Ist das Silber?"

Theda Goedeke richtete sich auf. „Sie wollen an Egons Schatz."

Oha, nun wurde es spannend. Er hatte richtig gelegen, hier gab es was zu holen. Nicht umsonst wohnte Theda Goedeke im Nobelstockwerk des Kornspeichers.

„Den hab' ich längst", behauptete Rosenfeld, beobachte die Reaktion der Alten. Wohin sie blickte — da wäre das Geld versteckt.

Theda Goedeke schoss aus dem Sessel. Für 80 Jahre flink, fand Rosenfeld.

„Den können Sie nicht haben", fauchte Theda Goedeke, „nur Egon und ich wissen davon."

Das wurde immer besser. Er steckte die Silbermünze ein: „Aber ich habe ihn, ihren Schatz. Gucken Sie doch nach, wenn Sie's nicht glauben."

Sie trippelte an ihm vorbei. Er brauchte nur folgen. Sie würde ihn hinführen, die dumme Nuss.

Max Goedeke blieben noch 27 Stunden bis zur Geldübergabe.

7,5 Millionen Euro sollte er an Julian Rosenfeld übergeben. Sonst würde an die Öffentlichkeit kommen, dass Max' Luxushotel *Imperial* auf einem Giftmüllberg gebaut wurde. Er wäre pleite. Wenn er das nicht schon morgen Früh war, wenn er von der Haspa keine Kreditverlängerung bekäme. Am dem Projekt arbeitete Sascha. So hoffte Max. Er hatte sich um Rosenfeld und die Erpressung zu kümmern.

Zur Polizei konnte er nicht: Die Gefahr war zu groß, dass etwas über die Giftmüllvorwürfe an die Presse durchsickerte.

Als einzige Chance blieb das Handy des Jugendlichen. Es konnte einen Film enthalten, welcher aufgenommen hatte, wie Rosenfeld dabei war, Max zu erpressen. Max würde Rosenfeld den Film zeigen und Rosenfeld würde auf die Erpressung verzichten. Sonst ging Rosenfeld ins Gefängnis, dafür würde Max sorgen.

Um den Film zu sehen, brauchte Max den Akku. Deswegen stand er vor Emmys Tür. Er war nervös. Nicht da er nie zu Angestellten nach Hause ging. Sondern weil er fühlte, das alles am seidenen Faden hing. Alles, wofür sein Vater das ganze Leben lang gearbeitet hatte, stand auf dem Spiel und Max hatte die Verantwortung. Laura wusste gar nicht worum es ging, hatte genug mit ihrem eigenen Leben zu tun. Und er selbst, sein eigenes Privatleben … dafür war keine Zeit.

Die Tür schrappte über den Fliesenboden, Emmy öffnete.

Sie sah bezaubernd aus. Ganz anders als hinter der Rezeption. Das Haar offen, die Lippen abendrot und fähig, einen Mann auf Gedanken zu bringen.

„Herr Goedeke, das ist aber eine Überraschung."

„Ja, ich wollte —"

Aus den Tiefen des Hausflurs unterbrach ihn eine Frauenstimme: *„Du kannst den Keerl dor nich so stahn laten. Bitte em rin!"* [1]

„Meine Mutter …", erklärte Emmy und zog Max in den Flur.

„Haben Sie den Akku?", fragte er Emmy.

Emmy war schon im Wohnzimmer, und Emmys Mutter nötigte ihn, ihrer Tochter zu folgen.

---

[1] *„Du kannst den Mann doch da nicht so stehen lassen. Bitte ihn herein!"*

„Se sünd also Emmys Chef. Emmy hett so veel vun se vertellt. So veel.", snackte sie mit einem frischen, norddeutschen Fischbrötchengesicht, *„Kannst mi Karin nennen, bidde."* Sie wischte sich die Hände an der Schürze. *„Karin, bidde. Ik bün dorbi, Avendeten to moken. Se eten doch mit?"*

„Aber —"

„Keen Inwand. Dat gifft Supp. Heete Supp."[2]

Mutter Karin verschwand in der Küche, Emmy wuchtete eine Nähmaschine vom Esstisch.

„Moment, ich helfe Ihnen", sagte Max. Er wollte doch bloß den Akku haben …

„Irgendwo liegt er hier", sagte Emmy. Emmy suchte unter Schnittmusterbogen und Stoffresten. — „Schauen Sie mal." Emmy hielt ein Stoffstück hoch. Es hatte das Grün der *Imperial*-Angestelltenkleidung. „Mutter hat meinen Rock angepasst."

„Aha." Dass die Hotelröcke angepasst wurden, hatte er noch nie gehört. Er würde Paul fragen, wie das gehandhabt wurde. „Hey, was machen Sie, Emmy?"

Sie hatte Sneaker und Jeans ausgezogen, stand im Tanga

---

[2] *„Sie sind also Emmys Chef. Emmy hat so viel von Ihnen erzählt. So viel" snackte sie mit einem frischen, norddeutschen Fischbrötchengesicht, „Nennen Sie mich Karin, bitte." Sie wischte sich die Hände an der Schürze. „Karin, bitte. Ich bin dabei, das Abendessen zu machen. Sie essen doch mit."*

„Aber –"

„Keine Widerrede. Es gibt Suppe. Heiße Suppe."

vorm Esszimmertisch; die Mutter rief aus der Küche: *„Stellst du dat goode Geschirr rut, Emmy? Nur dat goode Geschirr."*[3]

„Ja, Mama." — Emmy öffnete den Reißverschluss des Rocks und schlüpfte hinein. Sie hatte schlanke Fesseln, wohlgeformte Beine.

„Emmy …", meinte Max.

„Ja …?"

Er machte einen Schritt, spielte mit dem Gedanken … was war schon dabei …

Die Haustür knarrte. Emmys Plüschaugen verschwanden sofort, sie schloss den Reißverschluss.

„N'Obend, so!"[4], tönte es aus dem Flur.

„Mein Vater", sagte Emmy zu Max, und da stand der Mann schon dickhodig in der Wohnzimmertür, überblickte die Lage.

„Wir decken gerade das gute Geschirr, Papa."

„Ohn Schoeh?" Er kratzte den Schädel. *„Und wer sünd Se, so?"*[5]

„Ich … ich wollte gerade gehen, nur einen Akku —"

„Das ist mein Chef, Papa."

„So …" Ihr Vater hängte seine Jacke über die Stuhllehne. Das Hemd war verschwitzt. Von Arbeit oder Kneipe. Max vermutete, es kam von der Arbeit.

Der Vater hielt ihm eine schwielige Hand hin:

---

[3] *„Stellst du das gute Geschirr raus, Emmy? Nur das gute Geschirr."*

[4] *„N'Abend, so."*

[5] *„Ohne Schuhe?"* Er kratzte den Schädel. *„Und wer sind Sie, so?"*

„*Bün de* Rüdiger. *Se seh'n oprecht ut. Ick rük so wat.*"

„Angenehm … Max Goedeke."

„*Ick heff dacht, dien Chef heet Paul?*"[6], erkundigte sich Rüdiger bei seiner Tochter.

„Ist er auch", sie schlüpfte in die Sneaker, „aber Herr Goedeke ist mein Oberboss."

„So … mmh." Rüdiger setzte sich und streckte die Beine. „*Mutter, wat gifft'?*"[7]

Emmy hielt Max einen Akku hin, der noch in einer Blisterverpackung eingeschweißt war, dazu das Smartphone, welches Max ihr am Morgen gegeben hatte: „Der passt, haben sie im Fotoladen gesagt."

Max bedankte und verabschiedete sich, bevor Emmys Mutter den Deckel von der Suppenterrine nehmen konnte.

Im Taxi fummelte er den Akku aus der Verpackung. Mit offenen Haaren … die roten Lippen … Da wirkte Emmy ganz anders als im Hotel. Wirklich lecker. Neben dem *Imperial*, da gab es noch andere Dinge, die zum Leben gehörten. Er sollte aufpassen, das nicht zu vergessen. Sagte Sascha auch. — Er schob die Gedanken beiseite und steckte den Akku in das Handy.

Alles hatte seine Zeit. Jetzt kümmerte er sich um die Erpressung

---

[6] „*Bin der Rüdiger. Sie sehen ehrlich aus. Ich riech so was.*"

„Angenehm … Max Goedeke."

„*Ich dachte, dein Chef wäre dieser Paul?*", *erkundigte sich Rüdiger bei seiner Tochter.*

[7] „*Mutter, was gibt's?*

durch Rosenfeld. Dem würde er zeigen, wo der Hammer hängt.

Max schaltete das fremde Handy ein. Ein Fehler. Ein großer Fehler.

Endlich kam der Fahrstuhl unten an, Julian Rosenfeld stieg aus. Kichern und Lärm drangen von der Lounge herüber.

Rosenfeld wurde von einem Senior im Streifenpyjama am Ärmel gezupft: „Komm zur Party, mach mit."

Draußen trippelte Theda Goedeke übers Kopfsteinpflaster, und Pflegerin Aische, der Rosenfeld oben ausgewichen war, stieg in den Nachtbus 601.

„Was für eine Party?", fragte Rosenfeld, aber der Senior war schon weitergezogen zur Sitzecke, wo die Party stieg.

Die Treppe neben dem Fahrstuhl stakste eine Oma herunter; sie hatte eine Sektflasche dabei und prostete Rosenfeld zu, hakte sich bei ihm unter und zog ihn mit.

Auf den Polstern in der Lounge vergnügten sich Schlauchboot-Babsi, Jeanette und Klunker-Katrin mit Senioren des Kornspeichers. Man hatte abgelegt. Kleider und Konventionen. Alter und Sorgen.

„Macht nicht zu lange, wird nicht bezahlt", erklärte Rosenfeld den Huren.

„Das glaubst du", meinte Babsi. Sie kraulte einen Lustgreis, der wachsend begeistert war und ihr immer neue Geldscheine in den String steckte.

„Ich bin dran", drängelte sich eine Weißhaarige dazwischen und wedelte vor Babsis hübschem Näschen mit einem Banknotenbündel. Jeanette fischte sich das Notenbündel, umarmte die Weißhaarige und zog sie auf die nächste Couch.

Menschen beiderlei Geschlechts wurden gerade glücklich,

Rosenfeld würde es nicht unterbinden, könnte es auch kaum. Es gab Bedarf. Er hatte eine Marktlücke entdeckt.

Auf einem Loungesessel schlummerte der Gnom mit seligem Lächeln. Rosenfeld drückte sich durch die Drehtür in die kühle Nacht und sah, wie Theda Goedeke mit einem Taxi davonfuhr.

„Wohin jetzt?"

„Zu mir oder zu dir."

„Wie spießig."

Auch gegessen hatten sie im Rocco. Vor allem aber hatten Sascha und Nele es getrieben. Hinten, in den Toilettenräumen. Erst bei den Damen, dann bei den Herren.

Max hatte sich nicht gemeldet. Wer weiß, wo der abgeblieben war. Hatte wohl Besseres zu tun gehabt, als sich von Sascha zu einem Promi-Anwalt chauffieren zu lassen. Sascha war das recht, er wusste, sich die Zeit zu vertreiben. Der Abend mit Nele war schon in der Pipeline gewesen.

„Lass es uns machen wie früher", sagte Nele. Mit erhitzten Wangen stolperten sie aus der Rocco-Tür auf den Bürgersteig. „Als wir jung und dreist waren."

„Also ich finde Klo schon ziemlich dreist." Sascha schlug den Jackenkragen hoch.

„Auf der Rückbank von einem Auto. Sascha, hast du Lust?"

Er konnte sich vorstellen, ins Bett zu gehen. Allein. Ein Steak und zum Nachtisch Nele, das machte satt und müde. Zugeben mochte Sascha das aber nicht. Er hatte einen Ruf zu verlieren.

„Ist ziemlich unbequem", wandte er ein.

„Ach was, wir nehmen einen Cayenne."

„Du willst ins Autohaus?"

„Da steht der in Metallic-Rot. In dem will ich es treiben."

Brächte er weiter Einwendungen, würde sie anfangen, sich über ihn lustig machen. „Hast wohl Angst, ich würde deine Anzughose verknittern. Dir die Rosshaareinlagen verschieben." Dazu brächte sie das freche Lachen und - am schlimmsten - würde ihn nie mehr anrufen. Natürlich konnte er ohne Neles Anrufe leben. Aber lohnte sich *so* ein Leben?

Sie hatten sich kennengelernt, als er auf der Suche nach jemandem war, der ihm Verkaufsstatistiken zukommen lassen konnte. Er wollte wissen, in welche Straßenzüge und Stadtviertel Autos ab 80.000 Euro verkauft wurden. Stadtviertel, in welche sich viele solcher und ähnliche Frauen-SUVs verkauften, wurden bald saniert. So hatte Sascha festgestellt.

Stadtviertel mit höherer Cayenne-Dichte in den Garagen dagegen waren reif und gesättigt. Viertel mit Oberklasse-Mercedes waren abstiegsgefährdet und zu meiden. Wobei der Abstieg eines Quartiers Jahrzehnte brauchte, ein Aufstieg dagegen innerhalb weniger Jahre geschah. Damit waren Frauen-SUV-Viertel das Jagdrevier hungriger Projektentwickler. In solchen Revieren suchte Sascha für Max Grundstücke, die baldige Wertsteigerung versprachen.

Sascha und Nele hatten das Autohaus in der Großmannstraße erreicht; einen neu erbauten Kubus aus Glas und Metallstreben in dem Coolness-Stil, welchen Marketingmenschen von Autokonzernen gerade ihren Autohändlern als angesagt empfahlen.

Nur der Name des Autohauses mit dem Deppenapostroph passte noch nicht zum neugestylten Image, verriet stattdessen die Gebrauchtwagenklitsche, aus deren Humus - Öl, Rost und faire Preise - der Unternehmenserfolg erwachsen war:

Nele schloss auf. Sascha schnupperte Neuwagengeruch. Sie würden keine unnötige Aufmerksamkeit erregen; um sich zwischen den Modellen zu orientieren, reichte den beiden das kühle Schummerlicht, das es von der Straßenlaterne bis in den Showroom schaffte.

„Da steht aber *verkauft* dran", meinte Sascha.

„Das macht es doch so interessant."

„An wen verkauft?"

„Einen Gebietsleiter der Allianz."

„Weißt du, warum die die höchsten Prämien haben?"

Nele überlegte, während sie sich des Rocks entledigte: „Er sagte, er würde nur unterschreiben, wenn ich mit ihm einen Kurzurlaub mache."

„Und hast du?"

„Bist du verrückt. Den Kurzurlaub mach ich jetzt … mit dir. Auf seinem Rücksitz." Sie öffnete die schwere hintere Tür des Wagens.

Sascha fragte: „Wie hast du ihn dazu gekriegt, trotzdem zu unterschreiben?"

„Ich hab ihm ein Abo angeboten."

„Wovon ein Abo? Zeitschriften?"

„Höschen", sagte Nele, „Jedes Mal, wenn er zur Inspektion kommt, kriegt er einen Tanga von mir. Getragen natürlich. In einem Gefrierbeutel mit Clipverschluss. Leg ich ihm ins Handschuhfach."

„Männer sind krank", sagte Sascha und dachte, dass er sich

jetzt wohl die Hose ausziehen musste.

„Hoffentlich bleiben sie es", meinte Nele. Sie erzählte von einem Mechatroniker des Hauses, der seit längerem Slips von ihr bekam. - Gegenleistung? - „Denkst du, ich bin eine Hure? Gar keine. Es macht mir Spaß. Hast du ein Problem damit?"

„Nein, nein, natürlich nicht." Sagte er und hatte doch ein Problem damit; ein anderes, als Nele dachte: Verstand er die Frauen nicht mehr? Gab es hier Anzeichen, dass er alt wurde?

Nele klappte das Handschuhfach auf. Ein Gefrierbeutel lag darin.

„Der ist aber leer", bemerkte Sascha.

Sie zog den Tanga aus, stopfte ihn in den Beutel und ab ins Fach: „Kleine Aufmerksamkeit des Hauses."

Sascha schaute sie an. Aber nicht in die Augen. „Beginnt mir zu gefallen." Und er bedauerte, vorhin auf das Einschalten der Showroombeleuchtung verzichtet zu haben. Nele bot Show, ganz ohne Frage, und auch bei ihm wuchs die Lust auf Showtime.

„Hey, langsam mit den jungen Pferden", bremste Nele.

Sie legte Folie übers Rückbankleder.

„Nicht dein Ernst", meinte er.

„Wieso? Ich hoffe, es wird lang und schmutzig. Oder hast du keine Puste mehr?"

„Doch, doch." Jetzt ein Bier mit Max im Grill wäre allerdings auch ganz schön.

Julian Rosenfeld reichte Scheine nach vorn.

„Quittung?"

„Seh' ich so aus?"

Sie tauschten Blicke.

„Alles klar. Ich bin Sie nicht gefahren."

„Besser isses, wa.""

Rosenfeld stieg aus dem Taxi. Es wendete im knirschenden Schotter und verschwand. Wie zuvor das Taxi, das Theda Goedeke hergebracht hatte. Rosenfeld hatte sein Taxi hinterherfahren lassen.

Es war dunkel, Laternen fehlten. Er würde Theda Goedeke trotzdem finden. Die Frau war alt und dement. Sie befürchtete, er hätte ihren Schatz geraubt und nun schaute sie nach, ob der Schatz noch da war. Er brauchte ihr nur folgen, sie würde ihn zum Geldversteck führen. Das war typisch für reiche, alte Leute: Sie trauten den Banken nicht und versteckten ihr Vermögen.

Rosenfeld stiefelte auf ein geöffnetes Gatter zu.

Festung Grauer Ort
Zutritt verboten

Theda Goedeke würde hindurchgegangen sein. Rosenfeld tat es ebenfalls. Die Luft roch würzig, Wind rauschte durch blattlose Baumkronen. Zunächst frischte der Wind auf, je näher Rosenfeld der Elbe kam. Dann jedoch flaute er ab: Rosenfeld war in einen windgeschützten Kessel geraten. Um Rosenfeld herum lief ein Wall, der mit Grassoden abgedeckt und von außen kaum zu erkennen gewesen war. Rosenfeld entdeckte mannshohe Öffnungen zu künstlichen Höhlen. Sie waren mit Bruchsteinen, teilweise mit Beton abgestützt. Er wollte gerade in die größte und dunkelste Höhle hineinsteigen, als er ein Knacken hörte. Es kam von oben.

Ein Schatten bewegte sich auf dem Wall.

Rosenfeld lief eine verwitterte Treppe hinauf. — Die Außenseite des Walls hatte kaum Gefälle, lief flach in einer Schonung junger Laubbäume aus. Dort, zwischen schlanken Stämmen, verharrte Theda Goedeke. Zumindest glaubte Rosenfeld, das zu sehen. Er ließ sich Zeit:

Die alte Dame würde nicht entkommen, Deich und Elbe begrenzten die Rückseite des Wäldchens. An den Deich duckte sich ein baufälliger Schuppen.

Über das offene Wiesengras kam Rosenfeld heran. Sollte die Alte ihn sehen und Angst bekommen, machte es die Sache nur leichter … Er streifte durch die Schonung. — Doch nun schien Theda Goedeke verschwunden. Hinten wartete der Wall, dort der Deich, der Schuppen, die kahlen Baumwipfel … Wo war die Goedeke?

„Mist."

Der Wind pfiff, vom Fluss kam Rauschen. Als versuchten die Elemente, mit ihm zu sprechen. In ihrer Sprache natürlich. So kam es Rosenfeld vor. So konnte man denken. Sie gaben ihm Ratschläge oder verhöhnten ihn; bestimmt aber erzählten sie sich von seinen Misserfolgen: von einer gescheiterten Boxer-, einer versandenden Reeperbahnkarriere. Von einer wenig gelungenen Restaurantrenovierung. Und Frieda schmorte noch immer im Knast. Außerdem schaffte er es nicht, von einer weltfremden Trulla den Lohn einzufordern für einen simplen Briefbotengang. Und die Krönung: Eine senile Oma entkam ihm.

Manche seiner Unternehmungen mochten nicht geeignet sein, für den Mitgefühl-Nobelpreis nominiert zu werden. Aber - so verteidigte er sich - er war alt, und er brauchte das Geld. Er hatte niemanden getötet, nicht mal geschlagen.

„Hör auf mit Mimimi", hätte sein Trainer in der *Ritze* gesagt, „fang an zu *fighten*."

Genau deswegen war er nie hochgekommen. Weil er nie richtig *gefightet* hatte.

Rosenfeld schob den Kiefer vor und stapfte los. Natürlich zum Schuppen, wo sonst sollte die Senilschnepfe sein.

Und da war sie auch, saß auf einem rostigen Pflug oder was immer das für ein Gerät war. Ein Blech-Eimer stand auf einem ausgeweideten Werkzeugkasten, ein Spaten lehnte an einem ausrangierten Treckerreifen, im Heu steckte eine Forke. Nun alles richtig machen. Er würde es auf die freundliche Tour versuchen. Zumindest zunächst.

Käme er damit nicht weiter, würde er Theda Goedeke ihre Silbermünze vorzeigen und deutlicher werden.

„Ist Ihnen nicht kalt?", begann er.

„Egon, bist du das?"

„Natürlich, wa' … eh, Theda."

Die Alte versuchte hochzukommen, schaffte es endlich, wedelte mit gichtigen Griffeln.

„Ich habe dich erwartet. Ich wusste, dass du kommst. Ich kenn' dich, seit 40 Jahren kenne ich dich."

„Wa' … schöne Zeit gewesen …"

„Mein Geld hast du genommen. Mit meinem Geld bist du groß geworden."

Auf was für einem Dampfer war sie nu'? Aber mitspielen. Er wusste nicht recht, also nickte er, verkniff sich ein „wa'", das hätte Egon kaum in den Mund genommen.

„Und jetzt willst du auch noch den Rest."

Natürlich. — „Äh, nein. So ist das nich'."

„Kriegst du aber nicht."

„Aber hier isses doch, oder?"

„Natürlich. Das weißt du genau. Aber du kriegst es nicht." Sie stampfte wie Rumpelstilzchen.

Also war die Knete verbuddelt. Irgendwo hier, vielleicht direkt unter ihren Seniorenbequemschuhen. Hoffentlich noch nicht vermodert. Wenn es DM-Scheine wären, die konnte man bei der Bundesbank in der Willy-Brandt-Straße in Euros tauschen. Aber vermodert … wenn nichts mehr zu erkennen war, dann war Essig.

Theda Goedeke reichte ihm kaum bis zur Brust, und er schob sie beiseite.

„Bleib mal sitzen, wa."

Er griff sich den Spaten, rammte ihn in die Erde, wo Theda Goedeke gestampft hatte. Mühsam. Es war Ackerkrume, welche sich über die Zeit verfestigt hatte, sei es durch Bauersfüße oder Räder. Jedenfalls war schwer hineinzukommen. Rosenfeld machte mehrere Spatenstiche, um festzustellen, ob er irgendwo auf Widerstand stieße: zum Beispiel von einer verborgenen Kiste.

Theda Goedeke zeterte, er ließ sich aber nicht ablenken.

Richtig *fighten* und er fühlte sich dicht vorm Ziel. Im Rücken pikste ihn etwas. Davon ließ er sich nicht aufhalten, ließ den Spaten weiter auf die harte Erde sausen.

„Aua!" — Das Piksen wurde heftiger. Er drehte sich um, das war mühsam: In seinem Rücken steckten die vier Zinken der Forke. Der Forkenstiel fegte durch seine Körperdrehung den Blecheimer vom Werkzeugkasten.

Theda Goedeke stand aufgerichtet da, funkelte den verletzten

Rosenfeld an: „Hab ich dich aufgespießt wie ’n Schwein.“

Rosenfeld jaulte auf. Kaum vor Schmerz, der sollte erst einsetzen, eher vor Überraschung und vor allem vor Wut.

Wut auf sich selbst, Wut auf sein erneutes Scheitern und Wut auf das alte senile Weib, das ihn hinderte, endlich sein Glück zu finden.

Er schwang den Spaten …

Oh.

Ein dumpfes Geräusch, ein kurzer Schrei: Theda Goedekes vom Spatenblatt abgetrennter Kopf knallte gegen den Werkzeugkasten. Ihr Rumpf verharrte, dann fiel er zusammen wie eine Marionette, deren Fäden durchschnitten waren.

Die Forke, die eben noch in Rosenfelds Rücken gesteckt hatte, war auf den Boden geschleudert worden. Die Zentrifugalkraft musste sie aus dem Rücken gelöst haben.

Rosenfeld fühlte Schwindel, er suchte Halt. Nirgends … Also setzte er sich, eher plumpste er, und dann wurde er bewusstlos.

Etwas stimmte nicht.

Celina van de Laar saß am väterlichen Schreibtisch. Es war schon Abend. Die Schreibtischlampe spendete nur spärliches Licht.

Vor sich hatte Celina den aufgeklappten Stadtplan, starrte aber auf die Lederrücken der Folianten in der Bücherwand. Celina ahnte sie mehr, als dass sie die Folianten sah. Aber sie standen da. Seit 50 Jahren.

Doch irgendetwas stimmte nicht.

Er war gelaufen, um Laura zu retten. Für sie aber … für sie würde niemand laufen. Sie musste für sich selbst sorgen.

Sie beneidete Laura. Um ihre Schönheit, um die Unbekümmertheit, ja Dreistigkeit, mit der sie das Leben nahm und die Männer. Kunststück … hatte Laura doch ihren Bruder Max, der mit seinem Geld und seiner Vernunft alles ausbügelte, was Laura verbockte. Wenn Laura trotz allem übersatt war von ihrem Leben und sich auf ein Dach stellte … dann kam immer ein Typ, um sie zu retten.

Wie ungerecht das war. Zu ihr kam nie so ein Typ. Sie musste bezahlen. Für alles musste sie zahlen.

Celina zündete sich ein Zigarillo an. — Fürchterlich, wie sie drauf war. Fehlte nur noch, dass sie Laura verantwortlich machte für die Verfehlungen von Lauras Vater. — Nein, das tat sie nicht. Und nun würde sie den Plan studieren. Dafür saß sie hier.

Dennoch … sie hatte nicht reagiert, als Laura oben auf dem Dach gestanden hatte.

Das war schrecklich. Verachten sollte sie sich deswegen, und wenn andere wüssten, welche Gedanken sie hegte … Sie wäre ein Scheusal, das würden die anderen denken. Zurecht würden sie es denken.

Gern hätte sie darüber mit Rosenfeld gesprochen.

Ohne zu zögern hatte er Laura geholfen. Merkwürdig. Toll eigentlich.

Man durfte nicht nach dem Äußeren urteilen. Er sah aus wie ein Schläger. Er war nicht der Hellste und hatte ein bewegtes Leben hinter sich, aber er hatte ein großes Herz.

Sie wunderte sich, dass sie über diesen Mann nachdachte. Noch vor wenigen Tagen hatte sie ihn nicht gekannt, und jetzt drängte es sie, mit ihm über Dinge zu sprechen, über welche sie bisher nie mit jemandem gesprochen hatte. — Sie hätte

Rosenfeld das Geld geben sollen. Er hatte seine Sache mit dem Gutachten nicht perfekt gemacht, aber das lag auch daran, dass sie ihn nicht genau genug instruiert hatte. Das musste sie zugeben. Er war eben nicht so schlau, eher praktisch veranlagt, das hätte sie bedenken müssen. Außerdem konnte er ihr bei der Geldübergabe am Planetarium helfen. Das konnte er besser als sie.

Das war eine gute Idee. Celina legte das Zigarillo auf den Ascher … — da war ein Stummel drin?! Doch nicht von ihr … Wenn sie das Arbeitszimmer verließ, dann leerte sie den Aschenbecher, wie Vater es vorgemacht hatte. Oder hatte sie es beim letzten Mal vergessen?

Noch etwas war anders.

Das Blatt auf Vaters Notizblock. Das war es, was nicht stimmte. Das Blatt war voller Bleistiftstriche.

Celina stellten sich die Nackenhaare auf. Während ihrer Abwesenheit war jemand hier gewesen.

Sie riss die Schublade auf. Erleichterung.

Behördenbrief und Vaters Gutachten waren noch da.

Also war es nicht Max gewesen. Er hätte die Papiere mitgenommen, und sie hätte nichts mehr in der Hand gehabt. Aber Max hatte keinen Verdacht geschöpft. Er hatte nicht den Hauch einer Ahnung.

Vielleicht war es Rosenfeld gewesen …

Komisch, da ihr der Gedanke kam, Rosenfeld könnte hier eingebrochen sein, da fühlte sie keinen Groll, auch keine Angst, obwohl er sie bei ihrer letzten Begegnung bedroht hatte.

Sie würde ihn anrufen und alles geradebiegen. So gesehen, kam der Einbruch gerade recht, da konnte sie sagen: Du bist eingebrochen, ich hab' dir kein Geld gegeben. Wir haben beide Mist gemacht. Jetzt schütteln wir uns die Hände, du bekommst das Geld, wir sind wieder Freunde.

Die Vorstellung gefiel ihr. Sie würde als überlegte, selbstbewusste Frau agieren, er wäre boxerstark und ihr dankbar. Und was sich daraus ergäbe, man würde sehen. Auf jeden Fall würde Rosenfeld sich mit Max Goedeke treffen, das Geld entgegennehmen. Das wäre perfekt. Dann konnte sie sich die Verkleidung sparen, die Max womöglich, nein wahrscheinlich durchschaut hätte.

Sie klappte den Stadtplan zu und drehte auf dem Wählscheibentelefon Rosenfelds Nummer.

Julian Rosenfeld träumte. Er hatte angenehme Gefühle. Vor allem dort, wo ein Mann besonders empfänglich dafür ist. Da vibrierte es geradezu, und Rosenfeld nahm sich vor, den Traum nicht enden zu lassen.

Aber es fühlte sich so echt an. Als wenn es kein Traum wäre.

Rosenfeld schlug die Augen auf und erschrak.

„Ahhhh!"

Das Totengesicht Theda Goedekes starrte ihn an.

„Scheiße", hustete er Blut und gleichzeitig vibrierte ihm das Handy im Schritt, in der verrutschten Hosentasche. Er kramte es hervor … Celina van de Laars Nummer — gleich wurde ihm schwarz vor Augen. Er sackte zurück, fühlte sich kraftlos und konnte doch nicht zur Ruhe kommen, weil nun, da der Traum vorbei war, der Schmerz in seinem Rücken pulsierte. Der Schmerz kam ihm vor wie ein zäher Brei, er war quälend und stumpf, aber es tauchten überraschende Spitzen auf.

Glaszacken, die ihn von innen heraus aufrissen, bevor sie wieder im Brei versanken. Wenn er flach genug atmete, so fand er heraus, konnte er das Auftauchen der Spitzen fast vermeiden, zunächst zumindest, dann aber wurden sie weniger nachsichtig. Wenn er ganz aufhören würde zu atmen, ob die Spitzen dann … aber das war Unsinn.

Er fror. So konnte er nicht liegenbleiben, blutend wie ein angestochenes Schwein, über Spitzen und Tod nachdenkend. So wollte er nicht enden. Er würde dem Tod noch von der Schippe springen.

Der Gedanke mit der Schippe gefiel ihm.

„Dir auch, Theda?" Spaten-Theda. — Er hustete. Mehr Blut … er musste hier weg, konnte doch nicht seiner eigenen Schächtung zuschauen. Was für ein mieser Abgang wär das, wa'.

Mit letzten Kräften tippte er auf dem Handy, und die Verbindung kam gleich zustande. Rosenfeld sagte und schmeckte Blut dabei:

„Juna, bist du das?"

„Wie man's nimmt."

Junas Stimme klang tiefer als sonst. Aber es war nicht die Zeit, darüber nachzudenken:

„Hol mich hier raus! Du hast es mir eingebrockt, wa', hol mich raus. Die Goedeke hat mich abgestochen."

„Wer hat dich abgestochen?"

War das Juna?

„Bitte", hauchte er. Frieda schmorte im Malle-Knast. Eine schwarze Wolke kam, die Ohnmacht … oder Schlimmeres. Nein, er war nicht bereit. „Rette mich!"

„Wo bist du?"

Rosenfeld sagte es. Das war nicht Juna. Ein Mann war das. Aber egal. Hauptsache von der Schippe springen.

Sie waren auf der Rückbank beschäftigt, als es draußen zu rumoren begann.

„Nicht ablenken lassen, Sascha." Nele wuschelte Max durchs gegelte Haar. „Die liefern nur Öltonnen an."

„Mitten in der Nacht?"

„Altöl, muss Youssouf abnehmen, is' von seinem Onkel aus Beirut."

Sascha tat interessiert. Er war dankbar für jede weitschweifige Erklärung von Nele; das brachte ihm Zeit, neue Kräfte zu sammeln.

Youssouf bekam von dem Onkel monatlich unter der Hand Bargeld. Damit bezahlte Youssouf dem Onkel frisches Motoröl, welches der Onkel über den Hafen ins Land brachte. Doch eigentlich aber handelte es sich um Altöl. Über die Rechnungen und Youssoufs Zahlungen wusch der Onkel Drogengeld. Das Altöl verschnitt Youssouf mit echtem Neuöl. Verbraucht wurde die Mischung, wenn Karossen zu Inspektion und Ölwechsel vorfuhren.

„Hört sich illegal an."

„Findest du? Ich hab da keine Ahnung." Die naiven Mädchenaugen beherrschte sie perfekt.

„Da verschleißen doch die Motoren von."

„Umso besser. Ich meine, fürs Werkstattgeschäft."

Meine Güte, von Nele konnte er lernen.

Mittlerweile hatte Youssouf ein Problem. Immer mehr altes Öl sollte er seinem Onkel abkaufen. Der Onkel hatte ihm damals einen gefälschten Pass besorgt, mit dem Youssouf sich das Aufenthaltsrecht in Deutschland erschlichen hatte. Onkel und Clan verlangten Dankbarkeit, hatten auch libanesische Argumente dafür. — Hinter der Werkstatt stapelten sich also die Fässer. „Kipp es weg", riet der Onkel. So hatten es früher Wirte in Neapel gehandhabt, die der Mafia mehr Bier abnehmen mussten, als die Gäste tranken. Youssouf aber, nun immerhin fünfzehn Jahre im Lande, kannte seine Deutschen: Beim Umweltschutz verstanden sie null Spaß, Wegkippen war keine Option. Deswegen stapelte er.

„Sascha, weißt du noch Ausweichflächen?", fragte Nele, „Du kennst doch Immobilien."

„Mmh …" Sascha versuchte nachzudenken. Was schwierig war angesichts der Hand von Nele, die da unten bei ihm Sachen anstellte.

„Wir haben nur das Tunneltal in Aussicht", brachte er kurzatmig hervor. „In Stellmoor hinter Rahlstedt. Ist aber ein Naturschutzgebiet."

„Oh, das ist irgendwie blöd."

„Mmh, ja."

„Oder?"

„Mmh … oh, ohh, oaaahr."

„Bleib ruhig, Kumpel."

Rosenfeld blinzelte. „Bin gerade am Verbluten, wa."

„So schnell verblutet man nicht."

„Wer bist du?"

„Meine Freunde nennen mich Tarek. Wir werden doch Freunde?"

„Klaro." Jeder, der an diesem verdammten Ort auftauchte, war Julian Rosenfelds Freund. Bester Freund von Welt, wa'. Er fror, er blutete. Die Beine spürte er nicht.

Tarek war einen Kopf kleiner als Rosenfeld. Ein durchtrainierter Kompakter mit schwarzen Knopfaugen, die in Bewegung blieben, die Umgebung aufsaugten.

Da gab es einiges zu sehen.

„Wie kommst du hierher?", fragte Rosenfeld.

„Du hast mich gerufen."

„Du warst das? Bei Juna am Telefon?"

„Jo. Hast du das hier veranstaltet?"

Tarek stupste nach dem Kopf von Theda Goedeke. „Okay, klären wir nachher. Ganz in Ruhe." Er entdeckte den Spaten, fuhr übers Blatt, leckte den Finger, schmeckte Blut.

Dann verband er ihn oberflächlich am Rücken und machte Fotos. Immer wieder blitzte sein Handy auf.

Gut war das nicht, das wusste Rosenfeld, aber was sollte er tun, war er doch kaum in der Position, irgendetwas zu verhindern.

„Hey, wo willst du hin", rief er, „Lass mich nicht hier liegen, wa'!"

So eine Scheiße. Haute Tarek nach den Fotos einfach ab. Sollte er, Julian Rosenfeld, hier verrecken in diesem Schuppen? Warum hatte er immer solches Pech?

Doch Tarek kam zurück. Er hatte eine Rolle Müllsäcke dabei. In den einen steckte er Forke und Spaten, in den anderen Kopf und Rumpf der Oma Theda. Damit verschwand er im Dunkeln.

Wann er erneut auftauchte, konnte Rosenfeld nicht sagen. Rosenfeld kam erst wieder zu sich, als Tarek ihm unter die Arme griff:

„Kumpel, nun geht's heim zu Muttern." Tarek kämpfte, Rosenfeld war schwer. „Aber ein bisschen mitmachen musst du schon."

Draußen, auf der Weide, wurde es noch schwieriger. Rosenfeld verlor das Bewusstsein.

Irgendwann schlug er die Augen auf. Zu sehen war nichts. Dunkel und still war es. Er lag weich. Das war ein Bett … flauschiges Oberbett mit frischem Duft. Er spürte seine Blase. Was erst mal gut war, bedeutete es doch, dass er nicht im Paradies war, sondern irdische Bedürfnisse hatte. Er brauchte eine Toilette.

Rosenfeld sammelte Kräfte, wollte sich erheben … was war das für ein Mist … er bekam die Hand nicht hoch.

Wa', die war ans Bettgestell gefesselt.

Kapitel 6

„Wofür brauchst du die Nummer?", fragte Max, „Ich will mit dem nichts mehr zu tun haben."

Sascha notierte die Nummer von Lucas Pohl auf einen Zettel. Pohl von der Deutschen Bodenkreditbank, die Max' Immotrust den Kontokorrentkredit gekündigt hatte.

„Wirst du auch nicht", versprach Sascha seinem Freund. — Der Geländewagen von Sascha parkte am Adolphsplatz, Max und Sascha stiegen aus. Im Pfeffersackprotzstil der Spätgründerzeit prunkten Rathaus und Börse herüber.

Auf der anderen Straßenseite trat die Zentrale der Hamburger Sparkasse bescheidener auf. Zumindest bis Minderwertigkeits- und Platzprobleme überhandgenommen hatten, und ein Erweiterungsbau beschlossen worden war.

Ins Vorstandsendlager abgeschobene Politrentner und rundgelutschte Gremienfuzzis radierten so lange kompetenzbefreit am Architektenentwurf herum, bis Einstimmigkeit herrschte und ein gedankenkahles Büroflächenumhüllungskonstrukt als Erweiterung hochgezogen wurde. Nun verwandelte die Gremienarchitektur des Erweiterungsbaus zuverlässig allmorgendlich freundliche Familienväter und Töchter aus besserem Hause in verdrießliche Geldbeamte, Sekretärinnen, Aktenabhefter.

Einer von diesen Kreaturen war Hartmut Reschke. Er durfte sich Leiter Risk Management nennen. Ein grauhaariger Mann mit grauem Anzug und ebensolcher Karriere. Bisher zumindest. Max Goedeke und Sascha Niederberger traten in sein Büro mit hierarchiebedingtem Ausblick auf Rathaus und Börse. Es war Punkt 10 Uhr. Effektvoll sah Reschke von Wichtigwichtig-Unterlagen auf, seiner Position angemessen zögerte er, bevor er sich doch erhob, die Bittsteller begrüßte und Plätze anbot.

Sascha begann munter. „100 Millionen also." Er klatschte in die Hände, als wäre es ein Spaß, um das Weiterbestehen eines hanseatischen Traditionshauses wie dem *Imperial* zu betteln. Reschke hatte angekündigt, die zentrale Hypothek zu kündigen, da er nach Prüfung der neuen Zahlen nicht mehr an die Tragfähigkeit von Max' Unternehmungen glaubte.

Max hielt sich beim Gespräch im Hintergrund. Seine Rolle war die des Unternehmers, der ab und an zustimmend nickte, da sein Finanztausendsassa Vorschläge machte, die unbezweifelbar in jeder Hinsicht durchdacht waren und so auch den skeptischsten Banker überzeugen würden.

„Ja, 100 Millionen. Über den Daumen. Die stehen im Feuer. Ich muss sie leider herausholen", erklärte Reschke, Mehltau auf den Stimmbändern. „Ihre Hotelauslastung sackt jedes Jahr um 5 bis 7 Prozent."

Max schaltete sich nun doch ein: „Natürlich tut sie das. Weil wir keine Parkplätze bekommen. Wir brauchen hinterm Hotel den neuen Parkplatz. Die Gäste bleiben weg, wenn sie keine Abstellplätze für ihre Autos zur freien Verfügung gestellt bekommen."

„Sie haben aber keinen Platz dafür auf dem Grundstück und eine Erweiterung ist unmöglich", erwiderte Reschke. Das Problem war schon Monate und Jahre erörtert worden.

Sascha warf Max einen warnenden Blick zu: Die Diskussion

an dieser Stelle nicht wieder führen, bitte.

Max verfiel in Schweigen, Sascha übernahm das Wort. Es war die Rede von Überschuldung, von Verantwortung für Spareinlagen und anderen Dingen. Max hörte kaum zu. Ist es das Ende unseres Hotels, Papa, was wir gerade erleben? Von allem, was du aufgebaut hast? So überlegte Max, während Sascha sprach, argumentierte, charmierte.

In früheren Gesprächen käme nun der Moment, da eine Sekretärin dampfenden Kaffee hereinbrachte. Man wechselte das Thema, lenkte in ruhigeres Fahrwasser und einigte sich zum Schluss wie nebenher über die Sache, wegen der man sich eben noch die Köpfe heiß geredet hatte.

Aber heute Vormittag wurde kein Kaffee gereicht, und Max begriff endgültig, dass er und Sascha in der Kundenhierarchie des Geldhauses unten angekommen waren. Sie waren keine umworbenen Kunden mehr, nicht mal Bittsteller, man wollte nur noch das ausgereichte Geld zurück haben und sie schnell hinauskomplimentieren. Den 12-Uhr-Termin mit Paul konnte er knicken. Es war nicht mehr nötig, das Handy des Jugendlichen zu knacken. Das *Imperial* und seine Immobiliengeschäfte würden in wenigen Augenblicken Geschichte sein.

„Das kriegen wir hin, ich habe da einen Plan entwickelt", gab sich Sascha unverdrossen.

„Ich brauche den Umschuldungsplan nicht mehr", erklärte Reschke.

„Aber den wollten Sie doch."

„Die Lage hat sich geändert. Die Bodenkredit hat der Immotrust Ihres Chefs …", Max Goedeke war gemeint, „… den Kontokorrent gekündigt. Sie haben keine Aktiva mehr."

„Woher wissen Sie das?", mischte sich Max ein. „Das ist vertraulich."

„Sie sind pleite. Eine Pleite ist nie vertraulich. Sie spricht sich herum."

„Aber —"

„Sie hätten es mir sagen müssen."

„Aber die Grundstücke", ereiferte sich Max, „das sind Sicherheiten."

„Jetzt nicht mehr. Sie sind überschuldet."

„Moment", sagte Sascha und hob die Hände, „lassen Sie einen kreativen Gedanken zu, Herr Reschke. Schauen Sie hinaus auf die prächtige Börse."

„Was soll das?"

„Kaufleute haben der Stadt diese Türmchen und Putten und den ganzen Schnickschnack geschenkt."

„Ja, und?"

„Macht Sie das nicht fröhlich? Bringt Sie auf Ideen?"

„Ich bin nicht hier, um fröhlich zu sein oder Ideen zu haben. Meine Aufgabe ist es, das Geld unserer Sparer zu sichern."

„Genau das wollen wir auch. Und mehren wollen wir es."

Reschke in seinem Bürostuhl wurde grauer. So was hörte er jeden Tag.

„Die Stadt wird überrannt von Flüchtlingen", meinte Sascha

„Geflüchteten", korrigierte Reschke.

„Ja. Aber die flüchten nicht mehr weiter, die bleiben hier. Die Stadt braucht Wohnungen. Aber sie hat kein Geld. Wir ..." Sascha holte die Manschetten hervor und schaute zu Max, der pflichtschuldig eifriges Nicken lieferte, „... wir bauen die Wohnungen für die Flücht- ... die Geflüchteten."

„Wie wollen Sie das machen?"

„Wir haben von der Rahlstedter Bezirksversammlung Signale bekommen für ein bebaubares Areal."

„Da weiß ich nichts von."

„Müssen Sie auch nicht, dafür sind wir da. Wir machen das schlüsselfertig und jetzt kommt's. Sie finanzieren und, schwupps, sind Sie in den Vorstand befördert. Haspa-Reschke als Retter der Geflüchteten. Das ist ein Karriere-Turbo." Sascha klatschte wieder.

Bei Reschke lichtete sich das Grau.

Max sagte: „Innerhalb von drei Jahren haben wir die Hypothek für die Neubausiedlung zurückgezahlt. Das ist bombensicher, die Stadt bietet Mietgarantie."

Sascha: „Nach sieben Jahren fallen die Wohnungen aus der Mietpreisbindung und dann ziehen wir an ..."

„Grundbuchsicherung zu 100 Prozent bei uns?", erkundigte sich Reschke.

„Selbstverständlich."

Reschke versuchte, skeptisch zu bleiben. „Ich werde das durchrechnen müssen." Aber Max sah in Reschkes Gesicht Hoffnung: auf der Zielgeraden des Arbeitslebens überraschend noch den Sprung zu schaffen, ganz nach oben, in den Vorstand.

„Tun Sie das", meinte Sascha. „Rechnen Sie!"

Max fragte: „Die 100 Millionen wären vorerst vom Tisch?"

„Wenn es so ist, wie Sie sagen, dann denke ich ... ich könnte prolongieren. Vorbehaltlich der Vorstandsentscheidung natürlich. Bei so einer Sache muss ich rückfragen. Aber die Perspektive ... ja, die wäre zu sehen."

„Eine Kleinigkeit noch", flocht Sascha ein, „der Parkplatz.

Die Erweiterung für das *Imperial*, wir brauchen diesen Parkplatz wirklich, da die Stadt vorn die Parkplätze weggepollert hat."

„Das waren die Grünen."

„Von mir aus, trotzdem sind sie weg und die Auslastung sinkt. Wir brauchen hinten den Parkplatz."

„Den wollte Egon Goedeke bereits. Aber da hinten steht die Villa van de Laar."

„Die nicht abbezahlt ist."

Reschke schaute fragend.

„Sie haben die Hypothek ausgereicht an den alten van de Laar, Herr Reschke."

„Woher beziehen Sie die Information?"

„Die Haspa finanziert fast alle Bauten der Stadt. Sie könnten die Grundschuld weitergeben", entwickelte Sascha. „Zum Beispiel an die Bodenkreditbank."

„Und der Sinn wäre?"

„Sie behielten eine saubere Weste. Die Bodenkreditbank stellt die Hypothek bei Celina van de Laar fällig, wir springen ein —"

„Und reißen die Villa ab, um ihren Parkplatz hinzusetzen?"

„Nein, nein", wehrte Max ab. „Drumherum ist genug Stellfläche. Oder wir machen da eine Tiefgarage drunter."

„Ich will davon nichts hören. Den Rest können wir machen. Vorbehaltlich der Vorstandsentscheidung. Aber von der Sache mit der Villa will ich nichts hören. Das ist nicht unser Stil."

Reschke erhob sich. Ein Zeichen, dass die Unterredung beendet war:

„Sie hören von mir. Ich schicke Ihnen die nötigen Unterlagen.

Ich denke, wir kommen irgendwie zusammen."

„Wunderbar", sagte Sascha, „Das Neubauprojekt wird den Geflüchteten helfen. Es ist eine gute Sache." Es folgte Händeschütteln, man tauschte Freundlichkeiten, Reschke ermahnte noch mal, dass die Bettenauslastung des *Imperials* sich bessern müsse. Max war schon auf dem Gang. An der Balustrade stehend überblickte er die Schalterhalle, die sich unter ihm ausbreitete.

Sascha war noch bei Reschke, fragte ihn: „Wollen Sie die Durchwahl des Zuständigen bei der Bodenkredit? Ich meine, nur für den Fall …"

„Netter Versuch, Niederberger. Aber zwecklos."

Sascha hielt ihm den Zettel mit der Durchwahl von Lucas Pohl hin.

„Meine Güte." — Reschke nahm den Zettel und verschwand im Büro.

„Toll was? Ist aus Eisen", sagte Tarek zu Rosenfeld, der ans Bettgestell gefesselt war. „Hat sie drauf bestanden. Sollte ich ihr kaufen. Juna mag so was."

Tarek öffnete Schränke. Auf deren Türen waren Spiegel angebracht. Wie auch an der Zimmerdecke über dem Bett.

Das reinste Spiegelkabinett ist das hier, dachte Rosenfeld.

„Nett, nicht wahr?" Tarek zeigte Bustiers und Lackklamotten. Holte Schnürstiefel heraus, die bis zu den Schenkeln reichten.

„Hier wird es richtig aufregend." Er kramte Dildos und Handschellen aus Schrankschubladen.

„Oh … eine Neunschwänzige." Tarek holte damit aus, ließ die Peitsche in der Luft klatschen. „Boah. Wollen wir die ausprobieren? Stehst du drauf?"

„Nee, tu ich nich."

„Ach was, hab dich nicht so." Tarek zog Rosenfeld das Oberbett weg, Rosenfelds mallorcabrauner Wanst glänzte frei. „Ist das Angstschweiß?" Tarek kicherte. „Bestimmt ist das Vorfreude. Hast dir warme Gedanken gemacht. Heiße Gedanken sogar." Er strich Rosenfeld mit der Peitsche behutsam über den Bauch.

Rosenfeld bekam Gänsehaut.

„Rücken wär dir lieber, was? Aber da bist du schon angestochen worden. Vielleicht finden wir trotzdem noch ein freies Fleckchen dort." Noch mal ließ Tarek die Peitsche in der Luft knallen. In seinen Augen glitzerte es. „Ach, blöd nur, wir können dich nicht umdrehen. Die Hand ist ja gefesselt. Wird nichts mit Rücken. Nehmen wir den Bauch." Erneutes Knallen der Peitsche in der Luft, lauter.

Rosenfeld kniff die Augen zu, bereit den Schmerz zu empfangen. — Stattdessen meldete sich eine zweite, alte Männerstimme:

„Tarek, was soll das? Der Kerl kratzt uns ab. Hat eine Menge Blut verloren."

„Beweist aber gute Laune", meinte Tarek, „Ist geradezu geil drauf."

„Wenn das Morphium nachlässt, wird er schreien wie am Spieß."

„Ey wa' ..."

„Du redest, wenn du gefragt wirst", sagte Tarek, hob die Peitsche.

Also hielt Rosenfeld den Mund.

Tarek und der alte Mann schauten ihn an, wie er da im Bett lag: gefesselt, schwitzend, auf einem blutdurchtränktem Laken. Tarek war kompakt und klein. Der alte Mann war kleiner. War haarlos. Wirklich haarlos. Sogar die Augenbrauen fehlten. Dafür hatte er gichtige Hände; die Finger waren von Krankheit und Alter geradezu grotesk verformt.

„Warum schwitzt der so?", erkundigte sich Tarek.

„Soll ich was dazu sagen, wa'?"

„Nee, sollst du nicht." Tarek schaute zu dem alten Mann. Der sagte:

„Woher soll ich das wissen? Bin ich Allgemeinmediziner? Ich bin Chirurg."

„Nicht so bescheiden. Ein Schlächter warst du, Ubejd."

Ubejds Augen funkelten und seine Mundwinkel zogen leicht nach oben, erwiderten aber nichts. Stattdessen faltete er seinen schwarzen Koffer auseinander. „Er braucht einen neuen Verband." Knochensägen, Skalpelle, Spritzen, Verbandszeug, Scheren und jede Menge Fläschchen mit farblosen Flüssigkeiten wurden sichtbar.

„Vielleicht hab' ich Fieber, wa.'"

„Du sollst das Maul halten! Gib ihm was, Ubejd."

„Was soll ich ihm geben?"

„Damit er redet, was sonst?"

„Ich denke, ich soll nicht reden?", erkundigte sich Rosenfeld.

Einen Moment war Tarek verunsichert, dann verlangte er: „Jetzt gibt ihm was."

„Warum fragt ihr mich nicht einfach. Ich sag euch, was ihr wissen wollt", schlug Rosenfeld vor.

Er hatte keine Lust, den Helden zu spielen und irgendwas zu

verschweigen. Von dem Tod der Theda Goedeke wusste Tarek sowieso. Die Silbermünze würde er gefunden haben. Meine Güte, eine popelige Münze, die konnte er behalten und glücklich werden. Wichtig war nur Frieda. Dumpf pochte es Rosenfeld im Rücken. Hoffentlich hatte der Schlächter vorm Verbinden die Wunde sauber gemacht. Sonst war sowieso klar, woher das Fieber kam. Dann konnte er Frieda vergessen und würde hier in einem heißen Fiebertraum verrecken. Es sah nicht aus, als ob Tarek so drauf wäre, ihn in ein Krankenhaus zu bringen.

„Na, gut. Bin ja kein Unmensch." Tarek setzte sich zu Rosenfeld. Gönnerblick aus Knopfaugen.

Jetzt könnte ich ihm mit der freien Hand an die Gurgel gehen, dachte Rosenfeld. Aber schon als er die Hand hob, fuhr ihm ein stechender Schmerz in den Rücken. Er ächzte, ließ die Hand zurückfallen. Müde und schwach fühlte er sich. Die Beine kribbelten ihm. Vielleicht ein gutes Zeichen, das Gefühl kehrte zurück.

„Könnte ein Glas Wasser gebrauchen, wa?" Sein Hals war trocken.

„Quatsch, jetzt redest du mit mir."

„Tu ich doch."

„Über Wasser und so 'n Scheiß." Tarek klatschte Rosenfeld mit der flachen Hand auf den Bauch.

„Aua! Ich werd' doch ein Wasser haben dürfen, wa?"

„Wusste ich doch, dass du mich verarscht. Ich kenn euch Kandidaten. Kartoffeln. Glauben, ich wär dumm. Noch jeden hab ich kleingekriegt."

„Ja, ja, glaub ich dir."

„Auch noch schnippisch werden." Tarek federte hoch. „Gib

ihm was aus deiner Apotheke. Aber spar' nicht wieder, Ubejd. Er soll reden. Wie im Beichtstuhl. Wie ein Vöglein soll er zwitschern. Da ist Geld drin, ich rieche das." Tarek holte die angelaufene Silbermünze aus der Hosentasche, trat ans Fenster, betrachtete das Hamburger Wappen auf der Münze.

Während Ubejd die Spritze aufzog.

„Gut gelaufen, oder?", fragte Sascha seinen Freund.

Der zeigte nach unten: „Guck mal. Da ist Möller."

„Möller?"

„Der Kommissar. Wo wir gestern waren."

„Wo *du* warst. Welcher ist es?"

In der Schalterhalle wuselten eine Menge Menschen hin und her.

Max winkte Möller. Eine spontane Geste. Männer in Anzügen unterließen sie besser, da sie zumeist ungelenk geriet, falls sie keine Winkroutine hatten. Präsidentielle oder royale.

„Komm, wir begrüßen ihn", entschied Max, der nach dem Auftritt bei Reschke neuen Tatendrang verspürte. Gleich danach ginge es zu Paul, das Handy des Bengels entschlüsseln. Und dann würde er sich Rosenfeld, den elendigen Erpresser, vorknöpfen.

„Ah, da sind Sie ja", sagte Möller, als er Max gewahr wurde, der mit ausgestreckter Hand auf ihn zukam.

„Wieso?! Haben Sie mich gesucht?"

„Aber und ob."

„Und woher wussten Sie, dass Sie mich hier finden?"

„Ich nehme Sie erstmal fest."

„Was?!"

„Sie haben das Recht zu schweigen. Alles was Sie jetzt sagen kann und wird vor Gericht gegen Sie verwendet werden. Sie haben das Recht, zu jeder Vernehmung einen Verteidiger hinzuzuziehen. Wenn Sie sich keinen Verteidiger leisten können, wird Ihnen einer gestellt. Haben Sie das verstanden?"

„Was?!" Max war unsicher, ob Möller das ernst meinte. Der Kommissar guckte so freundlich dabei.

„Haben Sie das verstanden?"

„Was?"

„Mit Handschellen oder ohne?"

„Ist das ein Scherz?", schaltete sich Sascha ein.

„Wer sind Sie?", fragte Möller mit Dienstmiene, und Sascha stellte sich vor. Möller widmete sich erneut Max: „Bleibt die Frage, mit oder ohne Handschellen?"

„Ohne." Max war schmallippig geworden. Witzig war das nicht mehr. Aber die Leute drehten sich schon um, und es war wichtig, aus der Sparkasse rauszukommen, ohne dass Reschke etwas bemerkte. Würde er argwöhnisch, überlegte er es sich womöglich noch anders.

„Machen Sie sich nichts draus", Möller klopfte Max auf die Schulter, „ich muss das machen. Reine Routine."

„Sascha, ruf den Anwalt an", zischte Max.

„Aber du hast die Karte von dem Anwalt", erwiderte Sascha, „Wie heißt der noch?"

Max kramte im Gedächtnis nach dem Anwaltsnamen, in den Taschen nach der Visitenkarte. Möller schob Max weiter zum Ausgang. „Sie brauchen die Karte nicht zu suchen, Herr Goedeke. Den Anwalt zu informieren, ist unnötig."

Der hatte gut reden … „Warum wollen Sie mich verhaften?"

— Aufflammendes Blitzlicht blendete Max, und er riss die Hände vor das Gesicht, „Eyy …"

Auf dem Bürgersteig rief ein Bärtiger in abgewetzter Lederjacke: „Ist er das? Ist er das?"

Max bekam die Augen wieder auf, er wurde von Möller weitergeschoben. Da sah er den Jungen, dessen Handy er eingesteckt hatte.

„Das ist er, Papa", rief der blasse Junge mit dem langen Pony. „Er ist es, wir haben ihn!"

Der Bärtige lief Max und dem Oberkommissar hinterher. „Was sagen Sie zu dem Vorwurf?! Was sagen Sie??"

Möller versuchte, den Bärtigen abzudrängen.

„Lassen Sie das!", der Bärtige schoss weitere Fotos, „Die Presse ist frei! Wie ist ihr Name? Sagen Sie ihren Namen!"

Bloß keinen Namen. Was auch immer gerade passierte. Seinen Name in der Zeitung … die Verhaftung … das *Imperial*. Es wäre die Katastrophe. Der Sparkassenvorstand würde augenblicklich verlangen, die 100 Millionen von der *Skandalnudel* Max Goedeke abzuziehen — und natürlich parierte Reschke.

Celina van de Laar schlug die Augen auf. Es war taghell. — Viel zu spät! Sie kam hoch, fühlte sich wie zerschlagen, blinzelte zum Wecker. 11 Uhr schon. Was würde Fritz von ihr denken. Nie war sie zu spät gekommen in all den Jahren.

Die Nacht war fürchterlich gewesen. Um 3 Uhr war sie aufgewacht, hatte nicht mehr schlafen können und war durchs Haus gewandert. Hatte sich auf die Couch im Wohnzimmer gelegt. Zweimal hatte Rosenfeld dort gesessen. Immer wieder dachte sie an ihn. Konnte ihn doch nicht mitten in der Nacht anrufen.

Sie hatte keinen Appetit zu frühstücken. Aber Rosenfeld könnte sie versuchen zu erreichen. Sie ging ins Arbeitszimmer, wählte die Nummer. Aber Rosenfeld hatte das Handy abgestellt.

Es waren noch 13 Stunden bis zur Geldübergabe und sie war noch kein Stück weiter, wie sie das über die Bühne bringen sollte. Das würde der wichtigste Moment in ihrem Leben sein — und es existierte noch keine Planung. Sie holte den Wagen aus der Garage und fuhr zum UKE. Unterwegs rief sie Fritz an, sie habe verschlafen und käme später. Er hatte sich schon Sorgen gemacht und erkundigte sich nach ihrem Befinden, aber sie fertigte ihn schnell ab.

Beim UKE verfuhr sie sich, sie fand zunächst den Haupteingang nicht, dann keinen Parkplatz …

Als sie den Jaguar endlich abgestellt hatte, war es bereits 12 Uhr.

Nur noch 12 Stunden, dachte Celina. Panik stieg in ihr auf.

„Juna …?", fragte die Frau am Empfang. Sie hatte einen Damenbart und passende Augen. „Und der Nachname?"

„Das ist der Nachname", sagte Celina, „glaube ich."

Die Frau schaute vom Monitor auf. „Glauben Sie?"

Was war Junas Nachnahme? Seit der Schulzeit kannten sie sich, Celina kramte im Gedächtnis, damals in der Klasse … „Klaus!"

„Juna Klaus?"

„Nee …"

„Klaus Juna?"

„Also, ich wollte sagen —"

„Mann oder Frau? Fangen wir ganz vorn an", sagte die Damenbartfrau.

„Äh, das ist schwierig."

Celina bemerkte, wie die Damenbartfrau einen Wink gab. Ein Herr mit massivem Körperbau trat heran:

„Ich muss Sie bitten, das Gebäude zu verlassen."

„Aber …!"

„Bitte."

„Ich möchte eine Freundin besuchen."

„Aus allgemeinen Sicherheitserwägungen muss ich Sie bitten —"

„Was für Sicherheitserwägungen?!"

„Sie wissen, wie die Situation ist … Bitte, meine Dame."

„Hey, lassen Sie das bitte. Fassen Sie mich nicht an." Seine Hände waren plötzlich überall an ihrem Körper. Das durfte nicht geschehen.

„Lassen Sie das!" Ihre Stimme überschlug sich, sie knuffte den massigen Kerl, wollte seine Finger weg von ihrer Haut haben. Seit Jahren hatte niemand ihren Körper berührt und jetzt dieser fremde Kerl!

Die Damenbarttante war aufgesprungen, hielt die Hände vor dem Mund. Kolleginnen eilten herbei:

„Hat sie ein Messer?! Hat sie dich angegriffen?!"

Schnell bildete sich eine Menschentraube in der Eingangshalle. „Hat sie wirklich ein Messer? Diese Frau da?", erkundigten sich die herumstehenden Passanten.

Der massige Kerl nahm Celina in den Schwitzkasten und schleifte sie in Richtung Ausgang.

Celina roch seinen Schweiß. So nah war sie einem Mann - außer ihrem Vater - nie gekommen und es ekelte sie und sie schüttelte sich. Nichts konnte sie gegen den Körperkontakt tun, sie war schwächer. Was war hier los? Das ist nur ein Krankenhaus, ich will zu meiner Freundin.

Sie hatte Juna gegenüber Schuldgefühle, sorgte sich um die Freundin, wollte sehen, wie es ihr geht. — Auch einen zweiten Grund gab es, weswegen sie Juna *heute* sehen wollte. Den gestand sie sich ungern ein: Rosenfeld war übers Handy nicht erreichbar und Juna wusste, wo er wohnte.

Machmoud verschnaufte auf halber Strecke. Er packte zwar zu, aber er tat ihr nicht weh.

Celina wurde ruhiger, nicht länger ekelte sie der Manngeruch. Das andere Geschlecht war stark, es hatte trainierte Muskeln.

Wenn man sich ihm anvertraute. Ihm seinen Willen ließ. Dann schützte es einen.

Vielleicht gehörte das zu den Dingen in ihrem Leben, die ihr fehlten.

Zu den Dingen …? Das war kaum der treffende Begriff. Es ging um etwas anderes als *Dinge*, aber um was …

Sie war noch nicht so weit, es ergründen zu können. Aber sie würde es herausfinden. Eines wurde klar, so auf Tuchfühlung mit dem Mann. Es war ein Mensch. Ein Mensch wie sie selbst.

Nur mit weniger Hirn.

Also machte Celina sich schwer. Nahm jede Spannung aus den Gliedern. Es war einen Versuch wert.

„Hey!", grunzte der Massige, und sie rutschte ihm durch die Arme, glitt aufs gewienerte helle Linoleum.

Sie sabberte, verdrehte die Augen, ließ Rumpf, Arme, Beine zucken und schlagen.

So hatte sie Papa liegen sehen. Er würde ihr verzeihen. Ach was, er war tot, er kriegte gar nicht mit, was sie gerade abzog.

„Sanitäter!", rief der Massige, „schnell!"

„Wegen eines Handys? Echt jetzt. Weil ich einen Akku in ein Handy gelegt habe?", fragte Max.

„Sie haben ein Handy gestohlen", sagte Oberkommissar Möller. Er steuerte durch dichten Spätvormittagsinnenstadtverkehr.

„Gefunden. Gefunden habe ich das Handy."

„Der Junge sagt was anderes."

„Was denn?"

„Sie haben es ihm weggenommen."

„Das ist doch Unsinn."

„Das ist eine ernste Sache."

Max fragte sich, wie der Junge ihn gefunden hatte. Und was der Vater des Jungen machte. War der bei einer Zeitung? Das wäre nicht gut. Jedenfalls schien es ratsam, sich gegenüber Möller kooperativ zu zeigen. Vorerst zumindest. Max sagte:

„Sicher, sicher, eine ernste Sache … aber Handschellen?"

„Die habe ich Ihnen nicht angelegt."

„Sie wollten es."

„Ich habe es Ihnen offen gelassen."

Max holte Atem. Sie verrannten sich in einer fruchtlosen Diskussion. Möller parkte in der Caffamacherreihe und bat Max ins Revier.

„Ich könnte einfach weglaufen."

„Könnten Sie", sagte Möller und sah sich nicht mal nach Max um. So sicher war er, dass Max auf einen Fluchtversuch verzichtete. Das nervte Max. War er so berechenbar für diesen Beamten mit der Rente in Sichtweite?

Möller sagte: „Um das gleich festzustellen. Sie sind nicht

festgenommen."

„Was?! Aber Sie haben doch —"

„Was habe ich? Sie haben mich in der Sparkasse begrüßt, und ich habe Sie eingeladen —"

„Sie haben mit festgenommen!" Max machte sich gerade. Dienstaufsichtsbeschwerde. Protestnote. Pensionsentzug. Möller würde ihn noch kennenlernen.

„Ich habe Sie eingeladen, mit Adalbert von Gerte zu sprechen."

Er öffnete die Tür zu seinem Büro. In dem stand ein Herr. In Flanellanzug, mit Krawatte, Nelke im Knopfloch. Die geölten Haare zu einer Künstlerfrisur zurückgekämmt, dazu die Augen eines Schlawiners, „Nennen Sie mich Bertie, bitte! Und hier ist meine Karte."

„Hab ich schon", schnaubte Max.

Was sollte das? Er sah sich nach Möller um. Der sagte: „Ich hol mir einen Ristretto." Möller schloss die Tür und ließ Max mit Bertie allein.

„Setzen Sie sich."

„Warum sollte ich?"

Bertie lehnte sich an den Schreibtisch und kreuzte die Beine; die Hosenbeine rutschten hoch, entblößten die sonnengebräunten Fußgelenke des Anwalts. Die sockenlosen Füße steckten in Wildlederslippern.

„Möller hat mich gebeten, Ihnen mal zuzuhören."

„Wie kommt er dazu?"

„Er mag Sie. So Männer mit Seidenkrawatten. Hat er gute Erfahrungen mit gemacht. Wir müssen zusammenhalten."

„Wir?" — War das ein Anwalt oder ein Spinner? Und wo blieb Möller? Der konnte ihn nicht allein lassen mit einem

Verrückten, der zwei stilisierte Reitgerten auf Visitenkarten drucken ließ.

„Nun erzählen Sie. Bevor der Kommissar zurückkommt und Sie einlocht."

„Was sollte ich erzählen? Es gibt nichts zu erzählen. Die Handysache? Das ist doch lachhaft." Er bekam die Klinke in die Hand. Tür auf und jetzt raus hier.

„Ich weiß nichts von einer Handy-Sache", meinte Bertie.

„Dann sind wir uns ja einig. Und tschüss."

„Aber Sie haben Ihre Mutter getötet. Sagte mir Möller. Wollen Sie sich nicht doch setzen und wir unterhalten uns?"

Sascha fragte: „Warum verfolgen Sie meinen Freund?"

„Er hat meinem Jungen das Handy geklaut", sagte der Bärtige und dessen Sohn nickte eifrig.

„Das ist doch Unsinn. Wissen Sie, wer das ist? Mein Freund, wer das ist?"

„Ich wüsste es gern."

Sascha wurde vorsichtig. „Sind Sie Journalist?"

„Für die BILD." Er hieße Stefan Müller-Ahrendt.

Sascha zog Müller-Ahrendt fort von der Sparkassenzentrale. „Lassen Sie uns einen Kaffee trinken, Herr Müller-Ahrendt. Und für den Jungen eine Schokolade."

„Ich darf aber schon Kaffee!", erwiderte der Sohnemann.

„Was ist denn genau passiert?" Besser war es, Verständnis zu zeigen, auf den Mann und seinen blassen Bengel einzugehen. Keine Abwehrhaltung einnehmen. Das hatte Sascha in einem Fortbildungskurs *Krisenmanagement* für Führungskräfte gelernt. Den er auf Bitte von Max mitgemacht hatte. Der Etat für Fortbildungen war in dem Jahr noch nicht ausgeschöpft gewesen. Die PR-Tante, die den Kurs gegeben hatte, war kompetent gewesen, angenehm im Umgang, hatte ihn hinterher regelrecht ins Bett gequatscht. Quatschen war überhaupt ihre Stärke, der Rest war kaum der Rede wert. Immerhin verschaffte sie ihm das IHK-Zertifikat.

Beim Latte Macchiato in der Edelpizzeria gegenüber vom Rathaus erfuhr Max, dass Müller-Ahrendt auf seinen blassen Sohn stolz war, dass der Sohn Jonas hieße und für eine Schülerzeitung einen abgefahrenen Dönerbuden-Test mache. Deswegen sei Jonas gestern bei dem Imbiss am Borgweg gewesen, und dort sei er verprügelt worden. Eine Schande wäre das, dass Jungen in einem normalen Wohnviertel nicht mehr sicher seien.

Sascha zweifelte. „Mein Freund ist nicht der Typ, der sich prügelt."

„Es war ein anderer", erklärte Jonas, schob seinen Pony aus der Stirn.

Es entstand Verwirrung. Auch zwischen Vater und Sohn. Erst recht als sich herausstellte, dass zusätzlich ein Baseballschlägerschwinger in das Kuddelmuddel am Borgweg eingegriffen haben sollte. Das Ergebnis der Auseinandersetzung war jedenfalls, dass Max, dessen Namen Müller-Ahrendt und Sohn glücklicherweise bisher nicht herausgefunden hatten, dass Max also das Handy von Jonas in Besitz genommen hatte und gestern Abend den Fehler machte, das Ding einzuschalten.

„Aber er ist nicht reingekommen", meinte der latteschlürfende Naseweis, „die Daten sind gesichert. Dafür habe ich ihn gleich geortet." Jonas saß vorm PC, zockte *FAR CRY* und verfolgte im Ortungstool, wie sich sein abhanden gekommenes Handy durch die Stadt bewegte.

„Ist das toll, was mein Sohn drauf hat, Herr … wie heißen Sie, Ihr Name ist nicht auch geheim?"

„Sascha Niederberger."

Stefan Müller-Ahrendt notierte ihn auf dem Tablet und sagte: „Wir sind gleich zur Polizei und haben Anzeige erstattet." Er schlürfte Latte und beobachtete Saschas Reaktion.

Es war Mittagszeit, die Plätze des Edelitalieners füllten sich mit Innenstadtbankern, Rathausangestellten und Consultants, die ein Vermögen mit Senatsaufträgen machten.

Unter den Augen des Journalisten fühlte Sascha sich unwohl. Stefan Müller-Ahrendt lauerte auf jedes Infohäppchen. Der Nachwuchsnerd dagegen, Müller-Ahrendt' Sohn Jonas, der hatte das Interesse an der Unterhaltung längs verloren; er saß zusammengesunken vor dem Latte, seinen Fingern schien etwas zum Wischen oder Daddeln zu fehlen.

Am Eingang der Pizzeria stockte der Gästezustrom. Männer schauten, es gab „Ahs" und „Ohs", Gentlemen hielten die Tür geöffnet.

Laura trat ein. Mascara-Klimperwimpern und Mitternachtslippen, dazu ein Hüftschwung, der einer Aufforderung zum Beischlaf gleichkam.

Beim Pupertier Jonas verschwanden Daddelhockhaltung und hängende Schultern. Stefan Müller-Ahrendt vergaß das Notizenschreiben, Sascha erhob sich und fragte:

„Laura, was machst *du* hier?" — Neid und Bewunderung der restlichen Herren waren ihm sicher, da Laura sogleich reagierte und an den Tisch trat.

Wie ungerecht ... wie logisch war es, dass eine solche Klassefrau sich von dem bestangezogenen Herrn in der Pizzeria angeln ließ. In den Smartphonekalendern der übersehenen Herren wurden Termine für Maniküre und Herrenausstatter freigeschlagen. Consultants schickten Nachrichten an ihre *Personal-Shopper* und *-Trainer*.

Der italienische Kellner, mit dem Gesichtsausdruck eines Kavaliers schon im Anmarsch gewesen, um für Laura einen Tisch freizufechten und auch sonst zu jeder Dienstbarkeit bereit zu stehen, zog sich zurück, behielt aber ein scharfes Auge auf der Dame, um jederzeit zur Hilfe kommen zu können.

„Elias hat im ersten Stock seine Consulting-Firma", flötete Laura, Wimperklimpern zu Stefan Müller-Ahrendt. Der Journalist grinste debil. Der Mund des Sohnemannes stand offen.

Sascha sagte: „Ich denke, mit dem ist es vorbei?"

„Meinte er und das war nicht nett von ihm. Aber ich war gerade bei ihm und ich denke, wir haben noch eine Chance."

„Das glaube ich jetzt nicht."

„Pfff", machte sie, wandte sich Jonas zu, „Junge, mach den Mund zu. Oder willst du, dass ich dir was reinstecke?"

„Laura, es reicht!", sagte Sascha.

„Was denn, bist du prüde?"

„Der Junge ist 13."

„17!", sagte Jonas.

„Oh, ein Großer", meinte Laura, „Ich mach mir mal die Lippen."

Sie stieß Jonas an. „Los schon."

Sie wackelte davon. Auf Laura-Art. Schnappatmung an den

anderen Tischen.

Stefan Müller-Ahrendt hielt seinem Sohn die Speisekarte vor die Nase. „Such dir 'ne Pizza aus."

„Ja, ja."

Sascha fragte sich, was Max gerade bei der Polizei erlebte. Außerdem musste er Sebastian Nielsen Feuer machen, damit Nielsen das Tunneltal-Projekt vorwärts trieb: Reschke würde sich bald bei ihnen danach erkundigen. Am dringendsten von allem aber war die Geldübergabe an Rosenfeld ... noch knappe 12 Stunden bis dahin. Für eine Pizza blieb keine Zeit.

„Ich geh mal pinkeln", sagte Jonas.

„Aber deine Pizza?", wandte Vater Müller-Ahrendt ein.

„Bestell du mal." Jonas ging.

Müller-Ahrendt beugte sich vor zu Sascha: „Geht der wirklich pinkeln?"

„Woher soll ich das wissen?"

„Sie kennen doch die Dame." — Müller-Ahrendt und Sascha sahen sich an. Schließlich sagte Müller-Ahrendt: „Der macht da ganz was anderes."

„Trauen Sie Ihrem Sohn das wirklich zu?"

„Weiß nicht. Ein schwieriges Alter. Da glaubt man, sein Kind zu kennen, und dann verändern sie sich plötzlich. Machen die verrücktesten Sachen."

„Zum Glück, oder? Sonst wäre das Leben langweilig. Dafür hat man Kinder. Um überrascht zu werden."

„Philosoph, was?"

„Eher im Gegenteil. Ich kümmere mich um Geld." Sascha konnte sehen, wie die offenherzige Selbstauskunft bei seinem Gegenüber etwas verlöschen ließ: War der Sascha Niederberger also doch genau das, wonach er aussah. So ein Oberklassengeldsackberatertyp?

Müller-Ahrendt sagte: „Kann auch interessant sein." Es klang lahm. „Sich um Geld zu kümmern, meine ich."

Aber er, Müller-Ahrendt, er glaubte der aufregendere Typ zu sein? Mit seiner speckigen Lederjacke als Intellektuellenausweis. Schrieb für die Gerechtigkeit. Interessierte sich für Philosophie und Soziologie. Sogar für Dönerbuden interessierte er sich. Nur Menschen, die sich mit Geld beschäftigten, die fand er langweilig.

Jetzt wischte der Westentaschenschlauberger auf seinem Tablet herum, glotzte irgendwelche Promiklatschseiten mit großen Fotos.

Sascha wollte böse sein. Er sagte: „Ich wüsste, was ich mit 17 gemacht hätte. Wenn ich so ein Angebot von einer *First-Class-Frau* bekommen hätte." Da hatte war sie wieder - die Aufmerksamkeit des bärtigen Lederjackenweltverbesserers. Sascha fuhr fort: „Ich würde ihr hinterhersteigen und sie nageln. Gleich an der Klowand."

Müller-Ahrendt wurde kalkweiß. „Ich muss meinen Jungen da rausholen."

„Ich glaub, er fühlt sich da drin ganz wohl."

Müller-Ahrendt machte große Augen. — Ja, ja, dachte Sascha, du bist doch schlau, du verstehst die Doppeldeutigkeit gleich, bemüh' dich ein bisschen.

Mit einer Gnadenlosigkeit, die Kinderlosen zu eigen sein kann, legte Sascha nach: „Warm und feucht. So mögen wir es doch."

„Ich hol meinen Jungen." Müller-Ahrendt mühte sich aus der

Sitzbank. „Und ihre Freundin, die kenne ich." Er hielt Sascha das Tablet hin. Es zeigte Laura. Wie sie vorgestern auf dem Tresen im *Imperial* strippte. Müller-Ahrendt sagte: „Saftiger Auftritt. Von Ihrer Laura Goedeke." Er wankte zum Klo. „Junge, ich komme."

„Woher haben Sie das Foto?!", rief Sascha hinterher. Irgendein Gast würde es mit dem Handy geschossen und nichts Besseres zu tun gehabt haben, als es der BILD zu schicken.

„Was ist mit meiner Mutter?", fragte Max.

„Sie ist verschwunden", informierte Bertie.

„Also doch nicht tot?!"

„Zurzeit ist sie verschwunden. Der Kornspeicher hat deswegen die Polizei alarmiert." Sogar zweimal sei die Mutter verschwunden. Das erste Mal als Max seine Mutter am gestrigen Nachmittag besucht habe. Da sei sie am Elbstrand verschwunden. Fast ertrunken sei sie, wenn Strandspaziergänger sie nicht gerettet hätten. Das zweite Mal sei sie dann am Abend des gleichen Tages verschwunden und bisher nicht wieder aufgetaucht.

„Ich habe sie doch gestern besucht", sagte Max.

„Genau. Das ist das Problem."

„Problem?"

„Immer wenn Sie in der Nähe sind, verschwindet Ihre Mutter."

„Das ist doch Unsinn."

„So sind die Tatsachen."

„Wird sie gesucht? Ich meine, sie muss doch gesucht werden."

„Bleiben Sie ruhig, Max. Ich darf Sie Max nennen?"

„Nun ja ... gut."

„Alles ist eingeleitet. Die Polizei ist im Einsatz."

Max wollte wissen, woher die Informationen über seine Mutter stammten.

Der Portier der Seniorenresidenz vom Kornspeicher habe die Polizei über das Verschwinden von Theda Goedeke informiert. — Da Bertie das berichtete, war für Max klar, warum die Geschichte eine so drastische Wendung genommen hatte: Der gnomige Portiersdarsteller hatte noch eine Rechnung mit ihm und Sascha offen — und hier eine Möglichkeit gefunden, seine Wut an Max schneller abzureagieren als gedacht, indem er den Verdacht auf Max lenkte. Das würde sich alles aufklären lassen. Möller war ein verständiger Mann. Wichtig war, dass Mutter schnell gefunden wurde, und es ihr gut ging.

Bertie sagte: „Sie waren der Letzte, mit dem sie gesehen wurde …?"

„Fragen Sie mich oder wissen Sie es?"

„Ich frage Sie. Besser wäre, da gäbe es noch jemanden."

„Aische!"

„Aische?"

„Die Altenpflegerin meiner Mutter."

„Sie kennen ihren Vornamen?"

„Ist das verboten?"

„Nein, gar nicht. Ungewöhnlich ist, dass sie die Pflegerin Ihrer Mutter spontan beim Vornamen nennen."

Oha, dachte Max. Er hatte sich von Berties Gockelaussehen täuschen lassen. Dahinter verbargen sich Beobachtungsgabe und Verstand.

„Aisches Adresse?", fragte Bertie.

„Bringe ich in Erfahrung."

„Lassen Sie mich das machen. Sie sollten keinerlei gesteigerte

Interesse mehr an dieser Frau zeigen."

„Weil es Verdacht erregt?! Das ist doch total verdrehte Denke."

Bertie zupfte Bügelfalten, zeigte mehr Sonnenbräune über den Slippern. Es war Februar. Die Bräune musste aus dem Solarium kommen. Oder Bertie überwinterte auf den Kanaren. — Bertie wollte mehr über Aische wissen. Max erzählte, unter welchen Umständen er sie vorgestern kennengelernt hatte.

„Schlecht", meinte Bertie, „Man wird sagen, sie haben den Mann geschlagen."

„Aber —"

„Das kommt nicht gut. Schlagen, erschlagen."

„Meine Mutter ist nicht erschlagen worden."

„Woher wissen Sie das?"

„Aber —"

„Haben Sie Täterwissen?"

„Bitte?!"

„Sie wissen etwas, das niemand außer Ihnen weiß. Ihre Mutter ist nicht erschlagen worden. Haben Sie gesagt."

„Aber —"

Bertie legte ihm die Hand auf die Schulter. „Bleiben Sie ruhig, Max. Ich demonstriere nur, wie man denken kann. Wie die Polizei denken kann. Was bei einem Verhör passieren würde."

„Ich muss meine Mutter finden."

„Die Fahndung ist bereits raus. Lassen Sie Möller seine Arbeit machen."

Möller kam herein, und Max hätte ihn gern gefragt, ob wirklich nach seiner Mutter gefahndet wurde. So sehr ihn das Verschwinden der Mutter besorgte — war eine Fahndung womöglich übertrieben. Aber Max traute sich nicht zu fragen.

Bertie hatte ihn verunsichert. Womöglich wirkte die Frage, als habe er wenig Interesse daran, dass das Schicksal der Mutter aufgeklärt würde. Oder fürchte sich davor.

„Kann ich gehen?", fragte er stattdessen.

„Warum?"

„Meine Mutter suchen."

„Niemand hindert Sie", antwortete Möller. „Vorerst. Sie verlassen die Stadt nicht? Das Handy von Jonas Müller-Ahrendt bleibt hier. Und hüten Sie sich vor Journalisten. Denen sollten sie nicht Ihren Namen sagen. In die Klatschspalten schaffen Sie es sonst auf jeden Fall. Vielleicht sogar auf die Titelseite." — Was verheerend fürs Hotel wäre, dachte Max. Offensichtlich verstand Möller sein Handwerk: Über Max' geschäftlichen Hintergrund hatte er sich bereits orientiert.

„Darf ich noch kurz aufs Handy des Jungen gucken?", erkundigte sich Max. Der ganze Schlamassel war doch wegen des Films entstanden. Falls es einen Film gab?

„Wollen Sie mich zu einer Straftat verleiten?", blaffte Möller.

„Nein will er nicht", schritt Bertie ein. „Raus jetzt hier, Max. Schnell, bevor Sie sich um Kopf und Kragen reden.

Vor dem Revier sagte Max: „Danke."

„Bitte."

„Was ist das?"

„Die Rechnung."

„Getippt und ausgedruckt?" Max riss den Briefumschlag auf. „Wie geht das denn?!"

„Ich bin gern vorbereitet. Ist das Geheimnis meines Erfolgs."

Max faltete die Rechnung auseinander. „Oh." — 12.000 Euro zuzüglich Mehrwertsteuer stand da. — „Ist das nicht ein bisschen happig?"

„Ist ein Sonderangebot."

„Was wäre denn das reguläre Angebot?"

„Gefängnis."

Genug gezuckt.

Ein sehr junger Sanitäter legte ihr eine Manschette an. Der Massige beugte sich über Celina van de Laar.

„Wie heißen Sie?", fragte Celina.

„Äh, Machmoud."

„Angenehm, Machmoud. Ich würde mir gern den Mund abwischen."

Machmoud ließ sich vom Sanitäter ein Papiertuch geben, reichte es Celina.

„Es war alles ein Missverständnis", sie putzte sich den Mund, „Entschuldigen Sie."

„Ich muss mich entschuldigen. Sie hatten so etwas wie einen Anfall, glaube ich", er sah geradezu bestürzt aus, „Vielleicht habe ich Sie etwas zu hart —"

„Aber nein, gar nicht."

„Wir sind alle nervös, wissen Sie."

„Das verstehe ich. Ich wollte nur wissen, wo meine Freundin liegt. Um sie zu besuchen."

Der Sanitäter mit dem Milchgesicht mischte sich ein, sie müsse mit zur Notaufnahme. Die wäre im Keller des Gebäudes.

„Aber mir fehlt nichts!"

Davon sei er überzeugt, aber so wäre die Vorschrift. „Bitte bleiben Sie liegen."

„Auf dem Fußboden?"

„Ein Bett wird gebracht."

Tatsächlich rollte ein Pfleger bereits eines von den überbreiten Krankenhausbetten heran. Mahmoud hob Celina mit einer Leichtigkeit in die Kissen, als wäre sie eine Puppe. Geschickt achtete er darauf, ihren Kopf nicht anzustoßen, die Arme richtig zu betten.

„Sie machen das gut, Machmoud."

„Oh, danke." Er zeigte ein angenehmes Lächeln und gute Zähne.

Ihr begann die Behandlung zu gefallen. Sie lag im Bett, die Männer schritten an ihren Seiten, und so rollte sie an der Damenbartfrau vorbei. Celina winkte. Der Damenbart tat, als bemerke er es nicht.

Im Aufzug sagte Celina: „Machmoud, ich suche Juna, meine Freundin. Könnten Sie eventuell schauen …"

„Ich habe keinen Zugriff auf den Zentral-Computer." Als der Sanitäter sich entfernte, um die Anmeldeformalitäten in der Notaufnahme zu erledigen, fügte Machmoud hinzu: „So was kann nur oben an der Rezeption nachgeschaut werden."

„Juna ist gestern Mittag mit dem Krankenwagen eingeliefert worden. Müsste sie auch hier unten durch?"

Machmouds gutmütiges Gesicht erstrahlte. Er hatte einen Gedanken. „Sie müsste in der Notaufnahme angemeldet worden sein."

„Ob Sie nachschauen würden? Ich meine … für mich?"

Schon war er auf dem Weg.

Ihr gefiel Machmoud.

Ihr gefiel Rosenfeld.

Ihr gefielen Männer. Also andere Männer als Vater.

Das war eine neue Erfahrung für sie.

Max sank in einen Loungesessel beim Kamin und legte den Kopf in den Nacken, parkte die Arme auf den Lehnen.

Dienstbeflissen kam der Kellner: Ob Herr Goedeke etwas wünsche? — Matt winkte Max ab.

Entspannen wollte er.

Hinter dem Tresen der Rezeption sortierte Emmy Menükarten, gab Schlüssel an Gäste heraus.

Sie wagte einen Blick. Er nickte ihr zu. Sie schaute weg und er versuchte, ihren Blick zu deuten.

Als sie einen Gast zum Grill geleitete, sah Max, dass sie den gekürzten Rock trug. Ihre wohlgeformten Waden. Sie war jung. Ohne Sorgen. Jedenfalls ohne die Sorgen, die ihn drückten. Könnte man doch immer so bleiben, jung und unbesorgt.

Er dachte an die Partys, die er mit Sascha besucht hatte. Damals ahnte er nicht, welche Verantwortung sein Vater Egon trug, der gerade dabei war, das Hotel aufzubauen. Welche Kämpfe sein Vater womöglich mit der Mutter ausfocht. Was er ihr für Verletzungen zufügte. Welche wiederum sie ihm beibrachte. Bis heute wusste er das nicht. Keiner von beiden hatte je mit ihm darüber gesprochen. Er hatte auch nicht gefragt.

Im Geschwindschritt kam Sascha herein. „Deine Mutter ist wirklich verschwunden?"

Max hatte es Sascha am Telefon kurz berichtet. Ebenso dass er deswegen fast festgenommen worden wäre.

„Bertie hat mich rausgehauen."

„Bertie?"

„Ein Gockel. Vielleicht auch ein guter Anwalt." Max zeigte

Sascha die Rechnung.

„Meine Güte. Glaubst du, das kannst du bezahlen?"

„Sag du's mir."

„Nein, kannst du nicht."

„Nicht mal das? Wie soll ich dann erst recht das Geld für Rosenfeld aufbringen?"

„Wir arbeiten dran."

„Ohne Erfolg, scheint mir."

„Der Kontokorrent der Bodenkredit ist noch nicht wieder frei. Aber das wird."

„Für 7,5 Millionen reicht der auch nicht. Ich sollte mir die Kugel geben. Vereinfachte vieles."

Paul kam aus dem Büro hinter der Rezeption. Der Hotelmanager stellte sich neben Emmy, schaute in den Monitor.

„Das ist doch traurig", sagte Max zu Sascha, „Ich sitze vorm Kamin und wimmere wegen Geld. Meine Mutter ist verschwunden! Aber ich mache mir Gedanken um Firmenkredite und Geld für eine Erpressung. Was macht diese Jagd nach Geld mit mir?"

„Willst du jetzt eine Kapitalismus-Kritik vom Zaun brechen? Oder 'ne Weltschmerz-Diskussion?"

„Ich habe das Gefühl, das stürzt alles über mir zusammen. Laura spielt auch verrückt. Ich werde erpresst, die Hypothekenkündigung —"

„Bügeln wir aus mit dem Tunneltalprojekt."

„Möller versucht, mir das Verschwinden meiner Mutter anzuhängen. Dazu die Anzeige wegen des Telefons von dem Jungen. Eine blöde Idee von mir war das mit dem Akku. Das gebe ich zu. Wenn die Geschichte in die Presse käme:

Fünf-Sterne-Hotelboss klaut Schüler sein Handy.

Kann ich den Laden zu machen."

„Reiß dich zusammen, Max", sagte Sascha, „Paul kommt."

Max hatte sich sagen lassen, dass die engen Anzüge, die Paul trug, gerade in Mode wären. Für Max sah es aus, als laufe Paul in einem Konfirmandenanzug herum, aus dem er herausgewachsen war.

Paul dienerte sich heran. „Das mit TUI hat leider nicht geklappt, Herr Goedeke."

„Ja, sehr schade. Herr Niederberger hat es mir berichtet."

„Aber ich arbeite an einem Marketingplan", erklärte Paul eifrig.

„So."

„Ja. Er wird die Vorteile des Hotels besonders herausstreichen."

Die blätternde Farbe an der Fassade zum Beispiel, dachte Max sarkastisch.

„Das Spa. Den Grill. Der dreifache Souvlaki-Spieß." Er schmatzte. „Deliziös."

„Deli… was?"

„Lecker."

„Ach so", meinte Max, „Das schreiben Sie alles auf?"

„Ein komplettes Konzept, ja."

„Spa. Grill. Souvlaki-Spieße …", Max nickte bedächtig, „wirklich innovativ. Gefällt mir."

Pauls Brust schwellte. Hoffentlich hielten die Knöpfe des Konfirmandenanzugs.

„Bis morgen ist alles fertig. Ich verspreche es Ihnen, Herr

Goedeke. Und dann..." Die Schultern kamen nach vorn, die Brust fiel ein, die Knöpfe entspannten sich, „...dann wird es schwierig. Damit in den Zeitungen und Onlinediensten zu landen."

„Meinen Sie? Es klingt doch aufregend."

„Ja, schon. Aber die Zeitungen sind heute wählerisch. Sie wissen schon. Mord und Totschlag und … entschuldigen Sie … Sex. Wenn Sie das nicht haben, also kein Verbrechen begangen haben —"

„Sie meinen, ich sollte ein Verbrechen begehen? Um in die Zeitung oder sozialen Medien zu kommen?"

„Oh Gott, nein. Herr Goedeke, was denken Sie, was ich von Ihnen verlange. Ich meine nur, ohne so was oder auch einen Überfall, eine Erpressung oder so." Er schluckte, der Hals war ihm, der es sich normalerweise nicht herausnahm, seinem Chef gegenüber lange Reden zu halten, aber dieses Thema interessierte ihn, der Hals war ihm trocken geworden. „Um es kurz zu machen. Ohne so was kommt man schwer in die Öffentlichkeit. Und ohne Öffentlichkeit kein Marketingerfolg, keine Buchungen."

„Wertvolle Überlegungen, Paul", schaltete sich Sascha ein. „Machen Sie den Marketingplan fertig. Legen Sie ihn mir morgen vor."

„Danke, Herr Niederberger." Paul dienerte, entfernte sich, „Danke, Herr Goedeke."

Max fragte Sascha: „Ist er der richtige Mann? Am richtigen Platz?"

„Bestimmt", meinte Sascha. „Nur ist gerade nicht seine Zeit. Seine Stärken sind in der internen Hotelorganisation."

„Aha." Max schaute in den erloschenen Kamin. Er war gekehrt

und die Scheiben sorgsam geputzt.

Sascha sagte: „Diese schwierigen Zeiten brauchen einen anderen Typen."

„Wen?"

„Dich."

„Danke. Hast du das im Motivationskurs gelernt?"

„Dann würde ich dir das Folgende nicht erzählen. Das zieht dich runter."

„Erzähl's mir nicht. Ich bin schon ziemlich unten."

Sascha berichtete von Lauras Erscheinen beim Edelitaliener am Rathaus. Wie BILD-Journalist Müller-Ahrendt die Fotos ihres vorgestrigen Stripauftritts entdeckte, ihren Namen kannte. Wie Laura anschließend den Jungen fast verführte.

„Den Jungen mit dem blöden Handy? Der mir Möller auf den Hals gehetzt hat? Das ist der Sohn von dem Journalisten?"

Sascha nickte.

„Oh Gott. Was für eine Scheiße." Max schüttelte den Kopf. „Fast verführte, sagst du? Also ist nichts passiert. Woher weißt du das?"

„Weiß ich nicht", gab Sascha zu, „Aber sie hat Anstand, deine Schwester."

„Wär' ich mir nicht so sicher." Nach der Schlagzeile

Fünf-Sterne-Hotelboss klaut Schüler sein Handy

käme das Follow-up am nächsten Tag:

Unzucht — Wie die Schwester (29) vom
Fünf-Sterne-Hotelboss meinen Sohn (17) verführte.

Max seufzte. Der erloschene Kamin kam ihm vor wie ein Symbol.

Für das *Imperial.* Für seine Familie. Für ihn.

Der Ofen war aus.

„Er wird weiterforschen", glaubte Sascha. „Er hat Lauras Namen, er hat meinen Namen."

„Deinen auch? Woher?" Max sprach erloschen. Wie sein Kamin. Musste ihn das alles noch interessieren?

„Ich habe Müller-Ahrendt meinen Namen gesagt", erklärte Sascha tapfer.

„Irgendwie unclever."

Sascha machte den Rücken gerade. „Du hast nicht allein das Anrecht darauf, dumme Sachen zu machen."

Max legte Sascha die Hand auf den Arm. Er wollte mit dem Freund nicht streiten. Eine Krise sollte einer Freundschaft keinen Schaden zufügen.

Sascha sagte: „Wenn Müller-Ahrendt nun zwei und zwei zusammenzählt, kommt er früher oder später aufs *Imperial.* Eher früher, sonst würde er nicht bei der BILD arbeiten."

„Das heißt, der Skandal steht mir kurz bevor."

„Die Pleite steht dir kurz bevor", präzisierte Sascha.

„Danke." Max blieb kühl. Obwohl gerade das Lebenswerk seines Vaters in Gefahr geriet. Ich bin erstaunlich, fand Max.

„Und für die Erpressung bleiben dir keine 10 Stunden mehr."

„Psst. Paul kommt."

Der Hotelmanager wedelte mit einer farbenfrohen Plastikmappe. „Wollen Sie einen Blick ins Rohkonzept werfen, Herr

Goedeke? Ich habe es schnell für Sie ausgedruckt."

Max verspürte den Drang, dem Manager die Plastikmappe mitsamt Rohkonzept um die Ohren zu hauen. Aber er riss sich zusammen. Garnierte seine Sätze mit einem gequälten Lächeln:

„Ich habe volles Vertrauen. Brauche ich mir nicht anschauen. Machen Sie. Dafür bezahle ich Sie."

„Oh, danke für Ihr Vertrauen."

Die zwei Freunde sahen zu, wie ein stolzer Paul sich zu Emmy hinter der Rezeption gesellte. Der Kellner flitzte hin und her. Die Angestellten arbeiteten bienenfleißig oder simulierten es, da sie sich unter Beobachtung fühlten.

Sascha sagte zu Max: „Vielleicht ist genau das unser Fehler?"

Max glotzte in den Kamin. „Wie meinst du das?"

„Unser Fehler ist, dass wir uns die Sache nicht noch mal genauer anschauen."

„Das Marketingkonzept?"

„Das *Gutachten*. Das Anschreiben und das Gutachten. Mit dem du erpresst wirst. Hast du dir das genauer angeschaut?"

Der Kamin wurde uninteressant. „Worauf willst du hinaus?"

„Wer hat das Gutachten angefertigt?"

„Weiß ich jetzt nicht."

„Das sollten wir nachschauen." — Die Kopien lägen im Penthouse, meinte Max mit erwachendem Tatendrang.

Als sie am Tresen der Rezeption vorbeieilten, lächelte Emmy ihn an. Sein von Sorgen bedrücktes Herz ... unmittelbar schien es freier zu schlagen. Emmy löste keines seiner drängenden Probleme. Trotzdem fühlte es sich gut an, wenn sie ihn anlächelte. Wie viel besser fühlte sich das an, als Probleme zu wälzen oder an seine verschwundene Mutter zu denken oder sie gar zu suchen.

Durfte man solche Gedanken gegenüber der eigenen Mutter hegen? Max erschrak über sich selbst. Er war ein Scheusal. Derartige Überlegungen müssten ihm ein schlechtes Gewissen bereiten.

Nein müssten sie nicht, sagte er sich. Emmy erhellte sein Gemüt. Das war Rechtfertigung genug.

„Was gibt's zu grinsen", meinte Sascha und drückte den abgenutzten Bakelitknopf zur obersten Etage, „Hast du das Rosenfeld-Problem gelöst? Lass mich mitgrinsen."

Das dauerte alles zu lange.

10 Stunden blieben noch. Und sie lief in Krankenhausgängen mit abgehängten Decken herum, um *Juna* zu finden.

Station XXII

Endlich. Die überbreite Doppeltür öffnete sich automatisch. „Ich möchte zu Juna. Sie ist eine Freundin von mir. Gestern eingeliefert worden. Sie kennen sie. Hieß vorher Klaus. Geschlechtsumwandlung, Sie wissen schon."

„Natürlich", sagte die Krankenschwester, „so ein goldiges Wesen, so freundlich." Die Krankenschwester hatte ein Gesicht wie eine Rheumadecke, weich und warm. Sie kam hinter der Brüstung hervor, auf der Tabletts mit gefüllten bunten Einweg-Medizinbecher bereitstanden.

„Sie liegt hier?" — Machmouds Infos waren also richtig. Guter Mann.

„Bis heute Morgen, ja."

„Und jetzt?"

„Moment —" Sie schlappte zurück hinter die Brüstung, tippte und scrollte. Eine zweite Schwester kam mit aufgerissenen Augen:

„Visite!" — Wie aufgescheuchte Hühner schnappten sich die zwei Frauen Tabletts und schlappten davon. — „Gleich wieder da", wurde Celina noch zugerufen, und Ärzte mit wehenden, weißen Kitteln stürmten herein; der Größte vorneweg, die randlose Brille effektvoll auf der Nasenspitze balancierend.

„Hier herein?"

„Selbstverständlich, Herr Professor."

Herr Professor wurde die Tür aufgehalten, Chef und Entourage verschwanden im Krankenzimmer, und Celina stand allein und die Zeit verrann.

Die Krankenschwestern kamen, griffen die nächsten Tabletts.

„Juna", meldete sich Celina., „Sie wollten —"

„Bin gleich bei Ihnen."

Celina überlegte schon, selbst an den Computer zu treten; da kam die Schwester zurück. „Sie müssen verstehen …"

Celina verkniff sich einen Kommentar. Die Finger der Schwester flogen über die Tastatur:

„Entlassen. In keine andere Station, sondern entlassen." Da sie Celinas fragendes Gesicht sah, fügte sie hinzu: „Mehr steht hier nicht."

„Ach, schade. Ich meine … gut. Dann werde ich sie zu Hause aufsuchen."

Sie war auf dem Weg zur Doppeltür, als die Schwester hinterherkam:

„Hier … Sie können etwas mitnehmen für Ihre Freundin." In der Hand hielt sie eine prallgespannte Plastiktüte. Ein rosafarbenes Frotteehandtuch war hineingestopft. „Haben wir in der Nasszelle gefunden. Müsste ihres sein."

Kapitel 7

Max prüfte die Unterschrift. „Sagt mir nichts, der Name des Gutachters. Das Institut sitzt am Schlump. Steht unten am Gutachten." Er gab Sascha das Papier, welches er vorgestern von Rosenfeld in der Dönerbude am Borgweg bekommen hatte.

Sascha rieb das Papier zwischen Daumen und Zeigefinger.

„Schlechte Schrift, schlechte Kopie", sagte Max.

„Mmmh", brummte Sascha, „der Briefkopf ist nach unten gerutscht."

„Schlecht kopiert."

„Oder Absicht", meinte Sascha, „um unten etwas zu verbergen. Was dadurch nicht mitkopiert wurde."

„Was verbergen? Warum sollte was verborgen werden? Alles Wichtige steht drin."

„Keine Ahnung. Wir müssen zum Institut."

Im Netz existierte kein Eintrag. Was nicht verwunderlich war. In den 1960er-Jahren gab es kein Internet, und heute mochte es kein Institut mehr geben.

Dennoch schauten sie ins Telefonbuch, nachdem sie das Telefonbuch - seit Jahren unbenutzt - unter dem Barschrank gefunden hatten. Auf den dünnen Seiten war das Institut nicht gelistet. Immerhin, so entdeckte Max, war die damalige Institutsadresse noch heute in Universitätsbesitz, nannte sich „Archivbestand", besaß sogar eine Durchwahl. Max rief an:

„Archivbestand?"

„Nein, hier ist die Universität Hamburg."

„Nicht der Archivbestand?" Er nannte die Durchwahl.

„Sie sind in der Zentralvermittlung. Was kann ich für Sie tun?"

„Könnten Sie mich zum Archivbestand durchstellen?"

„Moment." Es dauerte. Max vermutete, dass die Dame im Computer suchte. „Ich habe keinen Archivbestand vermerkt. Zu wem möchten Sie?"

Max nannte den Namen des Gutachters. Die Dame fand keinen Eintrag. Max nannte die Adresse. Kein Eintrag.

„Aber es steht im Telefonbuch. Archivbestand steht da."

„Ich kann nur sagen, was im Computer ist. Es tut mir leid."

„Wir müssen dahin", sagte Max, nachdem er aufgelegt hatte.

„Nicht so schnell", Sascha warf das Telefonbuch zurück ins Regal unter dem Barschrank; der Blick streifte die Flaschen mit bernsteinfarbenen Inhalten, „Willst du einen Single-Malt?"

„Sascha?"

„Ja, ja, ich weiß."

„Mir geht gerade das *Hotel* in die Grütze und du denkst an Whisky?"

„Ich denke, wir sollten uns Zeit nehmen." Er goss ein. „Zum Nachdenken." Sascha war noch nicht mit der Kopie des Gutachtens fertig: „Wenn man etwas verbergen wollte, könnte man es auch abdecken, wenn man eine Kopie anfertigt." Er reichte Max ein Glas.

„Oder Tipp-Ex nehmen", meinte Max.

„Oder das. Siehst du."

Sie tranken beide und Sascha entwickelte seinen Gedanken weiter: Warum sollte jemand auffällig ein Gutachten nach unten verrutscht kopieren, wenn er genauso gut, sogar besser durch Abdecken sein Ziel erreichen konnte?

„Interessante Überlegung", meinte Max. „Aber letztlich bliebe der Vorgang der gleiche. Bringt uns das weiter?"

„Mmh", Sascha leerte sein Glas, „hast Recht. Nett rumgedacht, aber bringt nichts."

Auch Max trank aus: „Jemand will etwas verbergen, weil wir keinen Zusammenhang herstellen sollen. Wenn die Kopie wirklich mit Absicht so kopiert worden ist … was wir nicht wissen."

„Wir sollen keinen Zusammenhang herstellen. Sagst du." Sascha trat ans Fenster. „Was siehst du da, Max?"

„Himmel. Dächer. Bäume."

„Genau. Und was siehst du nicht, obwohl es da ist? Weil es gerade abgedeckt ist? Von der Wand hier." Er klatschte gegen die Tapete, trat einen Schritt zur Seite, zum nächsten Fenster. „Von hier ist *sie* zu sehen."

„Sie?"

Max kam ans Fenster, guckte hinaus, nach unten, „Die Villa van de Laar."

„Exakt."

„Diese blöde Schnepfe. Verhindert die Parkplatzerweiterung."

„Ihr Vater war Geologe."

„Sie auch. Sie ist auch Geologin geworden. Aber ich habe keinen Kontakt mehr zu ihr seit der Grundschule."

„Bodengutachten - Geologe", sagte Sascha. „Ein Zusammenhang? Den wir nicht herstellen sollen?"

„Es gibt viele Geologen. Und hier hat ein anderer unterzeichnet. Kein *van de Laar*."

„Deswegen sollten wir zum Schlump", meinte Sascha, „um das zu klären."

Max brauchte einen Augenblick, um zu begreifen. Celina

van de Laar steckte hinter allem? Die Möglichkeit zumindest sollte bestehen?

Sascha hatte es raus, um die Ecke zu denken. Da habe ich einen cleveren Freund, dachte Max.

„Sag ich doch", antwortete er Sascha und steckte das Gutachten ein, „für *Whisky* ist jetzt keine Zeit."

Zuerst nervtötende Parkplatzsuche an den Grindelhochhäusern. Nun vor der verschlossenen Tür stehen …

„Juna! Ich bin's!" Sie drückte den Klingelknopf. — Den schrillen Ton musste Juna hören. „Mach auf. Ich bin es, Celina." Sie stampfte auf den harten Boden, es hallte im Treppenhaus.

Die Tür blieb ungeöffnet. Celina drehte sich um, atmete durch. Gegenüber, so las sie, wohnte Kaymaz - Garten & Landschaftsbau. Sie schaute aus dem Treppenhausfenster auf das benachbarte Hochhaus. Ihr blieben nicht mehr viele Stunden und Rumstehen würde keines ihrer Probleme lösen. Besser war es, zu gehen und die verbleibende Zeit zu nutzen, um sich eine Verkleidung zu beschaffen für die Geldübergabe.

Sie stellte die Tüte mit dem Frotteetuch in die Tür-Ecke … am Treppenabsatz kam ihr zu Bewusstsein:

Gerade hatte es *klack* gemacht. Als sie die Tüte abstellte.

Celina kehrte zurück zur Tür, sie zog und fummelte das Handtuch aus der Plastiktüte. Unten waren Zahnpasta, Zahnbürste und Schlüsselbund verborgen. Celina schloss auf.

„Hallo … Juna …?"

Die Küche war wie immer. Da war das Telefon, mit dem sie *verspätet* Hilfe für Juna gerufen hatte … Celina kaute auf ihrer Unterlippe. Ihre stärkste Leistung war das nicht gewesen. Aber brauchte ja niemand zu erfahren. — Wohnzimmer und Balkon erschienen unverändert.

„Juna …?"

Celina schaute ins Schlafzimmer — und prallte vor Schreck zurück.

Da lag Rosenfeld im Doppelbett und grinste sie an. Mühsam grinste er. Sein zerschlagenes Gesicht war noch zerschlagener — zudem verdoppelt: Da über dem Bett ein Spiegel in die Decke gedübelt war.

„Würd' Sie ja begrüßen, wa."

„Was ist mit Ihnen passiert?!"

„Aber kann nich." Klackernd erhob er die riesige Rechte. Sie war an den Rahmen gekettet.

„Meine Güte!" Sie rauschte heran, untersuchte die Fesselung.

Sie hatte sich den Kopf zerbrochen, wie sie Rosenfeld gegenübertreten sollte. Dem Mann, der sie bedroht hatte. Dem sie das versprochene Salär vorenthalten hatte. Vielleicht würde er sie schlagen wollen, wie sollte sie ihn ködern, die Geldübergabe für sie zu übernehmen? — Und jetzt das:

Sie hielt seine Hand. Er sah lädiert aus, aber nicht boshaft. Als wäre zwischen ihnen alles bestens.

Männer waren irgendwie anders? — Aber er konnte ihr ja auch nichts, das war schon angenehm, gab Sicherheit.

„Wo ist der Schlüssel für die Fessel?", hörte sie sich fragen und sollte sich dafür auf die Zunge beißen. Aber sie brauchte Rosenfeld. In Freiheit brauchte sie ihn. Es war verwirrend.

„Keine Ahnung." Er stemmte sich hoch. Meine Güte, auf dem Kehlkopf hatte er blau unterlaufende Male.

„Wer hat Ihnen das angetan?!"

„Aber Sie sollten hier verschwinden."

„Wo ist Juna?"

„Wenn er Sie hier sieht, wird er Sie zurichten wie mich."

Von der Wohnungstür kamen Geräusche.

„Er ...?", flüsterte sie.

Jemand war vor der Tür, steckte einen Schlüssel ins Schloss und drehte ihn. Celina schlug das Herz bis zum Hals. Sie war in der Falle.

Sascha steuerte an der nahezu fensterlosen Betonmissgeburt am Schlump vorbei.

„Ernst jetzt?", meinte Max. „Das ist das Institut?"

„Zumindest war es das gewesen." Sascha suchte einen Stellplatz und parkte den Geländewagen schließlich auf dem Bürgersteig.

„Nee, bitte nicht, Sascha."

„Wo sonst, bitte?"

„Gib dir ein bisschen Mühe. Ich habe keine Lust, dass mich gleich Polizisten am Wagen empfangen."

„Wegen Falschparken? Übertreib mal nicht."

„Möller hat mich auf dem Kieker. Und dein Kennzeichen hat er bestimmt auch schon."

„So einer ist das, so ein Eifriger. Bah. Kann mich mal." Sascha drückte aber doch das Gaspedal durch, der schwere Wagen machte einen Satz auf die Straße, rüde umkurvte Sascha das Viertel. „Zufrieden?"

„Da ist einer", meinte Max und hoffte, die Missstimmung zwischen ihnen damit beilegen zu können. Als sie ausstiegen, rief Sascha ihm hinterher:

„Wo willst du denn hin?"

„Da ist ein Eingang."

„Das ist ein Abgang in den Keller. Der Eingang ist da. Das ist der Haupteingang."

Max hatte keine Lust auf die nächste Auseinandersetzung. Außerdem hatte Sascha recht: Da hinten, das schien in den Keller zu führen; da vorn, das war eine überbreite Waschbetontreppe samt Vordach: Kennzeichen eines Haupteingangs.

Max' Handy brummte wegen Mails und Benachrichtigungen, für die jetzt keine Zeit waren.

Augenscheinlich wurde das Gebäude nicht gerade überrannt von Besuchern: Auf der Treppe wuchs Moos in Fußmattenstärke, man musste aufpassen, nicht auszurutschen.

„Kein Schild", stellte Sascha fest.

Erstaunlicherweise war nicht abgeschlossen, die Tür ließ sich öffnen.

„Guck mal, als wenn einer mit 'nem Kuhfuß dabei gewesen wäre", Max' Finger glitten über verbogenes Rahmenmetall am Türschloss.

Das verglaste Pförtnerzimmer zur Linken war unbesetzt.

„Hallo, ist da wer?", rief Sascha in den dunklen Zentralgang. Die Luft war warm und trocken. Zu warm und trocken, fand Max; einen ganzen Arbeitstag würde er hier nur schwer durchhalten. Sascha öffnete die nächsterreichbare Tür: mehr Dunkelheit, warme Reizhustenluft.

Max glaubte, Reihen von dicht gepackten Metallregalen zu erkennen.

Eine fremde Stimme rief: „Was machen Sie beiden da?!"

Max und Sascha fuhren herum.

Ein durchtrainierter, kompakter Mann nahte im Laufschritt. In der Hand hatte er einen gebogenen Eisenstab.

„Wir … wir wollten -", setzte Sascha an, wurde unterbrochen:

„Sie wollen auch einen auf den Kopf?" Der Mann hob die Eisenstange. — Mit dem ist nicht gut Kirschenessen, dachte Max. Vielleicht war es der Hausmeister. Vielleicht ein Einbrecher, den sie störten. Auf jeden Fall ein Albaner oder so. Die konnten im Gespräch rustikal argumentieren. Davon hatte Max gehört und war dafür, möglichst schnell den Rückzug anzutreten.

„Auf den Kopf?", fragte Sascha.

„Sie gehören nicht zu dem da?", fragte der Albaner, zeigte nach hinten, als wenn da noch jemand wäre.

„Zu wem gehören wir?", fragte Sascha.

„Wollen Sie mich verarschen? Machen auf dumm?" Der Albaner, einen guten Kopf kleiner, baute sich vor Sascha auf.

„Ich glaube, Sie vertun sich", sagte Sascha.

„Ich vertue mich?!" — Es war erstaunlich, wie der kleine Mann, vor Adrenalin dampfend, die Situation beherrschte. Max war Unternehmer genug, um auch in unerfreulichen Situation eine Führungskraft zu erkennen. Der Albaner war ohne Zweifel ein Talent.

„Okay, vielleicht vertun wir uns", lenkte Sascha ein.

Max sagte: „Wir gehen jetzt, wir haben den falschen Eingang gewählt."

„Besser isses." Die Stange baumelte dem Albaner locker in der Hand.

„Ist das denn hier die Uni", fing Sascha wieder an, „können Sie mir das noch sagen?"

Der Albaner knurrte.

„Komm jetzt", zischte Max und zog Sascha aus dem Gebäude.

Hinter sich hörten sie den Albaner: „Kartoffeln … können mich nicht mehr verarschen … die habe ich durchschaut."

„Rutsch nicht aus", sagte Max zu Sascha auf den Moosstufen. — Sich selbst ermahnte er damit ebenso. Denn er hatte etwas gesehen. Etwas, das einen ins Stolpern bringen konnte:

Von der baumelnden Eisenstange des Albaners war Blut getropft.

„Was war das denn?", brummelte Sascha auf dem Weg zum Wagen um die Ecke. „Jedenfalls kommen wir so nicht rein."

Max wollte ihm gerade von seiner Beobachtung erzählen, als ihm der Schreck in die Glieder fuhr und er Sascha zurückhielt:

„Wir gehen jetzt sofort über die Straße … dort hinein."

An Saschas Geländewagen warteten nämlich zwei Streifenpolizisten.

„Ich steh doch gar nicht im Halteverbot", sagte Sascha, der die Beamten nun auch sah, „versteh' ich nicht."

Max war egal, ob Saschas Wagen richtig oder falsch abgestellt war. Erst mal von der Bildfläche verschwinden.

Sie zwängten sich zwischen Hauswänden zur Koopstraße durch: ein kopfsteinbepflastertes Dorfstraßenidyll samt gut gealterten Laubbäumen mitten in der Großstadt.

„Und nun?", fragte Sascha. Max durchstöberte die eingelaufenen Nachrichten. Newsletter, Mails von Touristikmessen, Büro- und Großküchenausstattern … und eine SMS von Bertie:

Sofort herkommen. Möller meiden. Er fahndet nach Ihnen.

„Scheiße", entfuhr es Max.

„Sechs Richtige gewonnen? Wir haben das Geld zusammen für Rosenfeld?"

„Ich muss zu Bertie. Sofort."

„Aha, können wir ja meinen Wagen nehmen." — Sie entschieden sich aber doch für ein Taxi: Am Ende der Straße war eine Shell-Tankstelle. An der Dieselzapfsäule betankte ein Inder mit Turban sein Taxi und erklärte sich unter dauernden Unterwürfigkeitsgesten gern bereit, gleich die nächste Tour anzutreten.

Unterwegs mit den indischen Ohren konnten sie auf der Rückbank schlecht diskutieren, was Bertie wollte und warum Möller nach Max fahnden ließ. Stattdessen besprachen die Freunde, was sie vorhin an kargen Einblicken gewonnen hatten. Max meinte:

„Könnte ein Archiv gewesen sein."

„So viele Geologie-Gutachten gibt es gar nicht, um so ein riesiges Gebäude zu füllen."

„Was weiß ich, was die da lagern."

„Bringt uns aber auch nicht weiter."

Die blutige Eisenstange ließ Max lieber unerwähnt. Er stellte sich vor, wie der Inder, sobald sie ausgestiegen waren, zum Funkgerät griff und der hübschen Neuen in der Taxizentrale, der er demonstrieren wollte, was für ein toller Hecht er war, brühwarm und wichtig-wichtig von einem vermuteten Verbrechen und möglichen Tatzeugen oder gar Tätern erzählte, die er gerade chauffiert hatte. Er müsse das doch der Polizei melden, würde sie sagen, atemlos und die Tapferkeit des einsamen Großstadthelden in dem Taxi bewundernd. Das wäre eine gute Idee von ihr, würde er sagen, da wäre er gar nicht darauf gekommen und würde es sofort tun. Ob sie heute Abend – danach - Zeit für ihn hätte?

„Wir sind gleich da", meldete sich der von Max so vorurteilsschändlich verdächtigte Inder, „Szehr schöne Gegend. Szehr schöne Häuser. Alles szehr schön."

Der Mann hatte Recht. Das amerikanische Konsulat strahlte in einem makellosen Weiß. Es markierte den Eingang in ein besonderes Stadtviertel. Max stellte sich vor, dass das Gebäude jeden Morgen neu gestrichen wurde. Anders war so ein Weiß nicht möglich. Wenn die Fassade des *Imperial* so aussehen könnte.

Das Taxi bog ab. Die Straße wurde enger, die parkenden Autos breiter: Panamera, Cayenne, Aston Martin, Lotus. Sie waren unter Laternen geparkt wie in anderen Teilen der Stadt Opel und Golf. Millimetergenau gestutzte immergrüne Hecken verbargen Vorgärten - Ausweis des ultimativen Luxus in der platzknappen Großstadt - sowie schneeweiße Fassaden. Wobei die Hecken raffiniert auf Höhen gehalten wurden, die es einem Passanten zwar verwehrten, einen Blick auf Wohnzimmerfenster oder gar auf Besitzer zu werfen. Aber den Fassadenprunk, die Frische der Außenfarbe, das Ausmaß des Giebels konnte der Flaneur sehen. Das war die hamburgische Art des *Understatements*, die zugleich sagte: Ich habe es geschafft und du darfst einen Blick erhaschen und dich schlecht fühlen. Oder mach was aus deinem Leben, aber lass mich in Ruhe dabei.

Plötzlich endeten die Hecken. Eine gekieste Vorfahrt schloss sich an, führte zu einer gefühlt kilometerbreiten Eingangstreppe, die an den Seiten von Sandsteinamphoren begrenzt wurde: Ein geschmacksarchitektonischer Fehltritt, der in dieser hamburgischsten Ecke Hamburgs erstaunte und zu allerlei Ursachenforschung einlud.

Auf der bombastischen Treppe stand Oberkommissar Möller und schaute verdrießlich.

„Weiterfahren", stieß Max hervor, „weiterfahren!" Er duckte sich.

Das Taxi rollte vorbei.

„Willst du mir etwas Gutes tun?", fragte Sascha, in dessen Schoß Max seinen Kopf gebettet hatte.

„Blödmann."

„Dachte nur. Weil du nicht wieder hochkommst."

„Ich komme hoch. Keine Bange."

Der Inder fasste die beiden im Rückspiegel ins Auge. — Er sammelt Futter für die Taxizentrale, dachte Max.

Als die Freunde wieder manierlich saßen, meinte Max: „Das wird Berties Einfahrt gewesen sein."

„Anzunehmen, Möller wollte dich abfangen."

„Sah schlecht gelaunt aus. Wahrscheinlich fehlte ihm da der Kaffeeautomat." Max bat den Inder: „Fahren Sie ums Viereck."

„Bitte?"

„Einmal drumherum." Max machte Zeichen. „Sascha, du bleibst sitzen, holst deinen Wagen ab."

„Was machst du?"

„Vertrete mir ein bisschen die Beine."

„Ich weiß was Besseres", meinte Sascha. „Ich geh raus, lenke Möller ab —"

„Dann weiß er doch, dass wir hier sind."

„Oh, hast Recht."

Max ließ den Inder anhalten, raunte Sascha zu:

„Halt dich vom Archiv fern."

„Warum?"

„Erzähl ich dir später. Halt dich fern. Versprich mir das." Max stieg aus — in eine Pfütze: „Mist."

Für ein Nobelviertel waren die Bürgersteige auch hier in einem erstaunlich schlechtem Zustand: Zumeist ungepflastert, mit einem gestampften Mergelboden versehen, der im Spätwinter zuverlässig aufweichte und auch teuersten Tretern zu einem Schlammbad verhalf.

Mit einem Papiertaschentuch säuberte Max mehr schlecht als recht seine Schuhe, stützte sich dabei an einem Verteilerkasten, der halb in einer Hainbuchenhecke verborgen stand. Neben dem Verteilerkasten, zwischen vertrockneten Hainbuchenblättern, die seit Monaten an Zweigen den Winterwinden trotzten, welche von der Alster heranwehten, entdeckte Max eine unauffällige, mannshohe Drahttür. Sie war unverschlossen.

Max trat ein, sah sich um … ein gepflegter, weitläufiger Naturgarten. Ob das die Rückseite von Berties Grundstück sein konnte? — Dahinten winkte … Bertie!

Unzweifelhaft war er es, schon aus der Entfernung erkannte Max den Gockelanwalt an den geölten Haaren, die zur Künstlerfrisur zurückgekämmt waren. Ansonsten sah dieser Bertie jedoch nicht nach dem Bertie aus, den Max heute Morgen kennengelernt hatte. Dieser Bertie hatte Krawatte, Nelke, Flanell gegen einen Frotteebademantel getauscht und stand trotz Wintertemperaturen mit nackten Füßen auf der Natursteinterrasse.

„Kommen Sie, Max! Kommen Sie! Oder soll ich mir den Tod holen? Es ist kalt!"

Es stellte sich heraus, dass Bertie aus der Sauna kam. Die befand sich in dem Flachbau neben dem Wohnzimmer, das mit sündteuren Retro-Möbeln ausgestattet war, welche direkt aus einem Designmuseum importiert sein konnten. Vor dem Flachbau war ein Pool ohne Wasserfüllung. Im Flachbau war ein Pool mit Wasserfüllung.

„Hier herein, Max. Kommen Sie. In geschützten vier Wänden ist es für Menschen sicherer, nach denen gefahndet wird."

Max zögerte. — „Kost' mich das was?"

Bertie lachte ein sonores Anwaltslachen. „Unternehmer durch und durch, was? Sofort Kosten-Nutzenrechnung. Aber keine Angst, das ist Service des Hauses. Kommen Sie mit in meine Sauna."

Max verspürte wenig Lust dazu — und hatte noch weniger Zeit.

Bertie legte ihm den Arm um die Schulter. Die Ahnung eines schweren Rasierwassers stieg Max in die Nase. „Oft kommt man schneller zum Ziel, wenn man sich erlaubt, unterwegs etwas Zeit zu verlieren", meinte Bertie und öffnete einen Kiefernholzschrank. Überhaupt alles im Seitentrakt des Flachbaus bestand aus Kiefer. „Suchen Sie sich einen aus, Max." Wie zur Parade aufgereiht hingen weiße Frotteebademäntel im Schrank. Darunter lagerten fabrikfrisch eingeschweißte Badeschlappen. „Nehmen Sie sich auch zwei Handtücher."

Max zog sich um, Bertie drehte am Thermostat: „Alle guten Klienten saunieren mit mir. Da führen wir die besten Gespräche."

„Aha." Max nahm auch Schlappen, schlüpfte hinein. Wegen Fußpilz. Man konnte nie wissen. Im Spa war es ein ständiger Kampf.

„Wenn Sie die Schwelle übertreten", sagte Bertie, „dann sind wir per Du. Einverstanden?"

Waren wir da nicht schon, überlegte Max, vergaß den unwichtigen Einwand sogleich wieder und betrat, in Bademantel und Badeschlappen, Berties Allerheiligstes. Wo sie die Hüllen fallen ließen und schwitzten und redeten.

Celina kauerte in Junas Etagenwohnung unterm Küchentisch.

Sie hörte eine fremde Frauenstimme fragen: „Juna ... Juna, bist du da?"

Dann sah sie die Frau, die zögernd die Wohnung betrat. Sie hatte ein Tuch um den Kopf gebunden: „Juna ... ich habe was für dich."

Die Frau kam herein, sie hatte ein Päckchen unterm Arm. „Bist du da?" Sie wandte sich zur Küche.

Blöde Idee, sich ausgerechnet hier zu verstecken, dachte Celina.

„Hallo, wa'!"

Da die Frau Rosenfelds Stimme hörte, schreckte sie zusammen.

„Wer ist da?", rief Rosenfeld, und Celina blieb unentdeckt, da die Frau sich dem Schlafzimmer zuwandte:

„Ich bin's nur. Ist für Juna gestern abgegeben worden. Ein Päckchen."

Celina schlüpfte ins Treppenhaus und bloß weg hier. Auf dem Weg nach unten, auf dem Weg zum Institut wälzte sie Fragen. Wieso war Rosenfeld angekettet, wer hatte ihn derart zugerichtet, wen fürchtete er? Wo war Juna? Wie brachte sie die Geldübergabe zu einem guten Ende? Alles schien gleich wichtig. Aber sie musste Prioritäten setzen.

Zu Rosenfeld konnte sie nicht zurück, das hatte sie begriffen, da drohte eine unbekannte Gefahr, die jederzeit auftauchen konnte. Glücklich beeinflussen konnte sie zurzeit nur die Geldübergabe. Wenn sie die nicht weiter vorbereitete, würde sie kein Geld bekommen. So einfach war das. Und das Geld brauchte sie. Schon allein, um die nächste Hypothek für die Villa bezahlen zu können. Und Juna ... musste warten, wohin auch immer sie sich entlassen haben mochte. Rosenfeld hatte sie ja gefunden und weglaufen konnte er nicht. Allerdings nutzte er auch nicht. Sie würde weiterhin auf sich allein gestellt sein. Das kannte sie ja schon, da hatte sie Übung drin.

„Fritz, bist du da?"

Meist machte er sich schon bemerkbar, wenn sie das Institut betrat, also den Keller, den sie beide beschlossen hatten, Institut zu nennen. Sie schaute ins Büro. Kein Blinken vom Anrufbeantworter, also keine Anfragen, an Aufträge brauchte sie gar nicht zu denken. Ob sie für die Verkleidung oben schauen sollte? Masken gäbe es da genug.

„Fritz ...?"

Sie durchschritt die Gänge, suchte den Heizungskeller, so weit war sie kaum je vorgedrungen. Der Hausmeister blieb unauffindbar. Aber er hatte ihr heute Morgen geschrieben. Da stand auch sein Werkzeugkasten. Das schwere Ding und Fritz waren praktisch unzertrennlich.

Sie stieg die Eisentreppe hinauf. Hinter der Brandschutztür, im Erdgeschoss lagerte die Völkerkundesammlung. Dort wäre alles verstaubt, und sie müsste erstmal den Lichtschalter suchen, so lange war sie nicht mehr dort oben gewesen. Celina öffnete die schwere Tür und wollte gerade nach Fritz rufen, als sie einen Luftzug spürte, ein Scheppern an ihrem Ohr hörte, dann ein Schlag.

„Auuuuhh!"

Celina ging zu Boden, wäre rücklings die Eisenstufen hinuntergerutscht, hätte sich ihre Hand nicht instinktiv ans Geländer geklammert.

Sie fühlte Flüssigkeit die Schläfe herunterlaufen, leckte danach, es war Blut. Auf der obersten Stufe lag ein Speer. Die Spitze aus Metall, in den hölzernen Schaft waren afrikanisch anmutende Symbole geritzt. Jemand hatte den Speer nach ihr geworfen.

Sie hörte Trippelschritte, rappelte sich hoch; ein zweiter Speer aus kürzerer Distanz —

„Celina! Du bist das!"

Fritz warf sich ihr, die sich kaum aufgerichtet hatte, geradezu in die Arme. Celina taumelte gegen das Geländer, konnte aber nicht anders, als den Hausmeister, dieses kleine, zitternde Bündel, das sich an sie drückte, in den Arm zu nehmen.

„Was ist los, Fritz?"

„Er … er …" Fritz kam ins Husten, und sie sah, dass er eine klaffende Wunde auf der Stirn hatte.

„Fritz! Das muss versorgt werden."

„Es tut mir so leid. Der Speer … ich dachte, du wärst er —"

„Welcher *er*, um Gottes willen?"

Fritz hatte sich nun losgemacht und zog sie die Treppe hinunter, sie müssten hier weg, meinte er und konnte nicht klar erklären, wen er eigentlich meinte, der hinter ihm her wäre. Der alte Mann war durcheinander. So viel brachte Celina aus ihm heraus, dass jemand - ein Mann, ein spukendes Ungeheuer, was auch immer - ihn verfolgt hätte. Womöglich sei es aus dem Heizungskeller gekommen, da habe es ja schon mal gespukt.

Fritz liefen Tränen über die Wangen. „Ich habe den Speer auf dich geworfen, Celina."

„Das macht doch nichts, du dachtest —"

„Beinahe hätte ich dich … aber ich dachte —"

„Ich weiß, Fritz. Ruhig, bitte."

In der Verfassung war mit Fritz wenig anzufangen. Aber sie überließe den guten Mann nicht sich selbst, egal wie sehr sie die Zeit drängte, sie würde den Fehler, den sie bei Juna gemacht hatte, nicht wiederholen.

Celina alarmierte einen Krankenwagen und wartete, bis Fritz auf der Bahre lag und von Sanitätern betreut wurde. Er hatte eine Spritze bekommen, war an einen Tropf angeschlossen, blickte wirr: Was geschah mit ihm? Sein Mund öffnete sich und er hustete, sagte dann:

„Celina …?"

„Ich bin hier, Fritz." Sie strich ihm über den Arm. „Du bist in guten Händen. Alles wird gut."

„Er hat von einem Gutachten geredet, Celina. Das würde er unbedingt haben wollen." Seine kleinen Augen wurden klar, blitzten auf. „Aber ich habe ihm nicht gesagt, wo dein Büro ist. Ich habe so getan, als wäre es oben im Erdgeschoss bei den Masken. Da bin ich hin."

„Ein Gutachten suchte er?" Ihr lief es heiß und kalt über den Rücken.

Fritz fielen die Augen zu, seine Gesichtszüge entspannten sich.

„Das Mittel fängt an zu wirken", sagte der Sanitäter, „Wir müssen los. Wollen Sie mitfahren oder aussteigen?"

Das einzige Gutachten, welches viel Geld wert war, lag zu Hause in Vaters Schreibtischschublade. — Lag es da noch?

„Hast du ihm meine Adresse gesagt? Fritz … meine Adresse?!"

Zunächst redeten sie über die Bedenken von Max:

Möller stehe draußen auf der Treppe vor Berties Eingang, offensichtlich erwarte er Max.

„Logisch", meinte Bertie, „Möller kann eins und eins zusammenzählen. Er jagt seit 30 Jahren Verbrecher —"

„Ich bin aber keiner."

Bertie ließ sich nicht unterbrechen. „Verbrecher tauchen immer bei ihren Anwälten auf, wenn ihnen das Wasser bis zum Hals steht."

„Wieso fahndet er nach mir? Ich habe doch nichts getan."

„Jeder hat etwas getan." Er machte einen neuen Aufguss. „Vielleicht hat er die Fahndung nur deswegen ausgerufen, um dich hierher zu locken und festzunehmen. Vielleicht gibt es gar keine Fahndung, und er hat sie nur mir gegenüber behauptet, damit ich dich informiere. Du kommst hierher und er hat dich."

Das glaubte Max nicht, denn: „Bei Sascha standen Polizisten am Wagen." Max erklärte Bertie, dass Sascha ein Freund wäre, mit dem er gerade unterwegs gewesen war.

Den Grund für den missglückten Besuch des Archivs wollte Max seinem Anwalt lieber nicht erzählen; um nicht zu offenbaren, wie sehr ihm das Wasser wirklich bis zum Hals stand. — Jeder hatte etwas getan. Da hatte Bertie mehr Recht, als er ahnte.

„Möller bräuchte doch nur hier herein marschieren und mich festnehmen."

„Nein, wird er nicht", versicherte Bertie.

Aha, dachte Max, „Ist sozusagen exterritoriales Gelände hier. Wie eine Botschaft."

Bertie wischte sich die Stirn mit einem Frotteetuch. „Das ist ein Gerücht. Natürlich kann er hier herein und dich gleich in Handschellen abführen."

Wenn Max nicht schon schwitzte — jetzt täte er es bestimmt. Da er sich vorstellte, wie Möller vollbekleidet und mit den Handschellen wackelnd in die Sauna spazierte.

„Kannst ruhig bleiben, Max. Möller ahnt nichts von deinem Besuch. Er bewacht ja den Eingang und hat gesehen, dass du nicht hereingekommen bist. Eine bessere Versicherung kannst du zurzeit kaum haben."

Max dachte daran, wie er vorhin Möller fast in die Arme gelaufen wäre. „Du hättest mich warnen können, Bertie."

„Vielleicht hatte ich Möller selbst nicht gesehen? Weil ich den ersten Saunagang machte?" Bertie legte sich, verschränkte die Arme hinter dem Kopf. „Vielleicht war es ein kleiner Intelligenztest von mir? Es arbeitet sich besser mit Klienten, die mitdenken können."

„Wer ist da?", rief Rosenfeld Richtung unbekannter Frau, die er für eine Nachbarin hielt. Er hoffte, Celina van de Laar würde die Gelegenheit nutzen, sich unbemerkt zu verdrücken, während die *Nachbarin* sich ihm zuwandte.

„Ich bin's nur", sagte die Frau, „Ist für Juna gestern abgeben worden. Ein Päckchen."

Zögernd kam sie näher, ängstlich, aber die Neugier überwog: ein fremder Mann in Junas Lotterbett.

„Juna ist nicht da. Aber ich tu' nix", sagte er.

Wenn sie da wäre, neben ihm läge, überlegte er, dann wäre es besser. — Juna hatte er schon immer attraktiv gefunden, sehr attraktiv. Den Spielzeugkrempel, welchen Tarek ihm gezeigt hatte, den würde er weglassen. Juna pur …

Wunschvorstellungen. Seine Verfassung war sowieso nicht danach.

Er rappelte mit der Handfessel.

„Oh!" Die Frau ließ fast das Paket fallen. „Du gefesselt. Gesicht ganz kaputt."

Gehörte zu der schlauen Sorte. Er sagte: „Kannst du mir aufs Bett stellen. Nicht auf die Beine."

„Ist für Juna."

Konnte er sich denken, hatte sie schon gesagt. Er rasselte noch mal mit der Handschelle.

„Soll ich abmachen?"

„Feiner Zug wär das, wa.""

Sie fragte nach dem Schlüssel für die Handschellen, warf schnelle Blicke auf die vielen Spiegel. Zu dem Spiegel über dem Bett schaute sie dreimal, nachdem sie ihn entdeckt hatte. — Den Schlüssel für die Handschelle würde Tarek haben, aber das wollte er der Frau, die sich nicht mal nach seinem Namen erkundigt hatte, nicht kompliziert erklären.

„Der Schlüssel ist verschwunden", sagte Rosenfeld — und die Frau lief aus dem Schlafzimmer.

„Hallo?", rief er hinterher.

Sie lief auch aus der Wohnung. Hatte er etwas falsch gemacht? Er betastete mit der freien Hand das Gesicht. Würde aussehen wie ein Zombie, die Nase sowieso zerschlagen und dann die Spezialbehandlung von Tarek obendrauf. Wahrscheinlich liefe er vor sich selbst davon. Nur Celina, die war vorhin nicht davongelaufen. Die war aus anderem Holz.

Hatte sich einen hübschen, kleinen Plan ausgedacht, um an Geld zu kommen.

Vor so was hatte er Respekt. Ihm fehlte das Talent dafür, derartige Pläne zu machen. Er bewunderte Männer, die das konnten.

Männer …?

Sie war eine Frau.

Die konnten das offensichtlich auch. Erstaunlich.

Frauen … die hatte er bisher vor allem als Betthäschen kennengelernt. Als Groupies am Boxring oder als Horizontalgewerblerinnen, die mit beiden Beinen im Leben standen oder lagen und rosa getönten Träumen nachhingen: vom Ausstieg, vom reichen Gönner, von einem Häuschen im Grünen.

Er hatte ihnen die Träume immer gelassen. Nicht eine von denen, die er kennengelernt hatte, war ins Grüne gekommen, also bürgerlich geworden. Wenigen war der Absprung mit Hilfe eines wohlhabenden Gönners gelungen, zumeist in die Gucci-Maskottchen-Klasse. Die meisten schafften immer noch an, zu immer schlechteren Kursen.

Celina war anders. Wie die Zwanzigjährige bei Herbert, Valérie hieß sie, die mit der Zahnlücke und den kurzen Haaren. Nein noch anders. Nicht nur frech oder selbstbewusst oder wie man das nannte. Celina hatte Verstand.

Der ihm ziemlich fehlte. Das gab er zu.

Aber er war mit der Menge an Verstand, die ihm wer auch immer zugeteilt hatte, recht zufrieden. Verstand wurde überschätzt, fand Rosenfeld. Zumindest in der Welt, in der er sich bewegte, brauchte man nicht so viel davon. Zu viel konnte behindern, das zu tun, was ein Mann auf der Straße tun musste. Man verließ sich auf seine Instinkte. Man war schnell, wusste besser gleich, wem man trauen konnte und wem man lieber ein faustisches Argument zu knabbern gab.

Wieso dachte er an Celina und nicht an Frieda?

Frieda gegenüber war das ungerecht. Frieda litt auf Malle. Celina hatte ihn reinlegen wollen. Er sollte ihr die Pest an den Hals wünschen. — Andererseits … sie war kein so schlechter *Kerl*. Obwohl sie kein Kerl war. Das war ein bisschen verwirrend für ihn. Jedenfalls war Celina hier her gekommen. Hatte Mitleid gehabt und wollte ihn befreien. Ohne zu zögern. Obwohl er ihr einen Tag zuvor noch Schläge angedroht hatte, in ihrem eigenen Wohnzimmer.

Sie sah trutschig aus. Aber sie hatte Schneid.

Sie war anders als alle Frauen, die er bisher kennengelernt hatte.

Tarek dagegen … der war leider nicht anders. Nicht anders als die sonstigen Macker und Möchtegernbosse im Milieu, nur brutaler war Tarek, er hatte Spaß dran. Der würde wieder kommen, das wusste Rosenfeld. Mit einer Stinklaune würde Tarek kommen und mit Ubejd.

Denn Rosenfeld hatte seinem Peiniger Tarek Infos gegeben, die lückenhaft waren, falsche zudem; aber Rosenfelds Erinnerung war hier unzuverlässig, da Ubejd ihm Drogen gespritzt hatte. Hoffentlich hatte er Celina nicht zu sehr geschadet.

Wie viel Zeit bliebe noch, bis Tarek kam, um ihn erneut zu … *befragen*?

Heftig zerrte er an der Fessel. Unsinnig, brachte nichts.

„Kacke!"

Vorn tat sich was, Rosenfeld hörte Schritte. — Tarek …?

Es war die Nachbarin. Schüchtern lächelte sie.

„Von mein Mann. Er nicht da. Braucht nicht."

Sie hatte eine Astschere mitgebracht: mit Griffen, die lang waren wie ihre Arme.

Für die Geschwindigkeitsbeschränkung auf der Sierichstraße war keine Zeit. Celina drückte aufs Gas. Entlang der rotgeklinkerten Schumacherbauten am Goldbekufer preschte sie zur Villa.

Auf dem Beifahrersitz, Spitze nach unten, lag der Speer, mit dem Fritz nach ihr geworfen hatte.

Besser als nichts, dachte Celina. Sollte sich jemand Ungebetenes zu Hause bei ihr umschauen, so würde der sie kennenlernen.

Besser war es, den Jaguar schon vorher abzustellen und den Rest zu Fuß zu gehen. Nachbarsblicke wegen des Speers musste sie eben ertragen. Ein afrikanischer Speer war noch exotischer als ein Samurai-Schwert: Wahrscheinlich begriffen die Heileweltbewohner der Wohlstandsveganerstraßen in Stadtparknähe nicht mal, dass es sich um eine Waffe handelte.

Celina stieg die Treppen zum Eingang hinauf. Äußerlich sah alles unverändert aus. Entschlossen, aber mit feuchter Hand, schloss sie auf.

„Hallo …?!"

Es roch wie immer, Heizungsluft vermischt mit einer Spur von kaltem Tabakrauch empfing sie. Die Speerspitze voran, so betrat Celina, vorbei an Garderobe und Schirmständer, ihren Hausflur.

„Hallo?"

Nein, niemand war hier. Sie schloss die Haustür, drehte den Schlüssel von innen. Nun ging es nach oben, zur Sicherheit behielt sie den Speer in der Hand.

Das Gutachten lag in der Schublade. Celina atmete auf. Sie trat ans Fenster und schaute hinüber auf die verhasste Wand des *Imperials*, welche die Villa im wahrsten Sinne des Wortes überschattete.

Max, ich werde dir beikommen. Mit deinem eigenen Geld werde ich die Hypothek auf einen Schlag abbezahlen, die Vater mir hinterlassen hat, als er zu früh starb. Womöglich hatte er den letzten, den tödlichen Anfall bekommen, da er von Egon geärgert worden war. Als Egon seine Frau nicht länger quälen konnte, da hatte er sich auf Vater konzentriert.

Unten auf dem Bürgersteig federte ein bärtiger Mann um die Ecke des *Imperials*, verharrte bei den Fenstern, vor welchen in der Saison Café-Tische aufgestellt wurden. Celina schaute genauer:

Der Mann ging weiter, fasste die Villa ins Auge, registrierte die leerstehende Garage. War das gut, war das schlecht, fragte sich Celina. Ob es der Mann war, der Fritz …? Sie mochte den Gedanken nicht zu Ende denken.

Wo war der Speer? — In der Ecke. Sie griff die Waffe, eilte zurück zum Fenster. — Der Bärtige war nicht länger zu sehen.

Dafür klingelte es unten an der Haustür.

Celina zuckte. Natürlich ginge sie nicht hinunter.

Es klingelte weiter.

Ob das der Bärtige war? Obwohl er die leere Garage gesehen hatte und er denken musste, es wäre keiner zu Hause, klingelte er.

Um sicher zu gehen?

Wenn er dann sicher war, schliche er um das Haus herum. Die Kellerfenster hatten Einfachverglasung. Er stiege ein, durchsuchte das Haus …

Celina zitterte.

Die Polizei rufen konnte sie kaum, durfte sie doch keine Aufmerksamkeit erregen, 8 Stunden vor der Geldübergabe. Um zu vermeiden, dass der Mann einbrach, musste sie etwas unternehmen. Sie schlich hinunter, den Speer nahm sie mit.

„Ja …?", sagte sie an der Haustür. Die Antwort von draußen kam prompt:

„Hallo, ist da wer?"

„Kommt drauf an."

„Frau van de Laar?" — Er wusste ihren Namen!

„Wer sind Sie?"

„Stefan Müller-Ahrendt. Von der BILD."

„Und was wollen Sie?"

„Können wir das drinnen bei Ihnen klären?"

„Bestimmt nicht. Auf Wiedersehen."

„Aber —"

„Gehen Sie."

„Aber wie können wir uns wiedersehen, wenn wir uns nicht ein einziges Mal zuvor gesehen haben?"

„Hä?"

„Sie haben *Auf Wiedersehen* gesagt."

Da war etwas dran. Ein cleverer Bursche. Vater hatte sich gern mit cleveren Studenten unterhalten. „Von denen kann ich lernen", so sagte er. — Celina van de Laar öffnete die Haustür.

Stefan Müller-Ahrendt streckte ihr die Hand entgegen.

Dann redeten sie über die Bedenken von Bertie:

„Du hast Aisches Mann geschlagen."

„Was?!" Max war empört.

„Sagte mir Möller. Deswegen sucht er dich."

„Aber woher weiß er das?"

Bertie richtete sich auf. „Also stimmt es."

„Äh ... jein, aber es war ganz anders." Max machte langwierige Ausführungen, deren Kurzform war: Vor der U-Bahnstation Borgweg hatte er vorgestern eine tätliche Auseinandersetzung mit dem Ehemann von Aische gehabt.

Bertie sagte: „Genau dieser Ehemann hat nun Anzeige gegen dich erstattet."

„So ein Schwein. Der schlägt seine Frau!"

„Aktenkundig ist aber nur, dass du ihn schlägst."

„Das ist doch Kacke."

„Ja, die dampft bei dir." Bertie erhob sich und trocknete sich ab. „Jetzt eine Abkühlung, die könnten wir brauchen."

Im Wasser nebenan sprachen sie weiter.

„In welcher Beziehung stehst du zu Aische?" Bertie spritzte Wasser auf Max.

„Beziehung?"

„Du bist alleinstehend, hast bei Frauen kein Glück."

„Das stimmt nicht"

„Nicht alleinstehend?"

„Doch, doch, aber —"

„Ich sage dir, wie Möller denkt. Er ist vom alten Schlag. Hat sich orientiert. Herausgefunden, dass du unverheiratet bist. In deinem Alter, so denkt er, gibt es nur zwei Möglichkeiten. Schwul. Oder Probleme mit Frauen."

„Und was folgt seiner Meinung nach daraus?"

„Er untersucht, ob du ein Interesse daran haben könntest, Aisches Mann zu töten. Weil du in Aische nach Jahren eine Frau gefunden hast, die dich liebt. Die du liebst. Er geht einem Muster nach. Mutter erschlagen, Ehemann erschlagen. Könnte das deine Art der Problemlösung sein?" Bertie plantschte immer vergnügter, während er sprach.

Max dagegen fielen die Schwimmzüge schwerer. Er legte sich auf den Rücken. Ausatmen und absinken lassen, dachte er. Bis auf den Boden und *fertig*. Leider würde das nicht klappen, der Atemreflex hinderte ihn daran, Ruhe zu finden. — Wenn er Bertie sein Herz ausschüttete, von Rosenfelds Erpressung erzählte, ob ihm das helfen würde?

„Komm raus!", rief Bertie. Max hatte nicht bemerkt, dass Bertie aus dem Becken gestiegen war.

Bertie schaute auf sein Handy: „Möller ist weg."

Woher willst du das wissen?

„Ich habe Kameras installiert, vorn in den Amphoren. Vielleicht ist er rüber zur Bäckerei, einen Kaffee trinken."

Sie zogen sich an und gingen hinüber in Berties Büro.

Das Büro überraschte Max. Im Gegensatz zum pompösen Eingang, zum Designer-Wohnzimmer, zu Sauna und Riesengarten, war es fantasielos eingerichtet: Es sah aus wie Anwaltsbüros überall in der Republik aussahen. Weiße Wände, schwarze Möblierung mit glatten Flächen und ohne Schnörkel. An den Wänden hingen einige gerahmte Kunstdrucke, die nicht störten. Was bei Architekten vor einer Generation als letzter Schrei galt, war nun auch bei Anwälten angekommen.

Bertie stellte die Lamellen des Sichtschutzvorhangs quer. „Es guckt keiner rein, wir gucken nicht raus, wir gucken rein."

„Bitte?"

„In uns rein. Wir konzentrieren uns, fokussieren uns." Bertie setzte sich. „Max, du siehst müde aus. Einen Kaffee?"

Er *war* müde.

„Sandra, würden Sie uns einen Kaffee bringen", bat Bertie ins Tischtelefon. „Wir nehmen Schümli, bitte."

Max staunte, dass noch eine Person im Haus war.

Bertie lehnte sich in seinem Bürofreischwinger zurück. „Ich mag es diskret. Sandra tritt in Erscheinung, wenn man sie braucht", erklärte er. „Und jetzt schütte mir dein Herz aus."

„Wie meinst du das?"

„Ich habe dich auf dem Rücken schwimmen sehen. Spieltest *Toter Mann.* Hast zur Decke gestarrt, dir Gedanken gemacht. Wie es sein würde, wenn es nicht nur Spiel wäre. Wenn es zu Ende ginge. Wenn du es beenden könntest."

„Das hast du gesehen?" Er sagte nicht, dass es so war. Das war Berties Interpretation, und die konnte völlig falsch sein.

„Ist meine Aufgabe als Anwalt. Meinen Klienten zu helfen."

Der Kaffee kam. Dazu Kekse. „Backt Sandra selbst."

Sandra schenkte ein, bedachte beide Männer mit einem mütterlichen Blick: „Ich bringe noch die Sahne und die Blumen, Herr von Gerte."

Sie verschwand, Max erkundigte sich: „Deine … deine —"

„Anwaltsgehilfin."

„Sie siezt dich?"

„Natürlich. Sie ist angestellt, ich bezahle sie. Warum nicht?"

„Ich dachte —"

„Weil alle mich Bertie nennen?" Er lachte. „Meine Freunde nennen mich Bertie. Aber ich bin doch nicht mit Gott und der Welt befreundet. Will ich gar nicht."

Nur mit denen, welchen du Kostennoten ausstellen kannst, dachte Max. Aber das war ungerecht. Er war durcheinander. Vielleicht würde ihn der Kaffee wieder auf Vordermann bringen.

Sandra kam mit zwei Schälchen aufgeschlagener Sahne und einer Vase, in welcher Nelken standen. Ohne weiteres Getue zog sie sich nach dem Servieren zurück und schloss die Tür.

„Kann man auf den Kaffee tun", Bertie zupfte einige Blütenblätter ab und ließ sie über die Sahnehaube rieseln, mit welcher er seinen Schümli bereits gekrönt hatte.

„Ist das nicht giftig?"

„Ach was. Regt an." Er nahm eine zweite Nelke, beschnitt den Stiel mit der Schere vom Schreibtisch und steckte sich die Blüte ins Knopfloch. „Ist ein Spleen, das gebe ich zu. Aber es hebt meine Laune. Eine bessere Begründung kann es nicht geben, etwas zu tun. Oder?"

Max trank den Kaffee — und verbrannte sich die Zunge. Meine Güte, war der heiß. Musste er in Erfahrung bringen, wie die Anwaltsgehilfin so heißen Kaffee machen konnte. Das kriegte die teure Maschine aus Italien im *Imperial* nicht hin.

„Was hebt *deine* Laune, Max?"

„Wenn ich mich allein ums *Imperial* kümmern könnte. Wenn ich die Gäste glücklich mache." Er schmatzte, die Zunge blieb pelzig.

„Was hindert dich, dich allein ums *Imperial* zu kümmern? Das ist dein Hotel."

„Ja, jetzt ist es meins. Mein Vater hat es erbaut."

„Du hast es geerbt."

„Vor einigen Jahren." Max probierte einen zweiten Schluck, vorsichtiger diesmal.

„Ein schweres Los."

„Erben?"

„Mit einem Schlag ist man reich. Und entdeckt erst allmählich und manchmal mit Erschrecken, dass man sich den Reichtum erst verdienen muss, den man glaubt, schon zu besitzen."

So hatte Max das noch nicht gesehen. Er sah zu den geschlossenen Lamellen. Da gab es wirklich keine Ausflucht.

Eine Stille entstand, und Bertie schaute ihn an wie ein Seelenklempner, der eine tiefschürfende Erkenntnis von seinem Gegenüber erwartete.

Aber da war nur Leere bei ihm im Kopf. — Nein, das war keine Leere, das war ein Knäuel von Problemen, und er fand das Ende nicht oder den Anfang, um daran zu ziehen und alles zu entwirren.

Bertie schwieg weiter.

Ein Gockel, ein Geldschneider. Ein Beobachter, ein Schlawiner. Ein Freund?

Das wohl nicht. Sascha war ein Freund. Bertie … war ein Anwalt. Sich dem Anwalt Bertie anvertrauen?

Aber welche anderen Optionen blieben ihm?

Die Zeit bis zur Geldübergabe lief ab. Im Archiv der Uni hatten sie nichts erreicht. Sascha würde auch nichts mehr reißen. Nur seinen Wagen holen. Der Verdacht gegenüber Celina van de Laar war nichts als … eben ein dünner Verdacht. — Sie waren an einem Endpunkt angekommen, Max und Sascha, das *Dreamteam*.

Bertie schien sich der Probleme annehmen zu wollen, oder sich zumindest dafür zu interessieren. Er war intelligent, kannte sich im Recht aus, bemühte sich bereits, scheinbar sogar erfolgreich, ihn vor Möller zu schützen, er war an die anwaltliche Schweigepflicht gebunden …

„Das Fundament", platzte es aus Max heraus.

„Ja …?" Bertie hatte mittlerweile einen Sahnebart und leckte ihn nicht ab.

„Ich habe das Gefühl … das Fundament, da stimmt etwas nicht. Am Fundament, auf dem alles aufgebaut ist."

„Das Fundament vom Hotel? Von der Familie?"

„Keine Ahnung."

„Beides vielleicht?"

Im Treppenhaus, auf dem Weg nach unten, klackerte leise der Teil der Handschelle, der noch immer Rosenfelds Handgelenk umschloss. Jedes Mal, wenn er sich am Geländer festhielt, und er musste sich oft festhalten, klickerten die kleinen Stahlglieder der durchschnittenen Kette. Die andere Hälfte der Handschelle hing an Junas eisernem Bettgestell.

Die Nachbarin, Ehefrau eines Landschaftsgärtners, hatte ihn befreit, ihm einen neuen Verband angelegt und Glück gewünscht.

Und er wünschte sich, dass sie nun nicht die Polizei anriefe.

Aber warum sollte sie das tun? Er machte sich Mut. Sie hatte wenig Grund, hätte ihn gefesselt lassen können und die Polizei alarmieren … stattdessen hatte sie ihn befreit, seine Sachen zusammengesucht, ihm in die Jacke geholfen.

Selbstverständlich helfe sie Menschen, die in Not seien. Die Deutschen hätten ihrer Familie geholfen, als sie in Not gewesen wären. Doch jetzt müsse er gehen und sie ebenso, da ihr Sohn bald nachhause käme, und sie dürfe sich nicht mit anderen Männern einlassen und schon gar nicht gesehen werden.

Er hatte gedacht, Tarek könnte im Aufzug heraufkommen; deswegen hatte er die Treppe gewählt. — Schon auf dem ersten Absatz war er aus der Puste, ein Stockwerk tiefer befürchtete er, die Beine könnten ihm versagen. Nur die Schmerzen hielten sich in Grenzen, Ubejd hatte ihm reichlich Morphium gespritzt. Rosenfeld mochte nicht daran denken, was passierte, wenn die Wirkung nachließ.

Es nützte ihm nichts, wenn er auf der Treppe zusammenbräche: Rosenfeld stieg doch in den Aufzug und fuhr nach unten. Die Lifttür öffnete sich zur Seite. Mit einem Mal wurde ihm schwindelig.

Rosenfeld stellte den Fuß in die Lichtschranke, hielt sich an der Blechverkleidung der Kabine fest und dachte: Theda Goedeke rächt sich an *dir*.

Er hatte geglaubt, bei ihr einen Schatz zu finden. Gefunden hatten ihn stattdessen die vier Zinken ihrer Forke.

Wa', die alte Frau hatte ihn kräftig zur Ader gelassen. Viel Blut hatte er verloren. Zu viel um jetzt zu Celina zu fahren. Um bei ihr noch mal sein Honorar einzufordern. Mit mehr Nachdruck, zum Beispiel mit den Fäusten. Oder indem er ihr erzählte, was er alles über sie und ihre Erpressung wusste. Sie würde ihn austricksen, sie war schlauer als er. — Und das Honorar interessierte ihn auch kaum noch. Wie Frieda ihn merkwürdigerweise weniger interessierte; es war, als rücke die Freundin in die Ferne. Während Celina näher trat. Trotz allem. Oder gerade deswegen. Sehen würde er Celina gern, sich mit ihr unterhalten. Mit ihr konnte man sich gut unterhalten.

Aber das waren Hirngespinste. Er hatte Theda Goedeke geköpft. Die dickköpfige Forkenschwingerin hatte es aber auch verdient.

Oder?

Er jedenfalls hatte verdient, dass er nun hier stand, mit zu wenig Blut und Kraft, um weiterzumachen. Das war schon irgendwie ausgleichende Gerechtigkeit.

Rosenfeld stieß sich ab, musste doch weitergehen, ob er konnte oder nicht. Das einzige Vernünftige nämlich, was blieb, war zu verschwinden. Aus dem Grindelhochhaus, aus Celinas Leben, aus Hamburg und Deutschland. Das sagte ihm sein Verstand. Viel davon brauchte es für diese Schlussfolgerung nicht, zu eindeutig war die Situation: Tarek hatte Beweise. Tarek würde sie einsetzen. Die Fotos, den Spaten mit Rosenfelds Fingerabdrücken, Theda Goedekes Leiche.

Wenn er von Rosenfeld nicht die gewünschten Infos bekam. Und wenn Tarek sie hatte, wie konnte Rosenfeld sicher sein, dass die Beweise nicht trotzdem bei der Polizei landeten. Um ihn als Mitwisser auszuschalten. Wenn Tarek ihn nicht gleich auf andere, effektivere Weise ausschaltete.

Also blieb nur, zu verschwinden. Mit dem wenigen Blut, das er noch hatte. Und behalten wollte.

In der Innentasche seiner Jacke vibrierte das Handy. Er holte es heraus. Es war eine Nachricht von Juna:

Du musst mich hier rausholen. Bitte. Ich habe Angst.
Er wird mich umbringen.

Celina zögerte, dem unbekannten Bärtigen in der knautschigen Lederjacke die Hand zu schütteln.

„Ich bin Stefan Müller-Ahrendt. Von der BILD. Sie kennen doch die BILD?"

Natürlich kannte sie das Revolverblatt. Nie hatte ihr Vater es in die Hand genommen, er hatte die WELT abonniert.

„Was wollen Sie?

„Können wir das drin besprechen?"

„Ich lasse keine fremden Männer herein."

Müller-Ahrendt übersah den Speer in ihrer Hand geflissentlich und deutete auf die scheußliche, fensterlose Wand des *Imperial*, die an ihr Grundstück grenzte: „Das *Imperial* … Sie kennen den Besitzer."

„Wie kommen Sie darauf?"

„Sie wohnen nebenan. Ich recherchiere über Max Goedeke."

„Aha."

„Er hat meinen Sohn bestohlen, wissen Sie."

„Oh … bitte, kommen Sie doch herein."

Den Speer ließ sie nebenher, als wäre er ein selbstverständliches Accessoire, in den Schirmständer plumpsen. Zwischen ihr und Müller-Ahrendt, das spürte sie, gab es eine unausgesprochene Übereinkunft, ihre kleine Extravaganz nicht weiter zum Thema zu machen; sie führte den Journalisten ins Wohnzimmer.

Müller-Ahrendt lobte: „Sie haben aber einen guten Geschmack."

Das hatte ihr noch keiner gesagt. Eher hatte sie den Verdacht entwickelt, als ein wenig … nun ja … *altbacken* wahrgenommen zu werden. Natürlich war sie das nicht und es sagte ihr auch keiner ins Gesicht. Aber manchmal kam ihr der Verdacht.

Wenn die Bridge-Freundinnen Celina zum Spiel besuchten, machten sie - alleingelassen im Wohnzimmer - ab und an Bemerkungen, die Celina aufschnappte, während sie in der Küche die zellophanierten Häppchen aus dem Kühlschrank holte. Oder an der Tankstelle, wie sich der junge Kassierer ihr gegenüber benahm. Als würde er sie nicht ganz für voll nehmen, als wäre sie trutschig oder aus einem Altersheim entlaufen.

„Diese Einrichtung ...", Müller-Ahrendt sah sich um, „und der Geruch ..."

„Der Geruch?"

„*Moods-Zigarillos* oder was ähnliches."

Ernsthaft, das erschnupperte Müller-Ahrendt? — Sie war beeindruckt; auch geschmeichelt, dass er ihren Geschmack lobte. „Wollen Sie einen?"

„Aber gern."

Sie rauchten, Celina holte den großen Aschenbecher ihres Vaters aus der Teakschrankwand; ihr war danach, warum auch immer. Seit Jahren hatte der Aschenbecher unbenutzt gestanden, nun schien der richtige Moment gekommen zu sein.

Frank und frei berichtete Müller-Ahrendt, was sich zugetragen hatte, wie sich Max Goedeke an seinem Sohn vergangen, seinem Sohn das Handy gestohlen hatte.

Müller-Ahrendt war ein guter Erzähler. Keineswegs übertrieben schilderte er die Vorfälle, wiewohl ausreichend farbig, so dass Celina sich exakt vorstellen konnte, wie Max' fieser Charakter endlich einmal unverstellt hervorgebrochen war — und glücklicherweise war Max an den Falschen geraten. Sie hatte sich schon damals, in der Grundschule, ihre Meinung zu Max gebildet und jeden Kontakt abgebrochen. Auch wenn die Eltern befreundet waren, sie hatte den richtigen Riecher gehabt. Sie war eine selbstständige Persönlichkeit, damals schon, sie ließ sich von ihren Eltern nicht beeinflussen.

„Und wie kann ich helfen, Herr Müller-Ahrendt?"

Er wollte nur ein paar klitzekleine Informationen. Über das *Imperial* im Allgemeinen und Max Goedeke im Besonderen. Man kam ins Plaudern. Müller-Ahrendt machte sich auf einem neumodischen Tablet Notizen. „Mit einem Stift, funktioniert denn das?" - Er zeigte es ihr, sie erzählte mit kokettem Augenaufschlag, wie altertümlich sie noch eingerichtet sei, sogar noch ein Telefon mit Wählscheibe besitze sie. Von ihrem Vater, Geologe sei er gewesen, und sie sei in seine Fußstapfen getreten. Er wollte es unbedingt sehen, sie bat ihn nach oben ins Arbeitszimmer — er zeigte sich fasziniert von dem Fernsprecher, machte ihr ein großzügiges pekuniäres Angebot für die *Rarität*, wie er das olle Gerät nannte. Natürlich lehnte sie den unsinnig hohen Geldbetrag ab. Er schaute aus dem Fenster:

„Eine wirklich *hässliche* Wand ist das."

„Ja, schrecklich, nicht wahr?! Ich habe es schon so oft bemängelt, aber man hört nicht auf mich."

„Und der Anstrich blättert auch noch. Ob die da drüben kein Geld für frische Farbe haben?"

„Nicht wahr? Man könnte es glatt denken."

Dann spitzte Müller-Ahrendt den Mund, kniff die Augen zusammen. — Celina trat zu ihm ans Fenster.

„Da ist mein Junge!", sagte Müller-Ahrendt.

Celina sah einen Jugendlichen mit nach vorn gefallen Schultern und ungeschnittenem Pony, der unentwegt ins Handy sprach und kaum guckte, wohin er trat. Nach Müller-Ahrendts plastischen Schilderungen des Kampfes zwischen Max und dem Jungen … war Celina doch enttäuscht. Den Bengel hatte sie sich … irgendwie einnehmender vorgestellt. — Er verschwand im Seiteneingang des *Imperials*.

„Nanu?", entfuhr es Celina.

Müller-Ahrendt rief: „Der ist unterwegs zu Laura! Bestimmt ist er … Ich habe es ihm so verboten."

Sie staunte. Da hatte Müller-Ahrendt ihr viel erzählt von seinem Sohn und von Max Goedeke; aber dass der Sohn Laura, diese *Person*, kannte und ihr nachstieg, das hatte er nicht erwähnt. Da war sie diesem aufgeweckten Journalisten mit dem guten Zigarillo-Geschmack doch etwas böse …

„Ich muss meinen Jungen da rausholen!"

Das wiederum konnte sie verstehen. So würde sie auch handeln. Wenn sie Kinder hätte.

Müller-Ahrendt war schon auf der Treppe nach unten.

„Nehmen Sie den Hintereingang, den Lieferanteneingang", rief sie ihm, am Absatz stehend, hinterher. Sie musste ihm helfen. Den Jungen bewahren vor Laura, die ein wahrhaft liederliches Frauenzimmer war. Sie hatte da so einiges gehört, oh, là, là. Aber kein Wunder bei dem Bruder.

Da Müller-Ahrendt hinaus war, konnte sie sich dem eigentlich wichtigen Thema erneut widmen: die Geldübergabe organisieren. Es blieben nur noch wenige Stunden, und sie hastete zurück ins Arbeitszimmer.

Doch was war das?!

Ein Mann saß auf Vaters Platz hinter dem Schreibtisch. Vor sich hatte er ein … oh Gott … ein Eisenrohr … gelegt.

„Nette Unterhaltung war das", sagte der Mann, „aber das

eigentlich Interessante haben Sie Ihrem neuen Freund verschwiegen." Er streichelte das Rohr. „Mir werden Sie es doch erzählen, oder?"

„Wer sind Sie?! Was suchen Sie hier?!" Sie hatte Herzrasen, aber anmerken ließ Celina sich nichts.

„Meine Freunde dürfen mich Tarek nennen", er guckte sie aus irren, schwarzen Knopfaugen an, „wir werden doch Freunde?"

„Ich rufe jetzt die Polizei!"

Tarek hob das Eisenrohr, leckte die Spitze. Die Spitze war blutrot.

„Bäh, schon eingetrocknet", Tarek verzog den Mund und kam hinter dem Schreibtisch hervor. Mit dem Rohr.

Max berichtete Bertie von der Erpressung und von dem Verdacht gegen Celina van de Laar. Er zeigte die Gutachtenkopie. Er erzählte von seinen frühesten Erinnerungen an Celina, den Erinnerungen an ihren Vater Horst und an seinen Vater Egon, der ihn, Max, praktisch im Hotel hatte aufwachsen lassen.

Die Tassen waren geleert, die Kekse gegessen.

Max fühlte sich erleichtert. Als habe er Verantwortung abgegeben. Was natürlich nicht stimmte, die Probleme waren genauso da wie zuvor.

Bertie sagte: „Was mir aufgefallen ist, du hast nicht über deine Mutter gesprochen."

„Oh." Das war Max unangenehm, er fühlte sich ertappt.

„Das macht nichts", meinte Bertie, „Das ist der blinde Fleck. Du kannst ihn nicht sehen, er ist im Zentrum."

Max dachte darüber nach. Von der Mutter hatte er sich weit entfernt. Mental und … sagte man räumlich? Auch wenn sie nicht mehr leben sollte?

Ihn erschreckte, wie kühl er darüber dachte.

Eigentlich wurde er damit Vater immer ähnlicher. Zumindest schätzte Max es so ein. Max war damals zu jung gewesen, um die Zeichen und Hinweise zu begreifen, welche er sah.

Heute glaubte er, damals gesehen zu haben, dass sich Vater und Mutter mehr und mehr voneinander entfernten. Sich diese Bewegung in den letzten Lebensjahren seines Vater sogar beschleunigte.

Was mochte das bei seiner Mutter ausgelöst haben, wie sehr mochte sie gelitten haben? An ihm und an Laura jedenfalls hatte sie es nicht ausgelassen. Vater und Mutter waren heiter und nachsichtig zu ihren beiden Kindern gewesen. Max fühlte Dankbarkeit.

Bertie machte sich Notizen. Er schaute auf:

„Wenn der Vater von Celina van de Laar —"

„*Horst* van de Laar."

„Also, wenn Horst van de Laar ein Gutachten angefertigt hat …", er schaute aufs Blatt, „was wir nicht wissen, da die Unterschrift nicht von ihm ist. Aber gehen wir davon aus. Horst und dein Vater Egon waren Freunde. Wenn Horst also ein Gutachten anfertigt, welches Gift im Boden attestiert. Dann würde doch das Hotel gar nicht erst gebaut werden? Weil Horst deinem Vater abgeraten hätte."

„Und wenn es schon stand? Als das Gutachten gemacht wurde."

„Dann hätten keine Bodenproben genommen werden dürfen, ist ja Privatbesitz."

„Vielleicht hat er heimlich Proben entnommen."

„Selbst wenn … sie hätten nicht verwendet werden dürfen.

Schon gar nicht der Stadt in einem Gutachten bekannt gemacht werden dürfen. Der Mann hätte seine Professur und sein Institut verloren." Bertie erhob sich, zog zwei Lamellen auseinander und spähte durch den Schlitz hinaus. „Nein, nein. Das macht alles keinen Sinn. Gehen wir davon aus, das Hotel steht. Egon und Horst sind mittlerweile verfeindet, warum auch immer. Dann kann Horst keine Proben nehmen. Sind sie aber befreundet, dann *wird* er keine Proben nehmen."

„Wieso das?"

Bertie lächelte. „Letztes Jahr hatte ich Jubiläum. 25 Jahre Anwaltszulassung, während der Zeit habe ich einiges erlebt. Aber niemals, dass ein Unternehmer etwas unternimmt, was gegen seine Interessen läuft. Sollte deinem Vater ein Verdacht gekommen sein, das Fünf-Sterne-*Imperial* stände auf einer Giftmülldeponie, so hätte er niemanden, auch nicht seinen besten Freund damit beauftragt, da nachzuforschen. Denn dadurch hatte er nichts zu gewinnen. Brächten die Proben kein Ergebnis, wäre er so weit wie zuvor. Zeigten die Proben eine Belastung, konnte er den Laden zu machen oder das Ergebnis geheim halten und damit erpressbar werden."

„Aber sie waren damals Freunde", sagte Max. Glaubte es zumindest und fragte sich, was das bedeutete: Dass Vater entgegen Berties Vermutung Proben ziehen und untersuchen ließ oder es bleiben ließ, da nichts zu gewinnen war?

Bertie sagte: „Die Frage ist, wie stark schätzt du die Bindungskraft einer Freundschaft ein?"

Max dachte an Sascha. Zwischen ihnen war glücklicherweise alles in Ordnung.

„25 Jahre mit Klienten und Schriftsätzen haben mich gelehrt, dass die Kraft von Freundschaften überschätzt wird. Dein Vater wird keine Bodenproben beauftragt haben, er war zu schlau dafür." Bertie zog den Vorhang beiseite. „Möller ist weg. Heute taucht der nicht mehr auf."

„Also ist *Celina* van de Laar aus dem Rennen?"

Bertie hob Augenbrauen und Schultern. „Keine Ahnung. Das Gutachten könnte auch eine Fälschung sein. Wie du es gesagt hast. Sie benutzt eine Fälschung, ihr Vater hätte nichts damit zu tun. Ich würde gern das Original des Gutachtens sehen."

„Keine Chance."

„Ja, versteh ich. Das Verhältnis zwischen Celina und dir dürfte zerrüttet bleiben. Sie hätte auch wirklich ein Motiv, wenn ich an eure Parkplatz-Problematik denke."

Es bleibt ein Knäuel, dachte Max. Warum tauchte 30 Jahre später dieses verdammte Gutachten auf. Zu gern hätte er seine Mutter dazu befragt. Auch wenn sie tüdelig war, an die Vergangenheit erinnerte sie sich noch gut.

War das nicht schlimm? Da war seine Mutter verschwunden und es beschäftigte ihn nicht großartig. Es war ihm nur lästig, da er bei Möller in Verdacht geriet. Eigentlich war die Mutter schon vorher gedanklich und im wahrsten Sinne von ihm abgeschoben worden. In ein Luxusaltenheim und je teurer dieser Kornspeicher war, je besser war es, beruhigte es das Gewissen, dass so viel Geld aufgewendet wurde, damit es Mutter gut ging.

Fast war er wie ein *Erpresser*. Der Erpresser wollte ein Vermögen, damit er ein gutes Leben bekam. Max gab ein Vermögen, um ein gutes Leben zu behalten. Der Erpresser wusste, dass er falsch handelte. Max aber redete sich ein, er würde aus Nächstenliebe handeln. Dabei handelten beide aus Eigennutz.

Max ekelte es vor sich selbst.

„War der Schümli zu stark?", erkundigte sich Bertie.

„Nein, nein, ich war in Gedanken." Wie konnte er seine Mutter vergessen wollen. Sie war seine Vergangenheit, sie hatte ihm das Leben gegeben, damit er die Zukunft gewann.

„Es bleibt eine konkrete Spur", sagte Bertie, „Das ist dieser *Rosenfeld*."

Rosenfeld — das Ende der Schnur, die man zu fassen bekommen musste, um das Knäuel zu entwirren?

„Er will das Geld", Bertie pickte mit der Kugelschreiberspitze auf die Notizen, „und es bleiben noch 6 Stunden. Ich werde Möller anrufen."

„Möller?!"

„Wir können ganz gut miteinander, Möller und ich."

„Das habe ich mitbekommen." Max war Bertie von Möller geradewegs zugeführt worden; zunächst mit der Visitenkarte, als das nicht fruchtete, mit einem arrangierten Treffen in dem Schuhkartonbüro. „Sag ihm nichts davon, dass ich erpresst werde, Bertie. Das sickert durch, dann kann ich das Hotel zumachen. Das *Imperial* ist das Fundament von allem. Ohne das bin ich nichts."

Bertie wiegte den Kopf. „Das Fundament sitzt tiefer." Er stellte die Tassen zusammen, sammelte die Kekskrümel vom Teller und schleckte die Krümel von den Fingern.

Es stimmte, was Bertie sagte. Das Hotel stand *auf* dem Fundament. Aber das Fundament bröselte, und Max hatte das Gefühl, den wahren Grund dafür noch nicht gefunden zu haben.

Zweiter Teil

Wir glauben Erfahrungen zu machen. Aber die Erfahrungen machen uns.

Kapitel 8

„Setzen wir uns doch."

Was blieb Celina anderes übrig, Tarek hatte ein schlagendes Argument zur Hand.

Sie setzte sich auf den Stuhl, auf dem Vater früher seine Doktoranden platziert hatte.

„Ich habe mich mit einem guten Freund von Ihnen unterhalten."

„Ich habe keine guten Freunde." Leider, dachte sie. Bekannte hatte sie, Fritz, Machmoud, Rosenfeld. Fritz — schlimm verletzt. Machmoud — er würde sie schon vergessen habe, so flüchtig war die Begegnung gewesen. Einzig Rosenfeld … ja, was war das für eine Beziehung, warum schlug ihr Herz schneller, wenn sie an *diesen* Mann dachte?

„Ich meine Rosenfeld", sagte Tarek, „er hat mir alles erzählt. Nachdem ich ein bisschen mit Nachdruck gefragt habe." Tarek baumelte mit dem Eisenrohr.

„Sie haben ihn —" Deswegen hatte Rosenfeld so ausgesehen, war ans Bettgestell gefesselt.

„Was denken Sie denn. Ich wär ein Unmensch?"

„Der Gedanke könnte mir kommen. Wie Sie sich benehmen." Zusammenreißen, dachte sie. Nicht verraten, dass ich in Junas Wohnung bei Rosenfeld war.

Tarek schrie sie an: „Ich *bin* ein Unmensch!" Er schaute irre. Celina fühlte Panik aufsteigen, stelle sich vor, was er mit dem Eisenrohr machen würde. — Und dann lachte Tarek. Gröhlend, an einen Pavian erinnernd.

Celina atmete auf. — Da brach das Lachen abrupt ab, und Tarek schlug das Eisenrohr auf das alte Wählscheibentelefon, dessen sprödes Plastik in tausend Teile zersprang und durchs Arbeitszimmer flog, sogar bis hinter die Folianten. Celina fuhr zusammen.

„Sind wir uns einig?! Oder wollen wir gucken, ob Ihr altes Köpfchen genauso zerplatzen würde."

„Oh Gott …!", japste sie.

„Den lassen wir aus dem Spiel."

Sie brauchte den Speer. Verdammt noch mal, wo hatte sie den gelassen.

„Reden Sie! - Wo ist das Gutachten?"

„Unten. Im Erdgeschoss."

„Wollen Sie mich verarschen?"

„Es ist logisch. Jeder Dummkopf durchwühlt als erstes den Schreibtisch. Deswegen bewahre ich da niemals Gutachten auf", sagte Celine. „Tarek, Sie sind kein Dummkopf. Das habe ich gleich gemerkt. Denn Sie haben den Schreibtisch nicht durchwühlt."

Der kleine Tarek wuchs, er nahm die Schultern zurück, das Kinn hoch.

„Ich habe es unten", sagte Celina.

„Wo?" Tarek kam auf die Beine.

„Im Wohnzimmer. Ich zeige es Ihnen. Darf ich vorgehen?"

Auf der Treppe, Tarek hinter sich, triumphierte sie innerlich. Tarek log: Rosenfeld hatte ihm keineswegs alles erzählt, egal wie und mit welchen Mitteln Tarek ihm zugesetzt hatte. Sonst wüsste Tarek, wo das Gutachten war. Er hätte längst die Gutachtenkopie von Rosenfeld. Scheinbar wusste er aber nichts von der Kopie, und erst recht ahnte er nicht, dass das Original oben in der Schreibtischschublade lag.

Dieser fantastische Rosenfeld, er hatte es verschwiegen. Sie hatte den Mann mit der zerschlagenen Nase falsch eingeschätzt, ihn unterschätzt. Es kam nicht auf die intellektuellen Fähigkeiten an. Wichtig war der Mensch dahinter, was für ein Format er hatte, was er fühlte, wie er tickte. — Für Celina hatte Rosenfeld sich foltern lassen und geschwiegen. Ihr schoss das Blut bis in die Ohren: vor Freude, vor plötzlicher Kraft, vor … es war ein bisher unerlebtes, schönes Gefühl.

„Es ist in der Schrankwand, hinterm Fernseher", sagte sie, und da Tarek zwischen Büchern und Fernseher zu suchen begann, stürzte sie zum Speer, der im Schirmständer auf sie wartete.

Sie bekam den Bambusstab in die Finger, ihre Fäuste umschlossen den Stab, mit der Spitze nach vorn, Anlauf nehmend, preschte sie vor, Rosenfelds Peiniger vor Vaters Schrankwand aufzuspießen und dann Rosenfeld zu retten.

„Jeetzt …!", heulte Celina, stieß sie hinein ins Wohnzimmer — wo war Tarek?

Celina bekam einen Schlag von der Seite, leicht nur, sie taumelte, lockerte den Griff, um die Hände richtig zu halten, falls sie gegen die Schrankwand fiele. Tarek war hinter ihr, schlug ein zweites Mal: auf ihren Unterarm. Ihr entglitt der Speer, Tarek fasste ihn — und lachte. Das selbstzufriedene Pavianlachen, und Celina ging zu Boden: Wegen des Schlages von Tarek und wegen ihrer Wut, dass sie sich so hatte überrumpeln lassen, und Tränen schossen ihr in die Augen, als sie jetzt auf dem Hosenboden saß, über sich Tarek, der mit dem Speer herumfuchtelte wie ein ungelernter Samurai-Darsteller.

„Netter Versuch, Schätzchen", sagte Tarek, kam zu Atem und hielt ihr die Speerspitze unters Kinn. „Hinterm Fernseher ist nichts." Er drückte ihr das Metall, das sich kalt anfühlte, sofort erwärmte, direkt auf den Kehlkopf. „Weißt du, was jetzt passiert, Schätzchen. Da wir doch keine Freunde geworden sind."

Sie traute sich nicht zu schlucken. Die Klinge würde ritzen.

Tarek wirbelte herum, stieß zu: Er spießte den schönen Kürbis aus dem letzten Herbst auf und hielt ihn hoch wie eine Trophäe. Die Spitzendecke flog vom Tisch.

„So spieße ich dich auf und stelle deinen Kopf in den Garten", sagte Tarek, „wie ihr es mit dem Störtebeker gemacht habt. Den bewundert ihr doch?"

Störtebeker?

„Kennst du nicht? Kein Wunder, dass ihr solche Weicheier seid", stellte Tarek fest. „Ach ja … stimmt ja, du hast gar keine Eier." Nun bekam er sich kaum ein, so musste er über seinen Einfall lachen. Bis es an der Haustür klingelte.

Augenblicklich wurde er still, schüttelte den Kürbis ab, der Celina vor die Füße kullerte.

Wieder klingelte es, und Celina hörte Müller-Ahrendts Stimme von draußen:

„Frau van der Laar! Ich weiß, dass Sie da sind!"

Tarek zischte: „Schnauze halten." Wobei Celina unklar war, ob er sich selbst meinte oder sie warnte oder Müller-Ahrendt zurechtweisen wollte. — „Schnauze", wiederholte Tarek. — Wumm, die Speerspitze sauste nieder und teilte den Kürbis neben Celina, die vor Schreck ein Jungmädchenquieken von sich gab.

„Schnauuuuze!"

Der Kürbis klappte auseinander, geteilte Würmer kringelten sich auf den feuchten Schnittflächen und Faulgeruch stieg Celina in die Nase. Wieder klingelte es.

„Der ist faulig", stellte Celina fest und staunte, was für unwichtiges Zeug man sagte, wenn man unter Stress war.

„Wie einiges hier", flüsterte Tarek ihr ins Ohr, hatte sich zu Celina herabgebeugt, „Du wirst jetzt die Tür aufmachen und kein Wort über Gutachten, über mich, über Rosenfeld. Er mag dich. Das hat er mir gesagt. Du magst ihn. Das sehe ich. Wenn du aber quatschst …" Er machte eine Handbewegung, und sie wusste Bescheid, was dann mit Rosenfeld passierte.

„Ich hör' nicht auf zu klingeln! Frau van der Laar!"

Sie rappelte sich auf, zog die Bluse zurecht, strich das Haar nach hinten, dann öffnete sie.

Vor der Tür standen Müller-Ahrendt, sein Sohn und das *Flittchen* Laura.

„Du?!", rutschte es Celina heraus. Seit Jahrzehnten hatte sie vermieden, mit Laura Worte zu wechseln. Sie hatte Max' Schwester, welche die Männer umschwirrten wie Motten das Licht, kaum mehr wahrgenommen, zuletzt vor Monaten gesehen … nein, gab sie zu, vorgestern oben auf der Mauer, dort hatte sie Laura gesehen. Da Laura springen wollte und Rosenfeld ihr wohl das Leben rettete. Während Celina als Beobachterin am Fenster verharrt hatte … sich schuldig machte.

„Kommt doch rein", sagte Celina, getrieben von aufflackerndem schlechtem Gewissen gegenüber Laura. Und auch, weil es in der aktuellen Situation mit Tarek im Wohnzimmer von Vorteil sein konnte.

Max schlüpfte durch die Gartentür, blieb in Deckung neben dem Stromkasten. Hielt die Augen offen.

Der Geländewagen mit Sascha am Steuer preschte heran. Berties Anwaltsgehilfin Sandra hatte Sascha angerufen.

Möller war scheinbar nicht in der Straße, Max kam hinter dem Stromkasten hervor, die Wagentür öffnete sich, und Max schlüpfte hinein. Sascha drückte aufs Gas.

„Fahr mich zum Hotel", bat Max. Er stellte die Rückenlehne flacher, berichtete seinem Freund knapp von der Saunabesprechung: Mit Macht überkam ihn Müdigkeit. Die winterlichen Bäume des Alsterufers wischten an den Autoscheiben vorbei. Die weite Wasserfläche der Außenalster kräuselte sich grau.

Jetzt die Augen schließen und Ruhe haben. Auftanken, nach Sauna, Kaltbad, Bertie-Gesprächen.

Sascha ließ ihn nicht: „Wo kriegen wir das Geld her?"

Bei Max blieben die Augen zu. „Keine Ahnung."

„Da hat dein toller Anwalt nichts zu gesagt? Ich meine, ihr habt über Gott und die Welt gesprochen, du warst mit ihm schick in der Sauna. Aber über das Nächstliegende habt ihr nicht gesprochen?"

„Immerhin hat er mich vor Möller gerettet."

„Indem er Möller vor seinem Haus Posten beziehen ließ?"

Was für eine Verdächtigung. Aber Max wollte nicht mit Sascha streiten. Bertie hatte erklärt, warum Möller dort wartete.

Sascha sagte: „Ich habe über das Geldproblem nachgedacht."

„Schön."

Auch Max machte sich Gedanken. Weniger über das Geld, obwohl es dringend war. In seinem dösigen Kopf hallten Berties Überlegungen nach: Er dachte über das Fundament nach.

Was wäre, wenn Vater und Horst van de Laar zum Schluss nicht mehr Freunde gewesen waren, sondern sich gestritten hätten? Es wäre möglich, dass schon sein Vater, vorausschauend, innovativ, visionär, die Idee der Erweiterung hatte und dann naturgemäß die Villa seines Freundes Horst von einen auf den anderen Tag im Wege stand. — Aber Max würde nie erfahren, wie es sich wirklich zugetragen hatte. Beide Männer waren lange tot. Und wenn sie in Streit geraten waren, so waren das die Probleme, die Fehler der letzten Generation. Jetzt war eine neue Generation am Ruder, *seine* Generation. Es brachte nichts, an einem Fundament aus Fehlern festzuhalten, man sollte es hinwegfegen. Aber dann hatte mein gar keines mehr. Wäre das besser?

Sascha sagte: „Wir fahren zu Nielsen."

Was für ein Unsinn, dachte Max und schlug die Augen auf. Die schöne Alsterlandschaft war vorbei. — Nielsen hatte gesagt, für die Entscheidung zum Tunneltal brauche die Bezirksversammlung … waren das Monate? Jedenfalls brachte es wegen der Millionen gar nichts, dort jetzt unangemeldet aufzutauchen.

„Sascha, ich brauche 7,5 Millionen. Und zwar jetzt. Die Sache mit dem Tunneltal, das stellen wir die nächsten 5 Stunden bitte hintenan."

„Im Gegenteil, Max, das Tunneltal wird uns retten. Und zwar jetzt. Die 7,5 Millionen bekommen wir von Nielsen."

„Wie soll das funktionieren?!"

Sie waren auf dem Harvestehuder Weg stadtauswärts und Sascha beschleunigte. „Er will unseren Auftrag, wir machen ihn reich. Also wird er uns Kredit geben. Sonst ist er raus."

„Sascha, das könnte *wirklich* funktionieren. Du bist ein Goldjunge."

Tapfer schaute Sascha weiter geradeaus. Trug die Nasenspitze nur Millimeter höher. „Kein Goldjunge, Max. Sondern dein Freund."

Celina geleitete Stefan Müller-Arendt, Sohn Jonas und Laura Goedeke in ihr Wohnzimmer.

„Hier entlang … darf ich etwas anbieten?"

Die Spitzendecke hob sie nebenher auf, die Würmerkürbishälften kickte sie unter die Couch.

„Limonade, Sprudel? Ich habe alles da."

Müller-Arendt sagte: „Ein Tee wäre gut. Zum Aufwärmen. Kalt draußen."

Tee war sogar besser, dauerte länger. Je länger der Journalist, sein Sohn und Laura hier waren, je länger war sie einigermaßen vor Tarek sicher. Wo der sich wohl versteckt hatte?

Sie klappte die Küchenschranktür auf: „Earl Grey, Grüner Tee oder Rooibos vielleicht?"

Ihre Besucher entschieden sich für Earl Grey. Celina setzte Wasser auf.

Möglich war natürlich auch, dass Tarek sich längst aus dem Staub gemacht hatte. – Aber war Tarek der Typ dafür, unverrichteter Dinge abzuziehen? Was hätte sie ihm entgegenzusetzen, wenn er erneut mit der Suche nach dem Gutachten begann; sie war eine mittelalte, wehrlose Frau. Die nicht mal zu überlegen brauchte, wo der Speer geblieben war: Den würde Tarek haben.

Aus alldem folgte für Celina: Sie musste aus dem Haus

kommen. Müller-Ahrendt und die anderen würden ihr dabei helfen, ohne es recht zu bemerken. Sie könnte mit ihnen einfach hinaus spazieren …

Andererseits: Sollte sie tatsächlich das Gutachten oben in der Schublade zurücklassen? Es war Millionen wert. Falls Tarek es nicht schon hatte oder gerade darauf stieß, da er oben suchte. Sie ärgerte sich über sich selbst, dass sie das Gutachten nicht schon längst anderswo verwahrt hatte …

Sie goss kochendes Wasser auf die Teebeutel und erschrak, da Müller-Ahrendt unbemerkt hinter sie getreten war:

„Kennen Sie das hier, Frau van de Laar?"

Der Journalist hielt Celina eine angelaufene Silbermünze hin, die in Plexiglas eingegossen war.

„Sieht aus wie eine Schneekugel", sagte sie, „nur ohne Schnee." — Mist, jetzt hatte sie doch etwas daneben gekippt. Sie griff zum Spültuch, ließ sich ihren Ärger über die Störung durch Müller-Ahrendt nicht anmerken, säuberte, servierte im Wohnzimmer mit dem Lächeln der vollendeten Kaffeekränzchengastgeberin.

Irritierend war das Benehmen von Laura. Natürlich Laura. Dieses Flittchen. Nie hätte sie das Frauenzimmer in ihr Haus gelassen, in Vaters Haus. Aber nun diente es einem höheren Zweck, und sie musste da durch:

Laura fummelte an dem frühreifen Jonas herum, der Friseure zu verabscheuen schien, aber auf Frauen stand, die zu alt für ihn waren. Als er den missbilligenden Blick seines Vaters bemerkte, setzte Jonas sich aufrechter hin, schob Lauras Hand weg.

„Papa, das mit dem Handy von Lauras Bruder, das war doch nicht so schlimm. Er wollte es mir nur geben. Ehrlich jetzt."

„Das hast du mir aber gestern ganz anders erzählt."

Celina war gleich klar, was ablief. Laura hatte den Sohn von Müller-Ahrendt um den Finger gewickelt und machte nun gut Wetter für ihren Tunichtgut von Bruder.

Es entspann sich eine Vater-Sohn-Diskussion, welche den Vater Nerven kostete, während der Sohn die Pose des Unverstandenen probierte und seinem Vater Vorhaltungen machte, wie ungerecht dieser seinen Sohn behandele und wie sehr der sich wünsche, endlich ausziehen zu dürfen, um das Leben in die eigene Hand zu nehmen. Natürlich sollte der Vater die Mietkosten für das kleine Apartment übernehmen, das sich der Sohn vorstellte.

Laura trank Tee und wartete ab.

Der Vater wollte die fruchtlose Debatte beenden. „Wir sprechen uns noch", sagte er dem Sohnemann. Die Anzeige gegen Max Goedeke würde er zurückziehen müssen. Ohne die Aussage von Jonas gab es keinen Beweis gegen den Hotelier. Das bedeutete aber auch: Adieu Titelgeschichte. Müller-Ahrendt fragte Celina: „Können wir uns irgendwo in Ruhe unterhalten?"

Celina konnte Müller-Ahrendt verstehen. Er würde froh sein, die Nervensäge von Sohn wenigsten für einige Minuten nicht sehen oder hören zu müssen. Ein Glück, dass sie keine Kinder hatte.

„Gehen wir nach oben", schlug Celina vor, „da habe ich eine Lupe für Geologen. Noch von meinem Vater. Wir gucken uns Ihre Schneekugel an."

In der Silbersackstraße stieg Julian Rosenfeld aus, verschwand im nächsten Hausflur.

Er verschnaufte. Es würde die richtige Adresse sein. Die Schmerzen im Rücken waren auf der Herfahrt stärker geworden, sie zogen nun bis in den Hinterkopf. In den Knien war er kraftlos, allein die Schritte über den Bürgersteig hatten die Reserven aufgebraucht, die er auf der Fahrt auf dem Rücksitz angespart hatte.

Einen Aufzug dürfte das alte Haus nicht haben …

Die Tür zum Treppenhaus war unverschlossen.

Den ausgeknockten Champ, den früheren Reeperbahn-Wirtschafter und ausgetricksten Malle-Gastronom: Ihn empfing eine Mischung aus Mauerschimmel- und Knoblauchgeruch, typisch für viele Häuser der zweiten Reihe des Viertels. Außerdem war es dunkel, die entglasten Treppenhausfenster zum Hinterhof waren mit Spanplatten dichtgenagelt worden.

Rosenfeld machte sich an den Aufstieg. Verbissen, sich alles abfordernd: Er ging es an wie einen *Zwölf-Runden-Kampf*. Das Leben hatte ihn gelehrt, sich keinen Illusionen mehr hinzugeben. Und dennoch weiterzumachen. Einen Fuß vor den anderen zu setzen.

Oben das verabredete Klopfzeichen.

Juna öffnete die Wohnungstür: „Danke, dass du gekommen bist, danke."

Sie umarmte ihn, er ging in die Knie, die Kraft war weg.

„Oh, mein Großer!" — Sie schleifte ihn hinüber zum Bett der trüben zwei-Zimmer-Mansarde, er half, so gut es ging.

Sie pflegte ihn, gab ihm zu trinken und Weißbrot, während sie sprachen. Er erklärte die Verletzungen mit einer üblen Straßenschlägerei, die zerschnittene Handfessel … ein missglücktes Sexspiel. Juna hob nicht mal die Augenbraue deswegen, sie würde sich darum später kümmern, meinte sie, irgendwo eine Metallsäge auftun.

Tarek hatte Juna aus dem Krankenhaus geholt und hierher gebracht, keine Erklärung gegeben, warum sie nicht zurück durfte in ihre Wohnung am Grindel.

„Ist nicht deine, ist meine", hatte Tarek nur gesagt und sie so angesehen, dass es besser war, keine Fragen zu stellen. Und vielleicht hatte sie schon zu viel gefragt, wusste zu viel, so dass Tarek … Sie hatte Angst, zitterte geradezu.

„Warum sollte er dir etwas antun, wa'?"

„Er hat es schon bei anderen gemacht."

„Er hat dich aus dem Krankenhaus geholt, hat dir eine Unterkunft gegeben."

„Und wenn er es sich anders überlegt?"

„Ach was." - Besser sagte er nicht, dass er selbst vor Tarek auf der Flucht war. Dass Tarek ihn in die Grindelwohnung gebracht hatte … wohl wegen Junas Eisenbett, um ihn da fesseln zu können. Das würde sie alles beunruhigen.

„Nur er weiß, dass ich hier bin. Er erwürgt mich." Sie steigerte sich da in etwas hinein.

Er sagte: „Jetzt hör aber auf."

„Und schiebt mich unters Bett. In den alten Koffer, der da liegt. Keiner merkt was, niemand vermisst mich."

„Ich würde dich vermissen."

Sie schenkte ihm einen dankbaren Blick aus ihrem kaputtoperierten Gesicht. Das im schummrigen Licht der *Ritze* anziehend war, ihn hier jedoch unter der Energiesparfunzel, die neben einer Dachluke aus blind gewordenem Glas hing, an einen Totenkopf erinnerte.

Juna entzündete sich eine superdünne Zigarette, trat ans Fenster und schaute auf das Teerpappenflachdach der Kneipe *Zum Silbersack*. Früher war das eine Kaschemme für Hafenarbeiter gewesen. Die Außenwände waren mit abwaschbaren Kacheln verkleidet wie ein Klo. Drinnen fanden Plauzen ihre Plörre, Huren ihre Freier. Heute jedoch verkehrten dort Hipster; die Plörre war abgeschafft, man schenkte eine eigene, geschmeidig schmeckende Biersorte sowie das gute, alte Astra aus.

„Ich muss hier weg", sagte Juna.

Rosenfeld konnte Juna verstehen. Auch wenn ihre Gründe die falschen sein mochten. Auch er wollte weg; und wer weiß, ob seine Gründe die richtigen waren. Wer war er, mit seinem kleinen Verstand über Lebensentscheidungen anderer zu urteilen, schon mit den eigenen war er überfordert.

„Lass uns packen", sagte er, „Ich helfe dir."

„Das würdest du tun?"

„Dafür hast du mich hergeholt."

„Aber ich wusste nicht, dass du so schwach —"

„Ach was, ich bin fit. Wieder fit. Von dir fitgemacht." Zum Beweis erhob er sich von der Matratze. Oh, die Schmerzen …! — Nichts anmerken lassen. „Los jetzt, wir packen unsere Sachen zusammen!"

Er zog mit übertriebenem Schwung den verstaubten Koffer unter dem Bett hervor, Juna kam mit Blusen, Unterwäsche.

„Wo gehen wir hin?", fragte sie.

Er klappte den Koffer auf.

Darin war Geld. Bündel mit Banderolen. Gestapelte Bündel. Bis an die Kofferränder.

„Moment mal", sagte Rosenfeld. — Hinterher ging ihm auf, dass in diesem Augenblick die Schmerzen von ihm abfielen. Morphium brauchte er nicht länger:

Das mussten Millionen sein.

Fertig verpackt. Lagen sie vor ihm. Sozusagen abmarschbereit.

In Celinas Wohnzimmer ermahnte Müller-Ahrendt seinen Sohn: „Du benimmst dich."

„Lass mich doch."

„Schaffst du das, auch wenn ich mal fünf Minuten weg bin?"

Der Teenager zeigte seinem Vater den Mittelfinger. Laura, die neben Jonas saß, schaute Celina an. Spöttisch. Triumphierend. Gleich würde sie wieder mit ihren Fingern Sachen machen. Bei Jonas. Das Flittchen kannte kein Schamgefühl.

Celina sagte zu Müller-Ahrendt: „Bitte, gehen Sie vor." Sie wollten nach oben.

Mochte doch der Schreiberling seinen Kopf hinhalten, falls Tarek da oben wartete. Das sagte sie Müller-Ahrendt natürlich nicht, blieb auf der Treppe fünf Schritte hinter ihm.

„Was ist denn hier passiert?", staunte er.

Sie trat nach ihm in Vaters Arbeitszimmer. „Oh. Das Telefon … ist mir runtergefallen." — Immerhin: Tarek schien verschwunden.

„Aha." Müller-Ahrendt glaubte ihr nicht. Das sah Celina ihm an.

Sie würde sich auch nicht glauben, wenn sie all die zersprungenen Plastikteile auf dem Teppich herumliegen sah. Das war mehr als ein *Herunterfallen*, das sah aus wie eine Explosion.

Einige Telefontrümmer schob Müller-Ahrendt mit der Fußspitze beiseite, fragte aber nicht weiter nach. Am Fenster holte er die Münze heraus.

„Ich muss die Lupe suchen." Sie zog die Schublade auf. Die entscheidende Schublade.

Gott sei Dank.

Das Gutachten lag an seinem Platz. Sie steckte es ein.

„Ach, wo ist sie denn …?" — Sie ging zu den Folianten. Seit 30 Jahren stand die Lupe hochkant in einem Pappschuber am rechten Ende der Buchreihe.

Es war eine große, gläserne Lupe.

„Darf ich …" Sie nahm die eingegossene Münze und drehte sie am Fenster hin und her. Der bedeckte Himmel war ideal zur Beurteilung der schimmernden Oberfläche.

„Wird bald dunkel, können Sie genug sehen?" Müller-Ahrendt wollte die Deckenlampe einschalten, Celina aber sagte, die Farbtemperatur des künstlichen Lichts würde stören.

„Was meinen Sie?", erkundigte er sich.

„Was soll ich meinen?"

„Was halten Sie von der Münze? Sie sind Geologin."

„Ist eine Silbermünze." Sie hatte keine Ahnung. Wie er schon sagte, sie war Geologin, keine Numismatikerin.

„Nicht wahr. Und das Wappen. Gucken Sie sich das Wappen an."

„Wo haben Sie die her?"

„Aus dem Penthouse." Er zeigte aus dem Fenster zu der hässlichen Wand vom *Imperial*. Fürchterlich, wie die Farbe da abblätterte. „Von Laura", sagte er.

Nannte das Flittchen beim Vornamen. Nicht Frau Goedeke, nein, *Laura*. Während sie weiterhin Frau van de Laar für ihn war. Na ja, alles andere hätte sie sich auch verbeten. Trotzdem, diese Laura … wickelte die den Journalisten auch noch um den

Finger? Erst den Sohn, dann den Vater … Fesch aussehen tat er ja, mit seiner Lederjacke.

„Wirkt doch alt, oder?", meinte er, „läuft schon an, so schwarz. Da am Rand."

Meine Güte, sie war auch keine Archäologin. Der Taler sah alt aus, klar. Mehr gab es da nicht zu sagen. Das Ding war in Plexiglas eingeschlossen: „Sieht alt aus, ja."

Müller-Ahrendt blieb begeistert. Worüber auch immer.

Konnte ihr egal sein: Celina hatte ihr Gutachten, sie musste hier raus.

Müller-Ahrendt sagte: „Laura hat mir ihre Familiengeschichte erzählt."

Meine Güte, dachte Celine. Sollte sie sich nun ernsthaft die Familiengeschichte des Flittchens anhören?

„Laura Goedeke", sagte Müller-Ahrendt.

„Ja. Sitzt unten."

Er wiederholte: „Laura *Goedeke*."

Was wollte er? Sie gab ihm die Münze zurück.

„G O E D E K E", wiederholte er, als wäre gerade Leerlauf bei ihm im Hirn, „klingelt da nichts bei Ihnen?"

Sie fand, er wurde impertinent. Stand dicht, redete auf sie ein. In kurzen Sätzen, als wäre sie begriffsstutzig. — Der Mann hatte eine schlechte Kinderstube. Vielleicht wurde man so bei diesen Revolverblättern. Wurde ein Schmierfink. So hatte Vater es manchmal gesagt. „Alles Schmierfinke", meinte er, wenn sie seine Forschungsergebnisse unbeachtet gelassen hatten und stattdessen unwichtiges Zeug druckten. Ignoranten und Schmierfinken. Ja, das sagte er.

Celina lächelte. Der liebe gute Vater. Sie vermisste ihn.

„Ah, jetzt erinnern Sie sich. Ich wusste es." Müller-Ahrendts Augen leuchteten. Er hielt den Moment für gekommen, ihr seine Idee näherzubringen. War ihm im Penthouse gekommen. Deswegen war er hier.

„*Goedeke*, so hieß der Freund von Klaus Störtebeker."

„Dem Piraten?"

„Genau."

„Seit 600 Jahren tot."

„Oder so." Müller-Ahrendt ließ sich nicht irritieren. „*Goedeke Michels* hieß er. Wurden hier in Hamburg geköpft, Goedeke und Störtebeker. Nachdem sie ihren Schatz vergraben hatten." Er zeigte ihr die Münze wieder vor. „Der nie gefunden wurde. Bis jetzt nicht."

Celina hörte Müller-Ahrendt zu, wie er seine Idee entwickelte. Unwillig zunächst, genervt … dann milde interessiert … nein, Leerlauf zumindest herrschte bei Müller-Ahrendt nicht. Immer auf der Suche nach der nächsten Story. Das musste sie zugeben. Sie konnte ihre Meinung über Menschen ändern, wenn sich neue Gesichtspunkte ergaben, und das war schon amüsant, was er ihr da erzählte. Es war eine Spinnerei, die Spinnerei eines fantasiebegabten Journalisten. Vielleicht aber ließ sich darauf etwas entwickeln? Durchaus etwas Größeres? Wenn auch nicht so groß, wie er dachte —

„Hören Sie zu? Störtebeker. Verstehen Sie? Goedeke, Schatz, Silber!"

Sie trat einen Schritt zurück. Er kam ihr zu dicht. Aber sie würde trennen zwischen Person und Idee. Die Person war aufdringlich, die Idee war … man würde sehen.

„Das wird eine ganz große Sache", ereiferte er sich, „Ich sehe schon die Titelzeile. Ach was. Die Titelzeilen, mehrere … 5 Tage in Folge auf Seite 1." Er holte Atem:

„Von Stefan Müller-Ahrendt. Verstehen Sie? Steht da drunter." Der Arm machte eine ausladende Bewegung, um ihr darzustellen, wie sein Name unter solchen Überschriften mit großen Lettern wirken würde, und er hatte feuchte Augen, so sehr war er von sich selbst und seiner künftigen Größe beeindruckt.

Max und Sascha standen vor der Tür von Sebastian Nielsen. Genauer gesagt vor der Pforte. Das Haus blieb unsichtbar. Eine clever geplante, kurvige Parkvorfahrt und Edeltannen schotteten den Bau ab.

„Da war doch früher ein Schild", sagte Max.

Unter dem kupfernen Klingelknopf zeichnete sich ein helles Quadrat ab mit vier Dübellöchern in den Ecken. Bis vor kurzem mochte da ein Schild gehangen haben. Rundherum war der weiße Maueranstrich mit den Jahren schmutzig geworden.

Max wollte den Klingelknopf drücken, doch Sascha sagte: „Moment!" — Er drückte das Tor, es war unverschlossen und öffnete sich.

Die Freunde marschierten die Vorfahrt hinauf. Die Tannen wichen, und ein Stadthaus im heute verpönten Stil der 1930er-Jahre wurde sichtbar. Nichts war verändert, kein Styropor vor die Rauputzfassaden geklebt worden. Um solch einen Bau warm zu halten, brauchte man tiefe Taschen; die Heizung würde winters Hektoliter von Öl verfeuern und dem Gott der Nachhaltigkeit Tränen in die Augen treiben. Bei all dem Ruß und Schwefel, den der Schornstein ihm entgegen bliese.

„Wirklich nett", meinte Sascha.

„Wow", Sascha betätigte den Klopfer, „hat Stil und zeugt von Charakter."

Sie warteten. Nichts tat sich.

Sascha klopfte erneut, lauter.

„Jetzt bewegt sich was."

Einiges sollte sich bewegen …

Die Tür schwang auf. Barbara Irgendwas stand im Morgenmantel da, wollte hastig und langnagelig den Ausschnitt verkleinern, verhedderte sich in Rüschen: Teile der Auslage verrutschten.

„Oh", sagte Barbara mit Augenaufschlag.

„Ah, mmmh", meinte Max, „wir wollten bloß …" Die Auslage wurde geordnet. Leider. „… Wir wollten, also den Sebastian wollten wir sprechen."

„So, das wollten sie —"

Max bemerkte seine auslagenglotzende Unhöflichkeit, stabilisierte den Blick und schob nach: „Natürlich wollten wir auch Sie begrüßen."

„Alle beide? Sie wollen mich alle beide …", sie machte eine Pause, befeuchtete die Lippen. „… begrüßen?"

Max und Sascha schauten sich an. Wie meinte Barbara das? — Sie brachte die Herren durcheinander. Ihr Bein kam zum Vorschein, im Schlitz des Morgenmantels. Rosig, weich und fest zugleich. Betörend.

„Kommen Sie doch herein. Alle beide. Ist kühl. Begrüßen Sie mich."

Im Flur hingen kostbare englische Stiche, welche geschmackvolle Gartenlandschaften aus längst vergessenen Jahrhunderten zeigten.

„Ist Ihr …", Max stockte und überlegte, ob er Nielsen als Chef, Liebhaber oder Lebensgefährte zu bezeichnen hatte, „… ist Ihr Chef nicht da?"

„Wie hätten Sie es denn gern?"

Max ließe sich auf keine Zweideutigkeiten mehr ein. „Wir wollten ihn sprechen."

„Sie enttäuschen mich." Augenaufschlag, geöffnete Lippen. - Die legt es drauf an, dachte Max. Und er dachte: Jetzt oder nie.

Er war alleinstehend. Er war nicht schwul.

Nein, Bertie, er hatte auch keine Probleme mit Frauen. Und Barbara war äußerst aufgeschlossen, sah fantastisch aus. Wenn er nun fünf Minuten von den verbleibenden 4,5 Stunden abzwackte. Der Herrgott, falls es ihn gäbe, würde es nicht mitbekommen. Oder verzeihen. Max war auch nur Mensch.

Max zog Barbara Irgendwas zu sich heran, spürte die weiche Wärme. —

„Was machen Sie da, Herr Goedeke?!"

Nielsen stand plötzlich im Raum. Mit Rasierschaum an den Backen, ansonsten so wie Gott ihn schuf. Gott hatte da keinen besonders guten Tag gehabt.

Max ließ ab von Barbara, zuckte geradezu zurück, als würde die Frau unter Hochspannung stehen. Tat sie ja auch.

„Ich … äh … ich …"

So äußerte sich Max. Das war seine ganze, durchaus verbesserungsfähige Verteidigungsstrategie gegenüber dem gefühlt gehörnten Architekten. Max variierte die Stammeleien noch, was sie nicht effektiver machte. Auch Sascha war keine Hilfe dabei, das zu entschuldigen, was nicht zu entschuldigen war. Kurz: Die beiden Möchtegernmillionennachfrager flogen raus.

Beim Rückzug versuchte Sascha, Konversation zu betreiben. Er wollte nicht einsehen, dass nichts zu retten war.

„Warum ist an der Pforte Ihr Schild ab?"

„Wegen der Flüchtlinge", schnappte Nielsen. „Nebenan ist ein Flüchtlingslager. Die reißen hier bei den Nachbarn alles ab, was aus Kupfer ist. Dachrinnen, Blitzableiter, alles. Brechen bestimmt auch bald bei mir ein. Aber da seid ihr beiden denen ja noch zuvor gekommen —"

„Aber wir sind doch nicht eingebrochen."

„Nehmt mir meine Frau weg!", ereiferte sich Nielsen, zog Barbara zu sich. — Die aber zickte:

„Ich bin nicht deine Frau! Ich mach, was ich will, Potti!" Und Peng! Barbara knallte Sebastian „Potti" Nielsen ihre Hand ins Gesicht. Rasierschaum spritzte gegen die schönen englischen Stiche. „Machoschwein!", keifte Barbara.

„Max, besser wir gehen jetzt", empfahl Sascha.

Sie eilten zur Pforte. Hinter ihnen, in der Dreißiger-Jahre-Haustür stehend, zeterte Nielsen: „Das Tunneltal könnt ihr vergessen! Mit euch mach ich so was nie im Leben! Mir versuchen die Barbara auszuspannen — pah!"

„Um mehr über die Münze sagen zu können, müsste man das Ding aufsägen", erklärte Celina. „Ich meine das Plastik drumherum."

„Tun Sie es", schlug Müller-Ahrendt vor.

Sie standen noch oben im Arbeitszimmer am Fenster, und Celina meinte:

„Die Sachen dafür sind aber im Institut."

„Wunderbar! Machen wir es da. Mit Fotograf. Allen Schikanen.

Publicity! Verstehen Sie, Publicity ist alles bei so einer Sache."

„Und wenn's was anderes ist? Ich meine, wenn es nichts mit Störtebeker zu tun hat? Die Münze könnte auch von irgendeinem Otto oder Ludwig sein. Also aus späterer Zeit."

Müller-Ahrendt hob beschwichtigend beide Hände. „Ich beeinflusse Ihre Expertise nicht. Ich berichte nur."

„Wenn's aber aus der Zeit von Störtebeker wäre ..." Sie ließ den Satz unvollendet, wollte hören: Was wäre dann, was stellte der Herr Journalist sich vor?

Die Augen von Müller-Ahrendt begannen wieder zu leuchten. „Ihre Auftragsbücher werden sich füllen. BILD würde Dauerkunde. Sie werden *BILD-Expertin*. Köhnlechner haben wir groß gemacht ... kennen Sie nicht? Aber den Bohlen ...", Celina nickte, Müller-Ahrendt sagte, „... das kann der Beginn einer wundervollen Freundschaft zwischen uns werden."

Sie dachte: Das Eisen ist heiß, der Mann ist ja geradezu betrunken von seiner eigenen Begeisterung. Sie wollte das Glück herausfordern, etwas riskieren. Natürlich würde er nein sagen, aber das machte nichts, er würde über ihr freches Ansinnen hinwegsehen, da er unbedingt diese Störtebeker-Sache durchziehen wollte.

„Ich hab da eine Hypothek", sagte sie, „auf die Villa hier. Mit der nächsten Rate ist es schwierig. Mit denen danach erst recht ..."

„Gar kein Problem, liebe Frau van de Laar." Er zückte das Handy. „Ich muss nur einmal kurz Rücksprache halten, mit meinem Chefredakteur."

Sie war sprachlos. So einfach erschien plötzlich alles.

Müller-Ahrendt tippte, hielt inne, sah sie durchdringend an.

„Wir sind uns doch einig?"

Aber so was von, dachte Celina.

„Ja, das sind wir." Einmal im Leben auf der Überholspur fahren. Zu den richtigen Kreisen gehören, wie Vater es früher getan hatte. Ihr waren sie bisher verschlossen geblieben. Bis jetzt gerade.

Rosenfeld fragte Juna: „Woher wusstest du von dem Koffer?"

„Hab ihn nur gesehen. Ihn gar nicht rausgezogen, nicht reingeguckt."

Das stimmte, der Staub ohne Fingerspuren auf dem Koffer bewies es. Rosenfeld fragte: „Du guckst unters Bett, einfach so?"

„Bevor ich mich reinlege? Immer. Ist sicherer."

Er fragte nicht weiter nach. Dahinter konnte sich eine interessante Hurengeschichte verbergen oder ein Kindheitstrauma. Auf Trauma hatte er keine Lust.

Rosenfeld und Juna hatten den Mansardenfund gezählt. Es waren *10,65 Millionen* Euro. Vielleicht hatten sie sich etwas verzählt. Zum Schluss ließ die Konzentration nach, und Rosenfeld fragte sich, warum sie die Scheine gezählt hatten. Es war ein Reflex gewesen, nein … ein Rausch war es gewesen.

Nun war er müde. Müde und satt. Zählen strengte an, Millionen machten zufrieden.

Sich wieder auf die Matratze zu legen, Juna an seiner Seite. Das konnte er sich vorstellen. Die Lampe ausmachen und die Augen zu.

So wäre das Leben einfach. Schön. Wenn man mit einem Millionenkoffer unter dem Hintern und einem netten Mädchen im Arm schlief.

Aber so einfach war das Leben natürlich nicht. Wusste er. Da stimmte er nun mit Junas Ansichten überein:

Sie mussten hier weg. Und zwar, bevor Tarek auftauchte. Die Millionen würden sie mitnehmen. Blöd waren sie ja nicht. Die Millionen. Und Juna. Und er selbst auch nicht.

Das Leben, wenn er zurückblickte, hatte daraus bestanden, nach Geld zu jagen. Nie war genug da und jeder wollte davon abhaben, sobald er nur ein wenig davon ergattert hatte. Hier aber … hier und jetzt, das war so viel … das reichte. Für immer reichte das und für Juna dazu. Sie hatten es zählen müssen. Es war das pure Glück.

Außerdem hätten sie sonst nicht gewusst, wie geteilt werden musste.

„Aber jetzt", sagte Rosenfeld zu Juna und das in einer so weisen Tonlage, wie er nur konnte, „jetzt muss der Verstand eingeschaltet werden."

Wie unzufrieden er mit seinem war, brauchte Juna nicht zu wissen. Er würde sich anstrengen und das würde reichen. Mit viel Geld wurde auch vieles leichter. Was man nicht hatte, kaufte man. Oft genug hatte er das gesehen. Bei den Kiezbossen, bei den Freiern, bei den Huren, die von ihrem sauer Verdienten die verrücktesten Sachen anschafften. Möpse, Haarverlängerungen, Schiffsbeteiligungen. Klunker-Katrin hatte er gefragt, was Schiffsbeteiligungen wären. Sie wisse es selbst nicht, antwortete sie, nur: Hinterher, so habe Herbert ihr gesagt, könne man sich davon mehr Klunker kaufen. — Das war doch wirklich verrückt.

„Zuerst müssen wir weg hier, wa'", erklärte Rosenfeld. „Tarek kann jeden Moment auftauchen."

Juna leuchtete das unmittelbar ein. Sagte sie. Das hatte sie ihm ja schon vor einer Stunde vorgeschlagen. Aber das sagte sie ihm wiederum nicht. Vor einer Stunde hatte er noch gemeint, sie würde sich in etwas hineinsteigern. Aber wenn man auf einmal 10,65 Millionen besaß, dann bekam auch ein Mann eine klarere Sicht auf die Notwendigkeiten.

„Teilen tun wir hinterher", entschied der weise Rosenfeld.

Juna war nicht überzeugt.

„Wir haben keine Zeit dafür, Juna. Außerdem, willst du das schleppen?"

Sie wandte ein, der Kräftigste wäre er gerade auch nicht. — Die Bemerkung aber hätte sie besser gelassen, seine Champ-Ehre war gekränkt:

Er baute sich vor ihr auf, ein in der Tat immer noch eindrucksvolles Mannsbild. Hob den Koffer, angeblich mühelos.

„Abmarsch", kommandierte er.

Vor der Mansarde gab er den Feldherrn mit Überblick.

„Das Licht lassen wir aus", sagte er, „um keine Aufmerksamkeit zu erregen." Dann zeigte er nach oben. „Guck du da, ob die Luft rein ist." Das kannte er: Dass sich böse Jungs weiter oben verbargen, um einem in den Rücken zu fallen.

„Da ist nur das Dach, sonst nichts", gab Juna zu bedenken.

„Trotzdem", beharrte er, „ich gucke unten."

Lautlos, den Koffer in der Hand, begann er den Abstieg. Juna trollte sich, nahm die drei Stufen hinauf, drückte die rostige Klinke der schmalen Tür, die ansonsten nur dem Schornsteinfeger als Dachzugang diente.

Rosenfeld nutzte ausgiebig den Handlauf. Denn: Verdammt war das duster. Bloß nicht stolpern jetzt. Ganz schön peinlich wäre das gegenüber Juna. Wenn sie ihn herunterpoltern hörte. Wenn ihm gar noch der Koffer aufspränge.

Er kam auf dem zweiten Treppenabsatz an und verschnaufte. Gleich war es geschafft, noch eine Etage bis zum Erdgeschoss.

Aus dem Dunkel sprach ihn eine Stimme an:

„Julian Rosenfeld? Sind Sie doch?"

„Ähh ..."

„Wissen Sie Ihren eigenen Namen nicht?"

„Doch, doch."

„Was kein Wunder wäre. Wenn Sie nicht sicher wären mit Ihrem Namen. Julian Rosenfeld ist es nämlich nicht. Der Name existiert nicht. Zumindest nicht bei der Meldebehörde."

Rosenfeld bemühte sich, im Dunkeln sein Gegenüber zu erkennen. Würde er plattmachen, den Großsprecher. Mit der Faust würde er den plattmachen. Die war im Ring ein gefürchteter Dampfhammer gewesen. Hatte später auch in diversen Etablissements für Ruhe gesorgt. Rosenfeld brachte sich in Position und knurrte: „Wer sind Sie denn?"

„Cordt Möller. Oberkommissar."

„Oh."

Der Möller hatte was Schwarzgraues in der Hand. Sah Rosenfeld jetzt. Vielleicht eine *Glock*? Im Treppenhausdunkel schwer zu beurteilen. Rosenfeld steckte seinen Dampfhammer lieber weg. Dann würde auch die abgetrennte Handschelle nicht gleich ins Auge fallen.

„Sie wollen verreisen?", erkundigte sich Möller, „Ich meine wegen des Koffers da. Ich glaube, Ihre Reisepläne müssen Sie verschieben."

Kapitel 9

„Unten ist es so ruhig?“, schöpfte Müller-Ahrendt Verdacht, „da muss ich nachschauen.“

Celina folgte ihm. Was Jonas und Laura auf der Couch wohl anstellten? Na, eigentlich war klar, was sie da machten. Aber ihr konnte das egal sein. Sie hatte das Gutachten, sie hatte blendende Aussichten ... Was Müller-Ahrendt ihr für Möglichkeiten aufgezeigt hatte ... So schnell konnte sich alles wenden. Nur Tarek konnte noch irgendwo im Haus herumschleichen.

Rüde zog Müller-Ahrendt die Fummlerin Laura von der Couch ... quer durchs Wohnzimmer, über den Flur, in die Toilette, knallte die Tür hinter ihnen beiden zu.

„Sie lassen meinen Sohn endlich in Ruhe“, herrschte er die verschreckte Laura an.

Sie patzte zurück. „Wenn Sie meinen Bruder in Ruhe lassen.“

„Ich habe kein Interesse mehr an Ihrem Bruder.“

Laura war überrascht. „Ist das versprochen? Sie lassen Max in Ruhe?“

„Versprochen.“

„Echt?“ Sie hielt dem Journalisten die Hand hin. „Hand drauf?“

Er schlug ein. Sagte dann: „Ich meine die Sache mit dem Handy von meinem Sohn. Da lass ich Max in Ruhe. Das habe ich doch vorhin schon versprochen.“

„Gibt’s noch was anderes?“ Laura war auf der Hut. „Haben Sie noch was anderes, womit sie ihn quälen können?“

„Doch nicht quälen.“ Er holte die Münze hervor.

„Das ist unsere!“ Sie schnappte sie ihm weg. „Wo haben Sie

die her?"

„Haben Sie mir doch gegeben."

„Doch nicht, damit Sie sie stehlen."

„Hab ich doch gar nicht. Hab ich Ihnen gerade zurückgegeben."

„Blödsinn."

„Hören Sie zu. Ich hab da eine Idee. Wegen der Münze."

„Die kriegen Sie aber nicht. Gehört unserer Familie."

„Soll sie doch auch. Das ist doch der Witz. Hören Sie mir jetzt zu? Bitte."

Er erzählte ihr, was die Geologin Celina van de Laar —

„Etwa diese alte, vertrocknete Jungfer?!"

... was Celina van de Laar herausgefunden hätte. Dass Lauras Münze, also die Münze ihres Vaters, Großvaters, Urgroßvaters, dieses Erbstück, aus dem Schatz von Klaus Störtebeker stammen könnte.

„Dem Piraten?", fragte Laura.

„Möglich wär's schon. Wie heißen Sie?"

„Wissen Sie doch."

„Sagen Sie es."

„Laura Goedeke."

„Goedeke war der beste Freund von Störtebeker. Irgendwo auf der anderen Seite der Elbe soll Störtebeker seinen Schatz vergraben haben. So geht die Sage seit Jahrhunderten."

„Wir haben da ein Grundstück."

„Was?!" Das wurde ja immer besser.

„Glaube ich."

Laura machte eine Pause. Man sah, wie in ihrem Kopf der Denkapparat anlief. Nun schnell auf Touren kam.

„Meine Mutter erzählte früher davon. Von diesem Grundstück.

Irgend so ein *Grauer Ort*."

Max und Sascha fuhren stadteinwärts, diesmal über die Autobahn.

Max stellte fest: „Das war ein Reinfall."

„Du hast es verbockt."

Sascha hatte Recht. Aber das auch gegenüber dem Freund auszusprechen, fiel Max schwer.

Der Geländewagen schoss an der IKEA-Abfahrt vorbei.

„Du hättest dort runter gemusst", sagte Max.

„Hast du im Hotel 7,5 Millionen liegen?"

„Wie meinst du das?"

„Da brauchst du nicht hin, Max. Da ist nichts, was deine Probleme löst."

Dort war Emmy. Max musste jetzt an Emmy denken. Wie hatte er bloß so auf Abwege geraten können. Die Karre so in den Dreck setzten können. Mit Barbara, dieser Furie. Er verstand das nicht. Er verstand sich selbst nicht. So was würde nie mehr vorkommen.

Sascha sagte: „Nichts, was uns weiterbringt. Oder glaubst du, Paul wird uns retten?"

Kein Tunneltal, dachte Max, weil ich es vermurkst habe. Das hieß dann auch: kein Reschke. Kein Kontokorrent der Bodenkredit. Alles kam wieder ins Rutschen. Und dann noch Rosenfeld und seine Millionen, die er sich erträumte. Als wäre Max ein Krösus und hätte das Geld irgendwo gebunkert, im Whirlpool vom Spa oder so. Dieser Journalist Müller-Ahrendt konnte ihn mit einer Story zugrunde richten. — Ach ja, Möller. Fahndete nach ihm. Kam es auch nicht mehr drauf an.

Alles hinter sich lassen. Sascha anhalten lassen. Aussteigen. Mit Emmy in den Osten reisen. Irgendwohin. An die See. Heringsdorf, oder weiter nach Polen. Nach Estland. Tallinn war schön. Da kannte ihn keiner. Niemand würde ihn dort vermuten. Nur weiße Strände und einfache Menschen und dort den Rest des Lebens verbringen. Das Leben entschleunigen.

Aber Sascha beschleunigte … „Wir fahren zu Elias", sagte er.

„Was?!" — Dem Verflossenen von Laura? Der ihr Heirat und Kinder versprochen und sich dann davon gemacht hatte? So war es doch gewesen … Max erinnerte sich nicht genau, was Laura ihm vorgestern Nacht ins Ohr genuschelt hatte. Nach ihrem verrückten Auftritt. Das schien alles so lange her zu sein, so weit weg. Nicht mehr wichtig.

„Zu Elias?", Max schloss die Augen. „Den habe ich nie gesehen. Hat Laura nicht vorgestellt. Ich weiß nicht mal, was der macht."

„Ich auch nicht. Nicht genau. Aber ich weiß, wo er arbeitet. Und dass er Geld hat. Das genügt im Moment. Oder willst du nachher bei der Übergabe mit leeren Händen dastehen?"

Ist schwer, jetzt auszusteigen, dachte Max. Wenn man einmal drin saß im Leben, dann sauste es mit einem davon.

Max hatte Mühe, die Augen geschlossen zu halten. Das war anders als auf der Hinfahrt zu Nielsen. Da hatte er eine nachsaunawohlige Mattigkeit gefühlt. Die war weg; Max kam sich vor wie überdreht, er war müde und gleichzeitig voller Adrenalin oder was auch immer einen davon abhielt, zur Ruhe zu kommen. Er löste sich von der Kopfstütze und öffnete die Augen:

„Wieso hat Elias Geld?" — Sie waren schon in der Innenstadt.

„Er hat sein Büro gegenüber vom Rathaus. Er ist Berater.

Männer mit der Kombination haben ein Problem", sagte Sascha. „Nicht damit, Millionen zu verdienen. Sondern das Geld auszugeben."

Sascha kurvte auf den Jungfernstieg, bremste die autobahnknisternde Maschine auf Schritttempo. Seitdem Jungmänner mit V8-Boliden Hamburgs Vorzeigestraße zur Rennstrecke umfunktionierten, kontrollierte die Polizei die Geschwindigkeit.

„Da könnten wir Elias doch helfen", sagte Sascha, „beim Geldausgeben."

Das war mal eine korrekte Idee, musste Max zugeben und die Unternehmungslust kehrte zurück. — Sascha, sein Goldjunge mit den tollen Einfällen. Er würde ihn am liebsten küssen wollen.

„Wessen Millionen sind denn das?", fragte Möller.

„Meine, wa'!", behauptete Rosenfeld.

„Aha. Nehmen wir an, es wären nicht Ihre. Behalten können Sie sie sowieso nicht. Sie sind nicht Julian Rosenfeld. Das Geld wird eingezogen, bis Ihre Identität geklärt ist."

Oberkommissar Möller und Rosenfeld saßen auf der Rückbank eines Peterwagens in der Silbersackstraße. Vorn auf dem Beifahrersitz saß schweigend ein Kollege von Möller, der sich knapp als Kommissar Vered vorgestellt hatte und eine bemerkenswert kreisrunde, kahle Stelle im Haupthaar aufwies. Rosenfeld fand, der Mann sah aus wie ein Prälat.

Aufgeräumt meinte Möller: „Aber machen wir es nicht kompliziert. Was meinen Sie, wessen Geld es sein könnte?"

„Keine Ahnung", sagte Rosenfeld.

„Meinen Sie nicht, dass dieser Koffer vermisst wird?" Möller wischte über den Staub des Millionenkoffers, den eben noch Rosenfeld die Treppe heruntergetragen, und den Möller sich jetzt auf die Knie gelegt hatte.

„Glaube ich nicht, wa'. Nicht so schnell jedenfalls."

„Gut. Dann werden wir folgendes machen." — Möller wollte, dass Rosenfeld all das schöne Geld zurückbrachte an den Platz, wo er es gefunden hatte, also unter das Bett schieben würde. Möller ließe einen Polizisten dort oben Posten beziehen. Der Polizist solle warten, bis der Geldbesitzer käme. „Außerdem werden wir inzwischen feststellen, wem die Dachwohnung gehört."

„Aber es kann Ewigkeiten dauern, bis der Besitzer vom Koffer kommt", gab Rosenfeld zu bedenken.

„Ach was, ich habe Kontakte. Einen Journalisten bei BILD. Wissen Sie, was passieren wird, wenn der Kofferbesitzer nicht innerhalb von drei Tagen dort oben auftaucht?"

„Nö."

„In der Presse wird eine Geschichte erscheinen. Eine Geschichte von einem Einbruch in genau diesem Haus da. In eines der oberen Stockwerke wird eingebrochen worden sein. Die Wohnung wird komplett ausgeräumt worden sein. Schlimme Sache."

„Aha."

„Innerhalb von 12 Stunden wird der Millionenbesitzer dort oben vorstellig werden. Da können Sie sicher sein." Möller lächelte zufrieden. „Also bringen Sie jetzt das Geld da hoch. Und mein Kollege Vered wird Sie begleiten. Mit ihm kommen Sie auch wieder zurück. Er wird darauf achten."

Sie hatten Juna nicht entdeckt. Hatten keinen blassen Schimmer von ihr. Rosenfeld war nun sicher, sonst wäre sie längst erwähnt worden. Juna würde schlau genug sein, sich auch jetzt, wenn sie wieder hochgingen, verborgen zu halten …

Die zwei Beamten und Rosenfeld stiegen aus, und Möller gab Rosenfeld den staubigen Koffer, der prall gefüllt war mit Fünfhundertern.

Rosenfeld überlegte, welche Möglichkeiten sich ihm angesichts von zwei bewaffneten Beamten boten. Die Situation war beschissen.

Aber nicht aussichtslos.

Gewalt würde wenig bringen. Er müsste mit Köpfchen arbeiten. Das war kaum seine Stärke. Aber wenn die Situation einen dazu zwang, dann strengte man sich gefälligst an und machte das Beste daraus.

Möller sagte: „Wenn Sie wieder hier sind, dann kümmern wir uns um Ihre Identität und Ihre Handschelle und so weiter, die ganze Routine." Möller klopfte Rosenfeld auf den Rücken.

Der biss die Zähne zusammen.

„Nanu, eine Verletzung?"

„Nicht der Rede wert."

„Kein Problem. Wir lassen das von einem Arzt untersuchen. Da bin ich sogar verpflichtet zu. Damit Sie mir nicht noch zusammenklappen. Das würde nur Ärger für mich bedeuten. Den will ich auf jeden Fall vermeiden, so kurz vor der Pensionierung. Ganz nach Vorschrift läuft das hier ab."

Wenn sie im Rücken die Forkenverletzung entdeckten … Blut nehmen würden … Das täten sie bestimmt.

Bei dem Gedanken wurde Rosenfeld heiß.

Schließlich war es gut möglich, dass sie die tote Theda Goedeke und den Spaten längst gefunden hatten. An dem Spaten wäre sein Blut. Dann würde die Polizei ihm schneller auf der Spur sein, als er *Piep* sagen konnte.

Vielleicht ahnte Möller schon etwas. Das war ein erfahrener Mann. Der hatte Spürnase. Das sagte Rosenfeld sein Instinkt.

Stefan Müller-Ahrendt war aus dem Häuschen. Wischte hin und her auf seinem Tablet, sprach Notizen hinein. Was für eine Geschichte entwickelte sich da vor seinen Augen. Laura mochte sie nicht erkennen, Celina nur die Umrisse begreifen. Aber vor seinem inneren Auge entfaltete sie sich in ihrer vollen Kraft und Herrlichkeit. Hatte alle Zutaten, die ein Auflagenknüller brauchte: Silbermünzen und einen vergessenen Schatz auf Hamburger Stadtgebiet, eine Hamburger Familie mit Luxushotel als Nachfahren von Piraten.

Und es gab keine Recherchehindernisse, denn alle würden mitmachen, da alle gewannen. Es war ein *Scoop*, sechs Richtige im Lotto.

Der Chefredakteur würde sich alle Finger danach abschlecken. Ein Bonus winkte, vielleicht eine Ressortleitung …?

„Würden Sie mich vorbeilassen?", fragte Laura.

„Ähh … natürlich." Er machte Platz. Eigentlich genug. Trotzdem streiften ihre Brüste seine Lederjacke.

Zufällig natürlich. Von wem der Zufall ausging, war unklar.

Auf jeden Fall waren die Dinger irgendwie elektrisch. Das spürte er. Vor allem weiter unten.

„Ich werde gleich meine Mutter anrufen", sagte Laura im Flur. Sie kramte nach dem Handy. „Auch ewig nichts von ihr gehört." Die Nummer versteckte sich in den Tiefen des Adressbuchs, war nicht aktuell … Laura fiel ein: „Mama ist jetzt im Kornspeicher."

„Kornspeicher", sagte Müller-Ahrendt, kam aus der Toilette heraus, „die Nummer hab ich."

Er wischte, gab Laura die Nummer, die er parat hatte, da er vor einigen Monaten eine Story über das Alten-Luxusresort gemacht hatte. Anlass war eine neue Bushaltestelle gewesen, der HVV hatte den Linienverkehr bis vor die Altenresidenz verlängert.

Im Wohnzimmer fläzte sich Jonas auf der Couch. Ihn kümmerte weder der Vater, der nicht kapieren wollte, dass er für seinen Sohn ein Apartment zu finanzieren hatte. Noch kümmerte ihn im Augenblick die scharfe Laura. Jonas daddelte auf seinem Smartphone.

Müller-Ahrendt sah sich um. „Wo ist Frau van de Laar?"

Jonas behielt den Blick fürs Wesentliche, das Daddelspiel; ohne vom Bildschirm aufzusehen sagte er: „Die Alte mit den komischen Klamotten?"

„Manche ziehen sich eben anders an", erklärte Müller-Ahrendt, „tolerant sein."

„Aber doch nicht so aus dem letzten Jahrhundert."

„Wo ist sie nun?"

„Weiß ich doch nicht. Rausgegangen. Außerdem stinkt das hier. Vielleicht ist sie deswegen raus."

„Weil du einen fahren lassen hast."

„Stimmt doch gar nicht!" — Jonas guckte seinen Vater ehrlich empört an, dann forschte er demonstrativ unter dem Sofa. Als ob da jemand sitzen und furzen würde. Müller-Ahrendt schaute entschuldigend zu Laura. Sein Blick sagte: Die Pubertät, kann man nichts machen.

Laura interessierten Vater-Sohn-Kabbeleien nicht, sie wollte einen Moment ungestört telefonieren und drehte sich weg. Freizeichen beim Kornspeicher. Der Gnom war dran.

„Iiiieh!", quiekte Jonas, holte eine faulige Kürbishälfte unter der Couch hervor. Würmer krabbelten darauf herum.

Und hinter Müller-Ahrendt rief Laura ins Handy: „Was?! Sie ist verschwunden? Was heißt das?!"

Gehörten der Jungfernstieg, der Neue Wall oder das Nedderfeld zu den guten Adressen, wenn es ums Geldausgeben ging, so gehörte die Schauenburgerstraße zu den feinsten Hamburger Adressen, wenn es ans Geldverdienen ging. In Fußweite zum Rathaus wurden in den oberen Etagen der altehrwürdigen Kaufmannshäuser die wirklich großen Geschäfte eingefädelt: Vor- und Nachbereitung von ratsherrlichen Stadtplanungen, Grundstücks- und Schifffahrtsgeschäfte.

Max und Sascha marschierten durch eine der Jugendstilschwingtüren, überflogen die Firmenschilder aus Messing neben dem mahagoniverkleideten Aufzug.

Sappenroth & Partner
Consultants

„Das ist er", sagte Sascha, „der Elias."

Max war wieder skeptisch geworden. „Er ist der *Ex* von Laura. Ich kann nicht Laura Vorwürfe wegen ihres Lebenswandels machen und dann ihren Abgelegten um Geld angehen."

„Du bist nicht in der Position, die Moral vor dir herzutragen, Max. Es geht ums Überleben der Firma. Und außerdem ist das letzte Wort bezüglich der *Trennung* noch gar nicht gesprochen …"

Sie fuhren nach oben. Max zeigte ein verdrießliches Gesicht.

„Max, du musst jetzt Firmenlenker sein. Oder umsatteln auf Pastor. Ich meine, wenn du auf Ethik und so 'n Kram stehst."

„Ich steh auf glückliche Gäste und heißen Kaffee."

„Vielleicht gibt's einen bei Elias." Sascha klopfte seinem Freund aufmunternd auf die Schulter. Sie stiegen aus. „*Showtime*, Max." —

„Wen darf ich melden?", fragte die Chefsekretärin mit einem Blick auf die beiden über ihre Goldrandbrille.

Max und Sascha nannten ihre Namen.

„Haben Sie einen Termin?"

„In 30 Minuten beim Bundespräsidenten", sagte Sascha. „Deswegen würden wir vorher gern noch mit Herrn Sappenroth sprechen."

„Da kommen Sie aber zu spät."

„Oh."

„Der ist seit drei Jahren tot."

„Aber —"

„Wir wollten zu Elias", sprang Max ein.

„Elias Nehlen meinen Sie? Den Kompagnon von Herrn Sappenroth?"

„Genau …"

„Aber mit dem haben Sie keinen Termin. Den haben Sie mit Herrn Sappenroth." Sie genoss ihren Sieg mit einem knappen Blick über den Brillenrand.

Max begann, die Kratzbürste zu mögen. „Eins zu Null für Sie."

„Sie gehen jetzt besser. Alle beide."

Sascha protestierte: „Aber —"

Sie fiel Sascha ins Wort. „Aber … Das Wort beherrschen Sie. Das habe ich begriffen. Lasse mir deswegen von Ihnen aber nicht länger die Zeit stehlen. Ich werde jetzt den Sicherheitsdienst rufen." Sie tippte auf ihrem Chefsekretärinnentelefon mit imposantem Kurzwahlerweiterungsmodul.

Sascha sagte: „Versuchen Sie es bei Elias mit einem Zauberwort."

„Bitte?"

„*Laura*. Sagen Sie ihm nur Laura, und wir gucken, was passiert."

Die Kratzbürste fand das interessant.

Sie drückte weitere Tasten. „Ja, Chef … hier sind zwei … nun ja, Herren. Ich sollte … Laura sollte ich sagen … Sie wüssten dann Bescheid?"

Die Doppeltür flog auf. Ein Mitdreißiger mit fliehender Stirn, kantigem Kinn und definierter Figur stürmte herein. Das Telefon hatte er in der Hand und fragte die zwei unangemeldeten Besucher:

„Was ist mit Laura?"

Dahinten parkte der Jaguar. Celina beschleunigte ihre Schritte, schloss auf, schwang sich auf den Fahrersitz. Es wurde nun schnell dunkel, und sie hatte nur noch den Abend, um die Übergabe der 7,5 Millionen zu organisieren. Aber sie war guter Dinge, zurzeit hatte sie einen Lauf, war unbemerkt aus dem Haus gekommen, Müller-Ahrendts Pläne, wie windig sie auch sein mochten, bedeuteten Publicity für sie und ihr Institut. Genau das, was Fritz ihr empfohlen hatte. Und jetzt würde sie

Rosenfeld befreien.

Eine halbe Stunde später hatte sie sich durch den Feierabendverkehr bis zum Grindel durchgekämpft. Sie fand einen Stellplatz am Straßenrand. Aber statt auszusteigen, schaute sie an der Fassade des ersten Grindelhochhauses hinauf.

Celina war unentschlossen. Als hätte sie ihre Energie auf der zähen Fahrt durch die Stadt verbraucht.

Mit sich selbst ungehalten zwang Celina ihre Hand schließlich auf den Türentriegelungshebel.

Aufmachen. Los.

Die Hand gehorchte. Wenn auch widerwillig.

Die Kühle kroch durch die Ritzen der Tür herein, und Celina zog sie wieder zu. Vielmehr: Ihre Hand schloss die Tür, ihr Verstand wollte aussteigen. Aber der Verstand unterlag. Das Unterbewusstsein war stärker.

Es warnte vor Tarek.

Dort oben wartete Rosenfeld angekettet an einem Eisenbett. Doch Celina sah sich nicht in der Lage, ihm zu helfen. Celina fühlte sich schrecklich. Was für ein schwacher Geist war sie.

Kurz bevor sie aus Junas Apartment geflohen war, hatte Rosenfeld sie gewarnt. „Sie sollten hier verschwinden", sagte er, sie hatte den Klang seiner Stimme noch im Ohr. Da wusste sie noch nicht, warum er die Warnung aussprach. — „Wenn er Sie sieht, wird er Sie zurichten wie mich." Rosenfelds Worte. Sie bezogen sich auf Tarek. Da war sich Celina sicher. Tarek selbst hatte es ihr gesagt. Er hatte Rosenfeld so zugerichtet und Rosenfeld hatte nur wenig preisgegeben. Letztlich hatte er sie nicht verraten.

Deswegen konnte sie ihn da oben nicht verrecken lassen.

Celina schaffte es, auszusteigen. Sie schaute sich um, ob Tarek zu sehen wäre. Die Autos brausten auf dem Grindelberg vorbei. Gegenüber bei Aldi war Hochbetrieb. Tarek konnte überall sein.

Celina hastete zum Hochhauseingang, dann aber ging es nicht mehr weiter. Sie schlotterte vor Angst. Diese mochte irrational sein, aber ihre Auswirkungen waren real.

Eine ältere Dame, die mit einer vollgepackten Einkaufstasche ins Treppenhaus kam, sprach Celina an, sie möge sich setzen, sie sehe aus, als kollabiere sie gleich.

Sie atmete tief ein und aus, stützte sich an der Wand.

Sich hier aufzuhalten, das war der denkbar ungünstigste Ort, sagte sie sich. War Tarek im Haus oder wollte er hinauf — hier kam er vorbei und würde sie sehen.

Eine andere Frau kam, dieses Mal aus der Aufzugstür, neben der ein Feuerlöscher hing. Sie beachtete Celina nicht, sondern verschwand nach draußen in die Dunkelheit. Celina hatte sie zunächst kaum wahrgenommen, war nicht mal sicher, ob die Frau Kopftuch getragen hatte oder nicht.

Kopftuch …?

Celina erinnerte sich an die Kopftuchfrau, welche oben bei Rosenfeld aufgetaucht war und Celina fast entdeckt hätte. Wenn Rosenfeld nicht geistesgegenwärtig „Hallo" gerufen und die Frau abgelenkt hätte, hätte sie nicht unbemerkt fliehen können.

Mit warmem Herzen dachte sie an Rosenfeld. Er war ein guter Mensch. Sie hatte wirklich falsch über ihn geurteilt und es war dumm gewesen, ihm sein Honorar vorzuenthalten, nur weil er Eigeninitiative entwickelt und das Telefongespräch mit Max ungeschickt abgewandelt hatte. Das hatte sie ja wieder hingebogen.

Hatte die Frau dann Rosenfeld ans Bett gefesselt gesehen, dann würde sie ihn befreit haben.

Da Celina dieser Gedanke kam, geschah etwas Merkwürdiges. Fand jedenfalls Celina.

Sie hätte erleichtert sein müssen. Bei dem Gedanken, dass Rosenfeld frei war. Dass jemand seine schrecklichen Male am Hals salbte.

Aber Celina verspürte keine Erleichterung. Sie dachte an die Frau. Ihr würde er dankbar sein.

Die Frau kam Celina vor, als wäre sie eine Konkurrentin.

Aber um was? Um was *konkurrierten* sie?

Celina dachte darüber nach.

Da war ein neues Gefühl in ihr. Das sie bisher nicht gekannt hatte. So, in dieser Form jedenfalls verspürte sie es das erste Mal in ihrem Leben. Das erste Mal war ein Mann derart wichtig, dass er dieses Gefühl auslöste.

Wohin mit den Millionen? — Nicht nur dieses Problem, welches Sascha bereits vermutet hatte, trieb Elias Nehlen um. Der Consultant hatte ein zweites Problem, welches ihn sogar mehr bedrückte.

Wie konnte er *Laura* zurückgewinnen?

Er hatte festgestellt, dass ein Leben ohne Laura möglich war. Nur lohnte sich so ein Leben nicht.

Das wollte Max ihm nicht ausreden. Obwohl er Zweifel hatte, ob Elias' mit seinen Ansichten richtig lag. Schließlich kannte Max seine Schwester runde 25 Jahre länger als Elias.

Andererseits: Max würde mit Laura nicht Tür an Tür, beziehungsweise Haut an Haut leben müssen. Elias wollte das auf sich nehmen. Und irgendwie konnte Max den Muskelmann im Anzug auch verstehen. Die leichtlebige, kapriziöse, verrückte Laura hatte etwas Anziehendes. Man spürte in ihrer Gegenwart, dass man lebte.

Max war weggedriftet vom Gespräch in Elias' schmuckem Büro. Als Max ins Hier und Jetzt zurückfand, merkte er, dass Elias und Sascha über Millionensummen plauderten und wie man sie am besten anlegte.

Ein Gebiet, auf dem Sascha sich auskannte, und er malte Elias aus, wie lukrativ eine Investition ins Stellmoorer Tunneltal sein könnte. 7,5 Millionen seien nötig und Elias wäre auch dabei. Die Rendite läge bei sagenhaften 7 Prozent und die Sicherheit bei 100 Prozent, da die Stadt garantiere. Die Haspa wäre auch mit im Boot, der Leiter Risk Management, Hartmut Reschke —

„Ah, das olle Graugesicht Reschke", unterbrach Elias, „ich kenne ihn. Guter Mann. Wurde ein paar Mal übergangen. Bleibt tapfer dabei."

... Reschke jedenfalls, so nahm Sascha den Faden wieder auf, habe das Projekt beim Vorstand so gut wie durch, die seien alle begeistert.

So, in Kurzform, dachte Max, hörte sich das alles gut an.

Zu gut vielleicht, deswegen würde Elias nicht einsteigen. Der hatte Erfahrung und ließ sich nichts vormachen, sonst wäre er nicht bis in die Schauenburgerstraße gekommen.

Doch Max sollte falsch liegen mit seiner Einschätzung ...

„Machen wir", sagte Elias knapp und bestimmt. „Ich bin dabei."

Max hatte Mühe, die Kinnlade zu halten. „Fan… Fantastisch —", brachte er hervor.

„Nur eine Bedingung."

Jetzt kam der Haken, dachte Max. Und richtig:

„Sie vermitteln zwischen mir und Laura. Ich meine, ich habe da einen Riesenfehler gemacht. Das weiß ich mittlerweile. Die Schuld liegt ganz bei mir. Es war dumm, was ich ihr vorgeworfen habe. Ich will es wieder gut machen. Wenn sie mich anhört. Könnten Sie da etwas für mich tun?"

„Machen wir!", versprach Sascha sofort, sah Max an.

„Ja", sagte Max, „ja, ok."

„Wie machen wir das … Finanzielle?", fragte Sascha. „Ich meine, soll ich die Kontonummer bei Ihrer Sekretärin lassen? Damit kein anderer Sie aussticht … deswegen müsste es schnell gehen." Sascha traute sich nicht zu sagen, wie schnell.

„Sie können es gleich mitnehmen", sagte Elias und zückte einen dicken Füllfederhalter.

Fasziniert schaute Max zu, wie die goldene Füllfederhalterspitze über das Scheckpapier flog.

Da Celina auf dem Rückweg zum geparkten Wagen über dieses neue Gefühl nachdachte – *Eifersucht* nannte man es wohl – da wurde ihr klar, warum sie nicht längst die Möglichkeit in Betracht gezogen hatte, dass Rosenfeld befreit sein könnte. Dass es sogar wahrscheinlich war: Er schmachtete nicht mehr ans Bettgestell gefesselt dort oben in Junas verspiegeltem Schlafzimmer.

Sie hatte nicht an diese Möglichkeit gedacht, da sie damit auch Gedanken an die Konkurrentin ausblenden konnte. Celina wollte Rosenfeld retten und niemand sonst sollte es tun, und deswegen hatte er gefälligst da oben auf sie zu warten. Doch diese verbogene Realität, die ihr Unterbewusstsein konstruierte, musste nicht mit der Realität da draußen übereinstimmen.

Celina griff zum Handy und rief Junas Festnetznummer an.

Sie ließ es lange klingeln. Aber niemand nahm ab.

Groß erschien die Uhrzeit auf dem Bildschirmschoner des Handys. Ihr blieben noch 3 Stunden bis zum vereinbarten Übergabetermin der Millionen. Sie hatte nichts organisiert, nichts erreicht.

Wäre er von dem Bettgestell befreit worden, von dieser … Konkurrentin, dann könnte er an sein Handy gehen, wo immer er war.

Sie tippte Rosenfelds Handynummer ein.

Rosenfeld meldete sich sofort:

„Hallo?"

Celina bekam eine Gänsehaut, da sie seine Stimme hörte.

„Hallo …?", wiederholte Rosenfeld.

Du musst etwas sagen, sonst legt er auf.

„Ich bin es", sagte sie, „Celina …" Der Nachname kam ihr nicht über die Lippen.

„Oh."

„Geht es dir gut?" Sie duzte ihn und es fühlte sich richtig an.

„Nun ja …"

„Ich weiß", sagte sie schnell, „ich weiß, ich habe mich falsch verhalten. Völlig falsch, als ich dir das Geld nicht gegeben habe, ich meine das Honorar, was dir zusteht."

„Das ist im Moment mein kleinstes Problem", sagte er.

„Ich habe ein so schlechtes Gewissen! Ich würde gern —"

„Moment …", unterbrach er und Celina hörte Knacken,

Knarzen, Rascheln. Dann eine Frauenstimme … was passierte da?

„Wo bist du?", fragte sie.

„Ich habe viel Blut verloren. Aber nun bin ich in guten Händen. Muss mich ein bisschen ausruhen."

Da kam sie wieder hoch: die Eifersucht. Celina wiederholte die Frage: „Wo bist du?"

„Im UKE. Ich werde gut versorgt, mach dir keine Sorgen … Celina."

Er nannte sie beim Vornamen, und Celinas Herz machte einen Sprung.

„Könnten wir wieder zusammenkommen?", fragte sie.

„Wie meinst du das?"

„Geschäftlich natürlich. Nur geschäftlich. Du könntest für mich arbeiten. Diese eine Sache da." — Was für einen Unsinn sie redete. Da sie seine Stimme hörte, war das Letzte irgendein Geschäft oder die Erpressung von Max, woran sie dachte. Max und Laura, der Hotelier, der ihre Villa plattmachen wollte und seine leichtlebige Schwester, die bisher im Zentrum ihres Denkens und Handelns gestanden hatten, sie wurden gerade so was von unwichtig.

Währenddessen sagte Rosenfeld etwas.

Was hatte er gesagt? Sie hatte sich mit Max und Laura beschäftigt, statt zuzuhören. Hatte er das wirklich gerade gesagt:

„Ich glaube, das ist keine gute Idee."

Hatte er das gesagt?

„Rosenfeld", sagte sie. „Rosenfeld!" — Sie wusste nicht mal seinen Vornamen, wie verrückt war das denn.

„Rosenfeld?"

Er hatte aufgelegt.

Es stand da unzweifelhaft, unterschrieben von Elias. Er hatte keine Sicherheiten, nur ihr Wort und Saschas Projektbeschreibung vom Tunneltal.

Das war wenig. Fand Sascha. Erstaunlich, dass Elias es bis hierhin geschafft hatte. Vielleicht fehlte ihm Kompagnon Sappenroth als Korrektiv.

Nach einem Grundbucheintrag hätte Elias fragen können. — Okay, Elias hatte die Zusage, dass Max und Sascha sich bei Laura für ihn einsetzen würden. Aber 7,5 Millionen dafür?

Geld war Geld und Liebe war Liebe. Das war Saschas Standpunkt. So hielt er es zum Beispiel mit Nele. Man sollte das nicht vermengen.

Max, der Glückliche, griff nach dem Millionen-Scheck — doch Elias zog ihn zurück, Max griff ins Leere.

„Sie können ihn haben", sagte Elias, „aber eines noch."

„Ja?" Die Hand noch gehoben, gierig nach dem Scheck zu schnappen.

„Ich brauche Sicherheiten."

Da war es also doch, dachte Sascha, und Max' Hand sank herab.

„Das Projekt ist noch im Werden", erklärte Sascha. „Wir können keinen Grundbucheintrag -"

„Das verstehe ich", unterbrach Elias, „vollkommen verstehe ich das. Ich dachte auch an etwas anderes. Was schnell und unkompliziert als Sicherheit dienen kann."

„Was immer Sie wollen", sagte Max.

Wenn ihm da mal nicht die Gier das Denkvermögen vernebelte …

„Das *Imperial*", sagte Elias.

„Was?!"

„Sie sollen es mir nicht verkaufen. Sie behalten es natürlich. Es ist von Ihrem Vater aufgebaut. Ich dachte an eine Erbpacht."

„Das ist verrückt."

„Auf 99 Jahre zum Beispiel. Ich würde Sie selbstverständlich als Hotelmanager einstellen."

Oha, dachte Sascha. Das war clever. Wenn Elias Laura heiratete, dann würde Max plötzlich Angestellter seiner Schwester und ihres Mannes sein. Und wenn es mit Laura doch nichts würde, hätte Elias immer noch das Hotel.

„Ich … ich …", Max sah den Scheck auf der Schreibtischunterlage liegen, „… ich muss es mir überlegen."

Elias räumte den Scheck in eine Schublade. „Völlig in Ordnung."

„Ich meine … nur ein paar Minuten. Lassen Sie mir ein paar Minuten."

„Natürlich."

Elias bat das Sekretariat um Kaffee. Max entfernte sich zur Toilette.

„Es ist schwer für ihn. Er braucht einen Moment", meinte Sascha. — Max würde es gerade den Magen umdrehen. Der hing über der Kloschüssel.

„Mein Angebot ist fair", sagte Elias. „Es ist völlig fair. Und er wird es machen. Weil er es einsieht." Elias drückte eine Taste. „Bringen Sie zum Kaffee … ja, ich weiß, er läuft durch … bringen Sie auch gleich das Formblatt III/C … ja … Erbpachtvertrag." Zu Sascha gewandt sagte er: „Wissen Sie, dass Sie Ihr Projekt sehr gut vorgestellt haben? Sie versprachen mir 7 Prozent Zinsen. Das ist lukrativ, aber durchaus darstellbar. Hätten Sie 10 Prozent gesagt — ich hätte Ihnen nicht weiter zugehört und Sie beide gebeten, das Haus zu verlassen."

Kaffee und mit kleiner Schrift bedruckte Blätter wurden gebracht.

Die Männer tranken, dann fuhr Elias fort: „Wir machen da eine Zusatzklausel hinein. Wenn Max die 7,5 Millionen innerhalb eines Jahres zurückzahlt, wird die Erbpacht hinfällig. Das heißt, er kann zurücktreten, muss es aber nicht. Ich würde mich sogar darauf einlassen, die Erbpacht erst in einem Jahr beginnen zu lassen, so würde sich zunächst für sie beide rein gar nichts ändern."

Sascha hörte nicht zu. Auf seinem Handy war eine Nachricht erschienen. Von Nielsen.

„Das ist äußerst großzügig", sagte Elias, „Ihr Boss wird darauf eingehen."

„Ja … ja … Ich müsste eben telefonieren, darf ich?"

„Aber selbstverständlich."

Wie lange wollte Max auf der Toilette bleiben? Sascha ärgerte sich. Sie waren hier, den Deal ihres Lebens zu machen, und jetzt ließen sie den Mann mit dem *7,5-Millionen-Scheck* allein in seinem Büro. — Sascha stand im Treppenhaus mit Handy am Ohr, Max war im Klo verschwunden — Himmel, was machte der da so lange …?

„Was ist los, Nielsen? 30 Sekunden. Ich bin in einer Besprechung."

„Vorhin … ich war da vorschnell. Ich meine, dass mit Barbara … Sie hat mir erzählt, wie das gelaufen ist. Zwischen ihr und Max. Ich habe die Situation missverstanden."

Sascha fragte sich, was es da misszuverstehen gab. Max hatte sich an die leckere Barbara rangeschmissen, war gerade im Begriff gewesen, sie zu vernaschen, als Nielsen auftauchte.

„Das ist sehr interessant. Ich werde es Max ausrichten."

„Das werden Sie für mich tun?"

„Selbstverständlich. Aber jetzt muss ich zurück in —"

„Ich mache es."

„Was machen Sie?"

„Ich besorge das Tunneltal für Sie."

„Das ist sehr nett, aber -"

„Alles, genau wie Sie es wollten. Baugenehmigung, Pläne, Bauleitung, es wird keine Probleme geben. Ich habe die Bezirksversammlung bereits in der Tasche. Hatte es Ihnen nur nicht gesagt. Weil —"

„Schön", ging Sascha dazwischen, „aber deswegen waren wir gar nicht bei Ihnen."

„Nicht?"

„Wir brauchen 7,5 Millionen."

„7,5 Millionen?"

„Euro."

„Oh."

„Sofort."

„Und dann wäre ich mit im Boot? Mit dem Tunneltal, auch mit dem Spa und alles, was Sie an Bauplänen haben?"

„Ähh, ich denke —"

„Okay. Sie können das Geld hier abholen."

„Was?!"

„Es ist hier. Es liegt bereit."

„7,5 Millionen in bar?"

„Ja, ja. Wissen Sie, ich brauche diese Aufträge. Die Architektenkammer will mich rausschmeißen. Wegen gewisser … Vorkommnisse. Ich musste schon mein Schild draußen abnehmen. Nicht wegen der Ausländer, wegen der Kammer. Aber wenn ich bewiese, dass ich bauen kann, große Projekte, dann —"

Die Doppeltür ins Treppenhaus öffnete sich, die Goldrandbrillensekretärin tauchte im Spalt auf: „Die beiden Herren warten auf Sie."

„Nielsen, ich muss Schluss machen."

„Aber, wir sind uns einig?"

„Ich … ich denke schon."

„Das Geld wartet hier auf Sie."

Sascha beendete das Gespräch ohne weitere Worte und eilte zurück zu Elias' Büro. Was für Nachrichten, die er Max berichten konnte. — Freudestrahlend kam ihm Max entgegen:

„Ich hab's gemacht, ich hab' den Erbpachtkladderadatsch unterschrieben." Er wedelte mit dem Scheck von Elias. „Wir haben das Geld."

„Oh", sagte Sascha.

Kapitel 10

Im Jaguar raste Celina zum UKE.

Es war dunkel geworden, die Laternen in den Seitenstraßen leuchteten knapp. Dicht an dicht parkten an den Straßenrändern Autos. Celina steuerte konzentriert, um bei dem schnellen Ritt keine Seitenspiegel abzufahren. Einmal tauchte ein Fußgänger zwischen abgestellten Wagen auf, trat unvermittelt auf die Straße. Celina konnte gerade noch ausweichen.

Celina dachte an ihren Anruf in Junas Wohnung. Rosenfeld hatte nicht abgenommen, weil er im UKE lag. Aber wo war Juna geblieben? Manchmal tauchte sie ab. Jahrelang hatte Celina nichts von ihr gehört, damals als Juna noch Klaus hieß und durch Südamerika trampte. Dann wieder, als Klaus sich operieren ließ und damit haderte, wem aus seinem bisherigen Leben er sich als Juna vorstellen sollte und wem er sich besser nicht offenbarte. Danach begann Junas lockeres Kiezleben und eigentlich hatten sie sich seitdem nicht mehr aus den Augen verloren. Erst recht nicht, da sie älter wurden und Juna die Wohnung am Grindelberg bezog.

Aber vielleicht war das auch nur Celinas Sicht der Dinge. Vielleicht hatte Juna einen neuen Lover? Sie wollte das Leben bis zur Neige kosten? Celina stand es kaum zu, daran etwas zu kritisieren. Nur weil sie so nicht leben konnte. Sie verbrachte ihre Lebenszeit in einem Kellerraum, den sie Institut nannte; von dem 1,8 Millionen Hamburger nicht wussten, dass es überhaupt existierte. Das war in keiner Weise besser, als Junas Art das Leben zu verbringen.

„Herrn Rosenfeld?", die Empfangsfrau im UKE schaute im Computer. „Da schaue ich doch mal gleich für Sie nach ..."

Vielleicht käme das Institut ins Laufen. Bestimmt sogar, fasste Celina Mut, da sie an Müller-Ahrendt dachte. Er war ein windiger Journalist, aber er hatte Ideen, verstand etwas von Marketing und konnte sie in die Zeitung bringen. Das war genau das, was das Institut brauchte.

„Herr Rosenfeld ist bei Chefarzt Prof. Traun auf der Station."

„Beim Chefarzt", wunderte sich Celina, „ist er privatversichert?"

„So steht es hier. Sie können da entlang gehen. Aufzug, erster Stock."

Juna würde womöglich in der *Ritze* sein, kam es Celina in den Kopf. Das wäre logisch. Ihre Schicht begann abends und ging bis in die Nacht. Also konnte sie gar nicht zu Hause den Hörer abnehmen.

Das Handy vibrierte.

„Hier ist Julian ... also Rosenfeld."

„Julian!"

„Ich hab es mir noch mal —"

„Ich bin gleich bei dir, bin unten im Foyer."

„Du bist im UKE?!"

Seine Überraschung machte ihr gute Laune, und sie würde ihn fragen, wie er sich eine Privatbehandlung leisten könne, und dachte dabei, dass sie noch viel über die Männer im Allgemeinen und speziell über Julian lernen müsse — doch kam sie nicht zu ihrer Frage. Denn barsch sagte er:

„Hau da ab."

„Bitte."

„Du musst da weg. Celina, sofort."

Sascha zog seinen Freund Max ins feudale Treppenhaus:

„Ist die Rücktrittsklausel drin?

„Was für eine Rücktrittsklausel? Wir müssen den Scheck schnell umwandeln. Es bleiben nur noch knapp 3 Stunden."

„Da lässt man dich für eine Minute allein —"

„Ja, warum tust du das? Wir machen einen dicken Deal da drinnen, und du bist nicht da."

„Warum unterschreibst du ohne mein Beisein?! Ich denke, ich bin dein Finanzberater. Dann mach so was auch mit mir zusammen."

„Aber du warst nicht da!"

Es war ihr erster Streit seit der Sache mit Chantal. Die angehende OP-Schwester war toll gewesen, und sie hätten sich fast erschossen wegen ihr. Okay, das war übertrieben. Heute konnte man Lachen über die Affäre. Wilde Zeiten, wilde Partys waren das damals gewesen, das ein oder andere Mittelchen hatte sie in Stimmung gebracht und für Standfestigkeit gesorgt, aber ebenso für Schlägereien und Blödsinn. Längst war Chantal verheiratet. Mit einem Millionär aus Saint-Tropez, den sie in der Privatklinik an der *Admiralitätstraße* kennengelernt hatte; sie war nun Vorstandsvorsitzende einer karibischen Stiftung und gab ein Vermögen für Bikinis und Botox aus, und das Geld wurde trotzdem immer mehr. Da hätten sie zwei sowieso nicht mithalten können.

Sascha ließ sich von Max die Papiere geben, die dieser unterzeichnet hatte.

„Das machen wir besser nicht hier", sagte Sascha.

Im Aufzug überflog Sascha den Vertrag, den Max unterschrieben hatte.

„Jetzt sag noch mal, Sascha. Was für eine Rücktrittsklausel meinst du? Hier …!" Er tippte auf das Blatt, das Sascha gerade aufgeschlagen hatte, „Das erste Jahr ändert sich gar nichts. Hat er extra reingeschrieben. Ich habe den Scheck schon heute …", er hielt ihn hoch, „… aber verpachten tue ich erst in einem Jahr." Er schaute Sascha an, als würde er Lob erwarten, da er ein so genialer Verhandler war.

War er aber nicht.

Sascha sagte: „Die Rücktrittsklausel fehlt. Damit bist du das Hotel los."

„Wie meinst du das?"

Sie waren unten angekommen, traten aus dem Fahrstuhl, unterhielten sich unter den polierten Firmenschildern weiter.

Was Sascha jetzt erst auffiel: Er hatte seinem Freund bisher nichts von Nielsens 7,5-Millionen-Angebot erzählt. — Jetzt erklärte er Max erstmal, was es mit der Rücktrittsklausel auf sich hatte, die Elias angeboten hatte, in die Erbpachtvereinbarung aufzunehmen, die Sascha nun aber im Vertrag nicht finden konnte. Den Max übereifrig signiert hatte.

Max wollte nicht schon wieder streiten. Er blieb ruhig, obwohl es ihm Mühe bereitete, und er hatte eine Idee:

„Vielleicht kann Bertie helfen."

Zuerst dachte Sascha, sich verhört zu haben.

Bertie, das war doch dieses Windei von Anwalt. Der Max zum Klientengespräch in die Sauna geführt hatte. Musste man sich vorstellen: Saunasession mit einem Anwalt. Das war so was von unseriös. Wie rechnete man das überhaupt ab? Nach Aufguss?

Aber da war noch etwas anderes, was Sascha störte. Was ihn verstörte.

Der kurze Satz, *Vielleicht kann Bertie helfen*, von Max achtlos ausgesprochen, er hatte Sascha getroffen.

Bertie machte Sascha die Position streitig. Sascha war derjenige, der Max beriet. In allen Finanzfragen, in Lebensfragen. Sascha war es, der sich für Max nach lukrativen Immobilienprojekten umschaute. Sascha und Max, sie waren Freunde seit Jugendzeiten. Und jetzt, auf einmal … dieser Bertie?

„Was ist?", fragte Max.

„Ach nichts."

„Glaubst du, Bertie hätte keine Tipps? Ich meine, wie man da wieder rauskommt. Hat er bestimmt. Er ist findig."

„Doch, doch …" Sascha machte noch einen Vorstoß, um Max zu zeigen, wie unentbehrlich er war, wie zielorientiert er arbeitete. Er war ein Problemlöser, kein Windei, das man um irgendwelche Tipps anging: „Ich kriege das mit dem Scheck hin. Ich wandele den in Bargeld um. Hab' schon eine Idee. Reschke."

„Die Haspa?! Die lassen um 16 Uhr den Griffel fallen und verrammeln die Türen. Das war vor 5 Stunden …"

„Lass mich machen, kannst dich auf mich verlassen." Sascha legte seinem Freund die Hand auf die Schulter.

„Okay, ruf du Reschke an. Ich verlass mich auf dich. Ich werde versuchen, Bertie zu erreichen."

Ja, plaudere du ein wenig nett mit Bertie. Während ich mir bei Reschke den Arsch aufreiße, um ihn zu überzeugen, zurück an den Adolphsplatz zu kommen, um nach Dienstschluss den Haupttresor zu öffnen.

Es war an der Zeit, sich mehr um sich selbst zu kümmern.

Nicht nur die unangenehmen Jobs für Max zu erledigen. Sondern seine eigenen Geschäfte voranzutreiben.

Sascha würde da nichts überstürzen, er würde sich rantasten. Schauen, was möglich war. Das City-Nord-Projekt zum Beispiel. Allein hätte er das besser hinbekommen. Max hatte es vermasselt.

Reschke war schnell am Telefon.

„7,5 Millionen?! Sind Sie des Wahnsinns?"

„Aber überhaupt nicht."

„Es ist Feierabend."

„Es sind 7,5 Millionen."

„Glauben Sie, wir hätten so viele im Tresor?" Reschke lachte, als habe Sascha einen Witz gemacht.

„Oh, stimmt", gab Sascha zu, „da habe ich nicht dran gedacht, so viel Bargeld —"

„Aber natürlich haben wir das! Was glauben Sie, Niederberger? Wir seien eine Provinzbank? Wir sind das größte Geldhaus in der größten Hansestadt der Republik. 7,5 Millionen, Sie glauben, das brächte uns in Verlegenheit, pah!"

„Sehen Sie, genau das habe ich auch gedacht. Und mein Geschäftspartner Max Goedeke dachte sich, es wäre eine gute Gelegenheit, die Kraft seines Unternehmens durch die Vorlage eines solchen Schecks zu demonstrieren. Der übrigens von einem namhaften Investor kommt."

„Aber kurz vor Mitternacht, ist das denn nötig?"

„Unbedingt. Wir wollen doch nicht bei helllichtem Tag mit so viel Bargeld rausmarschieren. Wenn alle es sehen."

„Ach so … ich werde schauen, was sich machen lässt." Der Hörer wurde zugehalten, Sascha hörte Murmeln. Reschke hatte nicht gefragt, warum sie so viel Bargeld brauchten. Er mochte graugesichtig und griesgrämig sein, aber er war ein Profi der Diskretion. Wie alle langgedienten Banker. Sie wussten, wann man penibel nachfragte und wann man besser nicht zu viel wusste.

„Niederberger, hallo, sind Sie noch dran?"

„Herr Reschke, ich bin da."

„In einer halben Stunde in der Zentrale. Seiteneingang, ich schließe Ihnen auf."

„Perfekt. Wir werden pünktlich sein."

„Vergessen Sie den Scheck nicht."

Sascha sah sich um: Max telefonierte noch immer … mit *diesem* Bertie.

Dann würde Sascha sich jetzt um Nielsen und dessen Millionen kümmern. Das war nur gerecht.

„Wieso soll ich hier weg?" Celina stand vor dem Fahrstuhl im UKE, hatte das Handy am Ohr. Rosenfeld sagte:

„Wir treffen uns in 15 Minuten gegenüber vom Haupteingang. Pass auf, dass dich niemand sieht."

„Aber alle haben mich längst gesehen. Das ist ein öffentlicher Ort."

Rosenfeld hatte aufgelegt.

Irgendetwas war im Gange, was sie nicht verstand.

Sie ging quer durch das Foyer, fühlte die Blicke der Empfangsschwester auf sich.

Schaute ihr der Patient verstohlen hinterher, der betont gelangweilt in Frotteemantel und Pantoffeln vor der Auslage der geschlossenen Cafeteria stand?

Was war mit der Pflegekraft, die in blauem Dienstdress vorbeistrebte, scheinbar einem wichtigen Ziel entgegen — nur um dann vor der übernächsten Tür stehen zu bleiben, die eigene Eile zu vergessen und den Kopf zu senken, um auf das Smartphone zu schauen. Sie guckte zu Celina, ihre Blicke trafen sich, schnell schaute sie wieder auf das Smartphone.

Celina war verunsichert.

Als sie aus dem Haupteingang heraus war, schlug sie gleich einen Haken und fand erst über einen Seitenpfad auf die Martinistraße. Sie musste einige Wegstrecke zurücklegen, um wieder in die Nähe des Haupteingangs zu kommen.

Plötzlich zog jemand sie zwischen zwei parkende Autos. Es war Rosenfeld. Er sah erfrischt aus, trug neue Kleidung, nicht mehr die unförmige Funktionsjacke, sondern einen wattierten Wintermantel, wie er gerade modern war.

„Jetzt wird es knapp", sagte Rosenfeld.

„Wieso knapp?" Ihr Wiedersehen hatte sie sich anders vorgestellt. Sie wusste nicht wie — auf jeden Fall anders.

„Ich muss in einer halben Stunde weg."

„Ich dachte, du bist im Krankenhaus? Du musst weg?"

„Ein Auftrag", sagte er.

„Schade. Das ist wirklich schade."

„Wieso?"

„Ich dachte, vielleicht könnten wir … könnten wir unsere Zusammenarbeit fortsetzen."

Er zögerte. Dann sagte er: „Und was sollte ich deiner Meinung nach tun?"

„Die 7,5 Millionen in einem Koffer abholen." Sie servierte ihren Vorschlag kalt wie einen toten Fisch.

„In so was habe ich ja Übung", antwortete Rosenfeld prompt und es klang irgendwie sarkastisch.

„Wie meinst du das?" Nahm er sie nicht ernst? — Sie versuchte, in seinem Gesicht zu lesen; die Laterne hinter ihm blendete sie jedoch.

Rosenfeld nahm Celinas Hand. „Du solltest das vergessen", riet er.

Seine Finger fühlten sich hart und trocken an. Wie ein Reptil, fand Celina. Als Fünfjährige hatte sie zusammen mit ihrem Vater in der Schwäbischen Alb Salamander gefangen. Deren Haut war, für sie überraschend, hart und trocken und warm gewesen. Noch heute erinnerte sie sich daran.

„Was soll ich vergessen?", fragte sie.

„Was du vorhast. Die Erpressung. Die Übergabe des Geldes am Planetarium."

„Woher weißt du davon?!"

Sie hatte ihm nicht erzählt, dass das Geld am Planetarium übergeben werden sollte. Ganz bestimmt nicht. Sie wollte es ihm jetzt erzählen. Ihm vorschlagen, das Geld für sie entgegenzunehmen. Und natürlich sollte er von den 7,5 Millionen etwas bekommen. So viel er wollte. Na ja, fast so viel. Das wäre ihr Angebot gewesen.

„Rate mal, woher ich die neuen Klamotten habe", sagte Rosenfeld, „und wieso ich keinen Termin fürs Krankenhaus brauche, wieso ich keine Wartezeit habe, sondern gleich eine Privatbehandlung bekomme."

„Keine Ahnung."

„Bestimmt nicht, weil ich mir die Privatbehandlung leisten kann. Ich hab nicht mal eine gesetzliche Krankenversicherung."

Er ließ ihre Hand los. „Celina, du bist schlauer als ich. Und du kommst nicht drauf? Die Polizei hat mich … engagiert hat sie mich."

„Bitte? Wie soll ich das verstehen?"

„Sie hat mich von der Handschelle befreit, mich an den Tropf gehängt und fit gespritzt und ausgestattet, damit ich in einer Stunde einsatzklar für sie bin. Am Planetarium. Und gerade wird oben ein Beamter Amok laufen, der mein leeres Bett entdeckt und glaubt, ich wäre getürmt. Gleich wimmelt es hier nur so von Bullen."

So richtig verstand Celina nicht, was Rosenfeld ihr sagen wollte. Dafür wurde ihr gerade etwas anderes klar: Sie fühlte sich wohl in seiner Gegenwart. Es war, als gäbe er ihr Sicherheit, als wüsste er über die Welt wichtige Dinge, die ihr verschlossen blieben. Die sie auch nicht wissen musste, da er auf sie aufpassen würde.

Aber das war ja kompletter Unsinn.

Dachte sie und griff doch nach seiner Reptilienhand.

„Deswegen solltest du jetzt verschwinden", sagte er, „sie dürfen uns nicht zusammen sehen. Sie sind auf der Jagd nach dem *Millionen-Erpresser*. Aber ich habe ihnen nichts von dir erzählt."

In seiner Pranke verschwand Celinas Hand geradezu. Er erwiderte ihren Druck und das gefiel ihr.

Nielsen stand in der Eingangstür seines Dreißiger-Jahre-Stadthauses. Diesmal vollständiger angezogen: Rollkragenpulli in Architektenschwarz unter einem Sakko, ebenfalls in schwarz.

Sie begrüßten sich mit Handschlag, Sascha und Nielsen.

Saschas Blick streifte die alten Stiche, als sie durch den Flur ins Wohnzimmer gingen.

„Wo ist Ihre Freundin?", fragte er.

„Wo ist Ihr Freund?", erwiderte Nielsen.

„Sie zuerst."

„In die Stadt gefahren, glaube ich. Shoppen. Wie immer, wenn ihr was quer kommt. Wir haben uns gestritten. Nachdem ihr Max da war, hat sie ihre Sachen aus unserem Schlafzimmer geholt. Sie will heute getrennt schlafen." Nielsen zeigte auf eine weiße Schleiflacktür. „Da hat sie ihr Zimmer."

„Oh, das tut mir leid."

„Und mir erst." Er machte eine jugendgefährdende Geste. „Aber das renkt sich ein, die kommt wieder." Als er sodann die Doppeldeutigkeit in seiner letzten Bemerkung entdeckte folgte ein dreckiges Männerlachen. „Ich seh' nicht aus wie ein Körpergott. Habe dafür andere Qualitäten."

Als wenn er Saschas Gedanken erraten konnte, die dieser versuchte, hinter einem unbeteiligten Gesichtsausdruck zu verbergen, fügte Nielsen einen Augenblick später hinzu:

„Nein, im Bett bin ich kein Wunderknabe. In meinem Alter, was denken Sie. Aber intelligente Frauen wie Barbara, die haben nicht nur solche Interessen. Da gibt es andere Sachen …" Er ließ sich über die anderen Sachen nicht weiter aus, kam aber in dem Zusammenhang auf die Millionen zu sprechen:

„Wollen wir uns erst setzen, oder gleich zum Geld?"

„Gleich zum Geld." — Mit seiner forschen Ansage wollte Sascha sich selbst Mut machen.

Er war nämlich alles andere als entschlossen. Fast waren ihm die von Nielsen in Aussicht gestellten Millionen nun lästig. Sie würden seine Entscheidung gleichsam festzurren. Eine

Entscheidung, die er so eindeutig gar nicht treffen wollte, zumindest jetzt nicht mehr, da eine Stunde vergangen war:

Mit der Fahrt zu Nielsen hatte Sascha seinem Freund Max eins auswischen wollen. Sich selbst zeigen wollen, dass er in der Lage war, auf eigene Faust etwas zu unternehmen. Schon klar, 7,5 Millionen von Nielsen wären dafür ein nettes Startkapital. Aber die Folgen hatte er nicht durchdacht. Wie sollte er Max erklären, woher auf einmal das Geld kam? Und erst Nielsen, okay, den könnte er zum Schweigen verdonnern … obwohl, konnte das gelingen? Immerhin wollte Nielsen mit Max ins Geschäft kommen. Selbst wenn es gelang, wenn Sascha dem Architekten andere Geschäftsmöglichkeiten aufzeigen konnte: Sascha würde auf ewig erpressbar bleiben.

Nein, durchdacht war das alles wenig.

„Ich hab das Geld aber nicht hier", sagte Nielsen.

„Macht nichts." - Was für ein Glück, dachte Sascha, der immer weniger überzeugt war von seiner Idee. Er schaute auf die Uhr … Max würde nun bei Reschke sein … Sie würden auf ihn warten. Aber die Rückfahrt dauerte zu lang. Das war nicht mehr zu schaffen.

Nielsen sah ihn erleichtert an. Er hatte wohl befürchtet, Sascha würde ihm Vorwürfe machen, da er während ihres Telefonats den Eindruck erweckt hatte, die Millionen lägen gleich hier auf dem Wohnzimmertisch.

„Es ist in der Stadt", sagte Nielsen, „nicht weit von hier, in zwanzig Minuten sind wir da."

„Das ist in Ordnung." Sascha hatte eine Idee. Wie sich alles noch zum Guten wenden ließe.

Nielsen aber machte Saschas nachsichtige Stimmung Mut. Ihm

erschien die Gelegenheit günstig, gleich noch eine unangenehme Sache zur Sprache zu bringen: „Das mit dem Tunneltal..."

Doch das interessierte Sascha gerade nicht.

Nielsen redete über Saschas Gedankengang hinweg: „... da ist ein kleines Problem aufgetreten."

Sascha wurde aufmerksam.

„Nichts Großes", hob Nielsen die Hände, hatte da etwas in der Hand, eine topographische Karte, „nur hier ... das ist das Tunneltal, da der Bach und hier, nur ein kleines Areal, ganz klein nur, eigentlich unerheblich, zu vernachlässigen —"

„Was ist der Punkt?"

„Dabei handelt es sich um einen Judenfriedhof."

„Bitte?"

„Gar nichts, gar nichts! Alles Grün da. Sozusagen im grünen Bereich." Männerlachen, aber nicht so dreckig wie vorhin – eher verhalten, aufgesetzt. „Schöne Buchen da. Und auch gar keine Grabsteine. Gar nichts zu sehen."

„Wo ist dann das Problem?"

„Diese Friedhöfe haben sozusagen Ewigkeitsgarantie. Hängt irgendwie mit dem jüdischen Glauben zusammen. Und mit unserer Geschichte, ich meine, wenn wir da mit dem Bagger drüber rollen." Er machte eine wedelnde Handbewegung: au, au, au.

„Wie alt ist der Friedhof."

„100 Jahre? 200? Wer weiß das schon."

„Immer noch heilig?"

„Auf ewig."

„Mmh."

„Wollte ich nur gesagt haben. Können wir auch ignorieren."

„Damit hinterher die Häuser wieder abgerissen werden müssen, die wir draufgesetzt haben?"

„Na ja … nichts wird so heiß gegessen, wie's gekocht wird. Wollen wir jetzt zu den Millionen?"

„Nein. Wie lösen wir das hier? Das mit dem Friedhof."

„Was keiner weiß, macht keinen heiß."

„Sie meinen, wir verschweigen es?"

„Kann man so machen. Römische Tonscherben in der Baugrube? Gleich Beton drüber, bevor es ein Archäologe mitkriegt. Giftmüll in der Erde? Schwamm drüber. Merkt keiner, wenn erstmal das Fundament drauf ist."

Sascha kamen das *Imperial* und Rosenfeld in den Sinn.

„So sollen wir es mit dem Friedhof machen?", fragte er.

„Einfach vergessen, ja. Jetzt zu den Millionen?"

„In Ordnung." — Nichts war in Ordnung. Aber was sollte er sagen?

Sie stiegen in Saschas Wagen, um in die Stadt zu den Millionen zu fahren.

Als das Brummen des schweren Geländewagenmotors sich entfernte, öffnete sich die weiße Schleiflacktür. Barbara huschte heraus, schaute sich um und fand das Gesuchte:

Die topografische Karte, auf welcher die Lage des versunkenen jüdischen Friedhofs im Stellmoorer Tunneltal eingezeichnet war.

Die Lichtkegel der Straßenlaternen reichten kaum bis zu den Fassaden von Rathaus, Börse und Haspa-Zentrale. Der Haspa-Seiteneingang, der sich hinter den am Abend leerstehenden Kundenparkplätzen befand, lag vollends im Dunkeln.

Hartmut Reschke steckte die Nase heraus, als er Max draußen stehen sah.

„Wo ist Ihr Kollege?", fragte Reschke.

„Sascha Niederberger? Der wird gleich kommen."

Sascha war komisch gewesen. Hatte davon geredet, dringend noch etwas für seine Freundin Nele erledigen zu müssen. Was konnte wichtiger sein als ein Millionen-Deal? Da hatte Sascha ihm vorgehalten, dass er ja Bertie hätte und der könne ihn bei Reschke unterstützen, wenn Max sich das nicht allein zutraue. Sascha würde rechtzeitig da sein, er würde sich beeilen, das hatte er versprochen. Nun war er nicht da. Max hatte ihm schon auf die Mailbox gesprochen.

„Ich geh' mal vor", sagte Reschke, nachdem er Max hereingebeten hatte, „alles ist schon arrangiert."

Sie durchquerten die große Halle der Haspa-Zentrale, die unbeleuchtet war bis auf die kleinen Lampen an den Notausgängen. Über eine schmale runde Treppe stiegen Reschke und Max hinab in das 2. Untergeschoss. Es wurde kühler. Teppiche und Holzvertäfelungen wichen einer Marmor-Optik. Alles war frisch gewischt und duftete nach Pinienöl.

„Dürfte ich nun den Scheck haben?"

Max übergab Reschke den Scheck.

„Ah, von Elias Nehlen. Einer unserer besten Kunden. Ein sehr talentierter Kerl. Das ist ja alles wunderbar. Bitte, das Geld steht zu Ihrer Verfügung." — Reschke öffnete die Stahltür und sie betraten einen kleinen Konferenzraum. Unter grellem Leuchtstofflampenlicht lag das Geld auf schmucklosen Tischen bereit.

„Oh", entfuhr es Max. „Das sind 7,5 Millionen?"

„Auf den Cent genau. Es ist mir eine Ehre, Ihnen die Kraft

unseres Hauses auch auf diese Weise demonstrieren zu dürfen."

Eine Max überraschende Anzahl von aufgestapelten Geldbündeltürmen verteilte sich auf vier Tischen.

Max griff vorsichtig nach einem der Bündel, der Stapel wackelte bedenklich.

„Alles Zweihunderter?", fragte er.

Bedauernd zuckte Reschke mit den Schultern. „Etwas anderes ist in den erforderlichen Mengen nicht vorrätig. Fünfhunderter werden uns von der Landeszentralbank nicht mehr ausgeliefert."

„Wie viel wiegt das?"

„Stolze 40,125 Kilo, um genau zu sein."

„Oh."

„Wie soll ich das hier wegtransportieren?"

Da war Reschke überfragt. Er hatte sich schlicht keine Gedanken darüber gemacht. Was ihm kaum vorzuwerfen war. Das Ausreichen von Millionensummen gehörte zwar zu seinem Tagesgeschäft. Aber es geschah am Computer und materialisierte sich heute zum ersten Mal für ihn.

Max überlegte, Bertie um Hilfe anzurufen, verwarf den Gedanken aber. Zum einen war er nicht sicher, ob er den Anwalt zu so später Stunde stören durfte. Zum anderen zweifelte Max, ob Bertie sich an einem Geldtransport beteiligen würde. Schließlich war er Anwalt, und die Sache musste auf ihn mehr als anrüchig wirken.

Auf dem Flur entstand Unruhe.

Ein älterer Herr stürmte herein. Er hatte volles, graues Haar und eine aristokratische Nase. Bekleidet war er mit einem Abendanzug, dazu hatte er einen Seidenschal effektvoll um den Hals geworfen. Enthusiastisch streckte der Spätankömmling seine Hand Max entgegen.

„Als ich von Ihnen hörte … fantastisch, mein Junge."

Kräftig schüttelte er Max die Hand.

Reschke stellte die beiden einander vor:

Professor h.c. Hubertus von Schlap zur Burgh sei der Vorstandsvorsitzende des Instituts.

Aber Max möge ihn *Tus* nennen, meinte der Vorstandsvorsitzende. Alle würden ihn Tus nennen.

„Ich bin gleich raus. *Nagano* möge es mir verzeihen. Aus dem Konzert, in das mich meine Frau und meine Tochter geschleppt haben. Gleich als ich hörte, was hier abläuft."

Tus zog Max beiseite, als könne er so Vertraulichkeit herstellen. Natürlich hörte Reschke dennoch jedes Wort. Aber darum ging es nicht, wichtig war die Geste.

„Man versuchte, es vor mir zu verheimlichen. Ich soll mich ja aus dem Tagesgeschäft heraushalten. Dabei ist das hier das Aufregendste seit der Organisation des Begrüßungsgeldes. Die ich für den ollen Waigel in Berlin organisieren durfte." Er schlug Max mit überraschender Kraft auf die Schultern. „Ein junger Mann wie Sie. Fantastisch. 7,5 Millionen in bar hier rauszutragen. Aber sagen Sie mir nicht wofür, bloß nicht. Dafür ist unser Berufsbedenkenträger hier zuständig. Wie haben Sie Reschke bloß davon überzeugt? Der hält sonst sein Geld so fest wie ein zugenähter Arsch den … naja sie wissen schon."

„Aber Tus …", mischte Reschke sich aus dem Hintergrund ein.

„Nichts aber Tus. Ich sage immer, Geld muss arbeiten. Die Kredite rausjagen. Hamburg groß machen. Ist nur Geld, Papier."

„Ich habe ein kleines Problem, Tus", sagte Max.

„Problem?"

„Ich weiß nicht, wie ich das Geld hier rauskriegen soll. Ich bräuchte einen Koffer oder so."

Tus überblickte den Geldberg. „Zwei Koffer brauchen Sie, junger Mann." Er fasste Reschke scharf ins Auge. „Unser Leiter Risk Management hat Ihnen da nichts zur Verfügung gestellt?"

Reschke nahm Haltung an, stammelte eine Entschuldigung.

„Reschke, laufen Sie rüber in den alten Tresorraum. Wo wir die Werbegeschenke sammeln für die Weihnachtstombola. Da müssten zwei Hartschalenkoffer stehen. Die wären genau richtig."

Reschke lief, die Koffer zu suchen.

„Aufregender als Bruckners Siebte und ein Ehekrach zusammen, was Sie mir hier an diesem Abend bescheren, junger Mann." Tus wischte sich mit dem Schal die Stirn. „Gute Arbeit. Solche Männer brauchen wir. Dann floriert die Wirtschaft auch. Ich rufe meinen Chauffeur, er hilft Ihnen beim Hochtragen. Dann muss ich aber wieder zurück zur Elbphilharmonie. Sonst löst meine Frau noch eine Vermisstenmeldung aus."

Sascha steuerte den Geländewagen über die A7 in die Stadt hinein und ließ sich von Nielsen den Weg erklären. Sie fuhren in Othmarschen herunter, der letzten Ausfahrt vor dem Elbtunnel. Es war der schnellste Weg nach St. Pauli. Dort sollten Nielsens Millionen liegen.

Auf der Reeperbahn blinkten die bunten Neonschilder über den Lokalen, die Bürgersteige waren voll von Flaneuren, die das Vergnügen suchten. Aus den zu Ende gehenden Theater- und Musicalvorstellungen strömten Menschen. Sexshops, Discos und Kneipen lockten. Die eigentlich verruchten Angebote wurden in den dunkleren Straßen hinter der Reeperbahn gemacht. Hier wartete das schnelle Glück in Hausfluren auf Freier. In den oberen Etagen wurde gepokert, gelacht, gehurt.

Sascha stellte seinem Beifahrer Sebastian Nielsen eine Frage: „Ist es Schwarzgeld?"

„Nicht direkt."

„Erklären Sie es mir."

Sebastian Nielsen hatte das Geld von seinem Steuerberater bekommen. Der suchte nach Anlagemöglichkeiten.

„Für 7,5 Millionen Euro in bar sucht er Anlagemöglichkeiten?"

„Ja."

„Das muss doch Schwarzgeld sein."

„Ich habe nicht nachgefragt. Man könnte es annehmen." Nielsen lachte sein Männerlachen. „Doppeldeutig. Verstehen Sie? Vermuten und nehmen, also annehmen, kann beides bedeuten."

„Sie tun beides."

„Letzteres vor allem."

„Und wo hat der Steuerberater das Geld her?

„Was weiß ich. Von einer Kiezgröße vielleicht. Ist wohl besser, nicht genauer nachzufragen. Die machen doch Geld wie Heu und irgendwie muss das in den Geldkreislauf rein. Sonst ist es wertloses Papier. Wenn es nicht anfängt, im System zu kreisen."

Sascha entwickelte einen Plan, während er dem Architekten zuhörte.

Er würde Nielsens Millionen, sobald er sie hatte, Max präsentieren. Der würde stinksauer auf Sascha sein, und das zu Recht. — Auf Saschas Handy stapelten sich die Nachrichten von Max: zunächst besorgte, dann wütende, zum Schluss geradezu in alarmierendem Ton.

Sascha hatte nicht darauf reagiert, das Handy stumm geschaltet.

Wenn er Max nun unter die Augen trat, mit 7,5 Millionen Euro in bar, die Herkunft, die Risiken und die Chancen des Geldes darlegte, wie es sich für einen Freund und Finanzberater gehörte, dann würde Max ihm verzeihen. Bestimmt würde er das. Das war das Wichtigste. Max würde Verständnis haben, dass Sascha seinen Freund Max bei Reschke allein gelassen hatte. — Mit Nielsens Millionen würde Sascha sich sozusagen die Freundschaft von Max zurückerobern. Die Sascha in einer Kurzschlussreaktion aufs Spiel gesetzt hatte. Noch war alles zu retten.

„Hier parken wir", sagte Nielsen in der Silbersackstraße angekommen, „wir sind da."

Vor der Silbersackkneipe grölten Betrunkene. Ein Kuttenträger übergab sich gegen die Kachelwand.

Nielsen und Sascha überquerten die schmale Straße, betraten das Treppenhaus. Sascha wunderte sich, dass die Haustür auch zu fortgeschrittener Abendstunde unverschlossen war. Der Geruch von Schimmel und Knoblauch stieg ihm in die Nase. Die Treppenhausfenster waren mit Spanplatten vernagelt, von den Etagendecken strahlte kaltes Licht.

Nielsen ging voran: „Wir müssen ganz nach oben."

Sobald sie oben angekommen wären, so nahm Sascha sich vor, würde er Max eine Nachricht schreiben. Ein Lebenszeichen, damit sein Freund sich nicht länger sorgte.

Oben angekommen, nur noch eine Stiege für den Schornsteinfeger führte hinauf aufs Dach, holte Nielsen einen Schlüssel hervor, schloss auf, machte Licht. Sascha sah sich um, sie standen in einer armseligen Mansardenwohnung, die so gar nicht nach 7,5 Millionen aussah.

„Hier?", meinte Sascha, „im Ernst jetzt?" Nicht dass er all die Zeit verschwendet, die Freundschaft kaputt gemacht hatte für ein Hirngespinst…

„Ist im Koffer", erklärte Nielsen. Kniete vor dem ungemachten Bett. „Moment …" Er langte unter den Lattenrost.

Kapitel 11

Der Architekt Sebastian Nielsen kniete in der Mansardenwohnung vor dem ungemachten Bett. Er war erschüttert. Regungslos verharrte er einen Moment. Dann griff er erneut unter das Bett: ins Leere.

Nielsen wollte es nicht wahrhaben. Bäuchlings legte er sich hin, quetschte sich halb unter das Lattenrost. Was natürlich nichts änderte.

„Ist nicht da."

Nielsen setzte sich auf den Fußboden vor das Bett.

„Der Koffer ist nicht da."

Sakko und Rollkragenpulli waren mit Schmiere und Staub bedeckt, Nielsens Hände dreckig.

Sascha wunderte sich, wie unbewegt er alldem zusehen konnte. Ob das eine Schutzreaktion des eigenen Geistes war? Denn Saschas Plan löste sich gerade vor seinen Augen in Nichts auf: Er hatte keine Millionen mehr, mit denen er Max sein Verschwinden hätte entschuldigen und erklären können.

Andererseits, so analysierte Sascha, war es auch Geld aus dunklen Kanälen gewesen. So was konnte Ärger bedeuten: nervenzerrenden mit Finanzbeamten und lebensgefährlichen mit Möchtegernhalbweltgrößen, deren Bizeps stärker ausgeprägt waren als ihr Verstand.

Sie verlangten womöglich mehr Rendite als Objekte hergaben, in welche ihr Geld investiert worden war. Oder sie wollten die Objekte gleich ganz übernehmen und drängten die Projektentwickler mit handfesten Argumenten hinaus.

„Sie sollten sich frischmachen", schlug Sascha vor.

Vorhaltungen nützten nichts, ein Wutausbruch brächte nichts. Gefragt waren neue Ideen. Aber Sascha fühlte sich ausgelaugt.

„Besser is' wohl", Nielsen kam mühsam auf die Beine und stakste an der Kochzeile vorbei zum Bad.

Sascha nahm das Handy. Immer wieder kehrten seine Gedanken zu Max und ihrer Freundschaft zurück. Es war Zeit, Max eine Nachricht zu schicken.

Mit leeren Händen würde er dastehen ... und trotzdem hoffte er. Hoffte, das Fundament der Freundschaft wäre stark genug.

Sicher war er nicht.

Nielsen öffnet die Badezimmertür — und prallte zurück.

„Wer sind Sie denn?!", quiekte er.

„Tarek", sagte ein kompakter Kerl und trat aus dem Bad. In der Badewanne lag der Polizist, der den zurückgebrachten Millionenkoffer bewachen sollte. Der Polizist war verschnürt wie ein Postpaket. Zusätzlich hatte er einen Knebel bekommen.

Tarek sah missmutig aus, und Sascha erinnerte sich an ihn: Max und Sascha waren heute Mittag von Tarek aus dem Universitätsgebäude am Schlump geworfen worden. Tarek hatte einen Kuhfuß in der Hand gehabt, und es hatte den Eindruck gemacht, als suche Tarek dringend einen Anlass, das Ding einzusetzen. — Jetzt hielt Tarek einen Speer in der Hand.

Wie ein Häuptling. Wie ein zorniger Häuptling.

In der anderen Hand hatte Tarek ein Ohr. An dem Ohr hing der Steuerberater Dr. Herbert Plöckeboom. Mit schmerzverzerrtem Gesicht und schmalen Schultern. Plöckeboom war eigentlich noch einen Kopf kleiner als Tarek. Doch jetzt war der Unterschied in den Körpergrößen auf eine halbe Kopflänge geschrumpft, da Tarek den kleinen Mann durch das Ohrziehen zu einer sehr aufrechten Haltung nötigte.

Tarek informierte Nielsen: „Mir gehört das Geld, das Sie haben wollen."

„Aber es ist nicht da", fiepste Nielsen. Seine Stimme erreichte eine erstaunlich hohe Tonlage. Wurde dabei allerdings dünn.

„Genau deswegen bin ich hier. Um das Problem aufzuspießen."

Eine schnelle Bewegung von Tarek mit dem Speer — Sascha spürte nur einen Luftzug. Dann bohrte sich die Spitze von Tareks Speer durch Saschas Handfläche.

Sascha schrie auf.

„Schrei nicht so rum", fuhr ihn Tarek an. Seine schwarzen Knopfaugen glitzerten. „Sag mir jetzt sofort, wo mein Geld ist."

Bereits zu Lebzeiten des letzten Kaisers errichtet, ist das Planetarium Hamburg ein mächtiger Backsteinbau, der Respekt einflößen kann. Zumal um Mitternacht, wenn er zu einem dunklen Koloss wird, der unvermittelt aus der Rasenfläche emporwächst: Groß. Massig. Selbstbewusst. Wie das Land und die Zeit waren, in welcher der Koloss geschaffen wurde.

Rosenfeld fühlte sich eingeschüchtert. Er, der Mann mit dem schweren Boxerkörper, bewegte sich wie auf Zehenspitzen über den Sandweg, der zur Freitreppe vor dem Planetarium führte.

Möller hatte ihm eingeschärft, normal zu gehen. Nicht am Kragen herumfummeln, wie es Agentendarsteller in Spielfilmen machten, wenn sie ins versteckte Mikrofon sprachen. Und vor allem: keine Sprechproben veranstalten, einfach den Mund halten. Die Technik funktioniert, sie braucht nicht getestet zu werden.

Rosenfeld würde sich genau an die Anweisungen halten. Er hatte ein Ziel: Die Sache hinter sich bringen und Celina aus allem heraushalten.

An Frieda wollte er nicht denken. Frieda war fern. Er würde eine Lösung finden. Wenn er dies hier zu Ende gebracht hatte.

Rosenfeld stellte sich auf die Treppe und wartete. Am besten wäre, Max erschiene nicht. Weil er die 7,5 Millionen nicht zusammenbekommen hatte. Oder weil er ahnte, dass etwas nicht koscher war. Allerdings, so schätzte Rosenfeld, war dieser Gefahreninstinkt bei Max nicht besonders ausgeprägt: Der Gefahreninstinkt, den man brauchte, um in dem Milieu zu überleben, in welchem Rosenfeld sich seit Jahrzehnten bewegte, und in welches Max bisher nicht mal hineingeschnuppert hatte.

Der würde wirklich hier auftauchen. Mit einem Koffer voller Millionen und ohne jede Ahnung, dass alles von der Polizei beobachtet wurde.

Und richtig, da kam er.

Unübersehbar und vor allem unüberhörbar.

Max schimpfte wie ein Rohrspatz. Er war auf dem Sandweg unterwegs, den Rosenfeld eben benutzt hatte. Max zog zwei Rollkoffer hinter sich her. Die Rollen sackten ein, ein enormes Gewicht musste in den Koffern stecken. Mit Mühe schleifte Max die Koffer hinter sich her.

„Soll ich helfen, wa'?", rief Rosenfeld.

Max richtete sich auf, entdeckte Rosenfeld.

„Wir können es gleich hier machen", antwortete Max, holte Atem, „brauch' ich nicht bis zur Treppe."

„Kein Problem!" — Mit schnellen Schritten war er bei Max.

„Haben Sie das Gutachten?"

Rosenfeld gab es ihm.

„So endet es nun?", fragte Max.

„Was?"

„Unsere Bekanntschaft. Begann in einer Dönerbude. Weil ich in die Genossenschaft wollte. Endet am Planetarium, keinen Kilometer entfernt. Mein Dönerbudenbesuch hat mich 7,5 Millionen Euro gekostet."

„Weiß nicht", erwiderte Rosenfeld unbestimmt. Er hätte Max gern gefragt, warum Celina ihn erpresste. Letztlich ging es nicht nur um Geld, das spürte Rosenfeld. Da war etwas zwischen Celina und Max, etwas Tieferes.

Aber er hütete sich zu fragen.

Möller hörte mit. Keine Spur durfte zu Celina führen.

Rosenfeld nahm die beiden Koffer und schleifte sie um das Planetarium herum.

„Wollen Sie nicht reingucken?", rief Max ihm hinterher.

Wenn Max wüsste, wie egal ihm inzwischen die Millionen waren. Behalten konnte er sowieso nichts davon und wichtig war Celina. Rosenfeld drehte sich um, schob das Kinn vor. Aus Gewohnheit, es war eine Rolle, in die er zurückschlüpfte, aus der er in den letzten Stunden herausgewachsen war. Er rief Max zu:

„Es ist drin. Bis auf den letzten Euro. Wenn nicht - ich weiß, wo ich dich finde."

Rosenfeld zeigte die Faust, dann den Mittelfinger. Und guckte grimmig.

So gehörte es sich. Es war die Rolle, die er Jahrzehnte gut gespielt hatte. Die er nicht länger spielen würde, wenn das hier vorbei war.

Rosenfeld zog die Koffer durch die Dunkelheit. Er war sicher, dass Polizeibeamte sich hinter Büschen des Stadtparks verbargen und ihn gleich in Empfang nähmen.

Nun begann der schwierige Teil.

Er musste der Polizei einen Empfänger der Millionen präsentieren. Einen Empfänger, der nicht Celina van de Laar hieß, der von ihr ablenkte.

Rosenfeld zuckelte mit den Koffern zum Südring, wo er vor drei Tagen mit Celina im Wagen gesessen hatte. Sie hatten hinüber zum *Imperial* geschaut und waren guter Dinge gewesen. Dann jedoch war alles so fürchterlich aus dem Ruder gelaufen, und er hatte der Mutter von Max den Kopf abgeschlagen …

Rosenfeld erschrak. Dort stand wieder Celinas Jaguar. Und sie saß am Steuer. Celina hatte das Kopftuch mit dem Blumenmuster umgebunden.

Ihre Blicke trafen sich.

Seine Nackenmuskeln spannten sich an.

Sitzen bleiben, Mädchen. Bleibe bloß sitzen und lass dich nicht entdecken. Was für einen Wahnsinn veranstaltest du da?!

Celina formte ihm einen Kussmund. Wie ein junges, glückliches Mädchen.

Er ging vorbei. Mit einem leisen Lächeln, ohne anzuhalten, ohne den Kopf zu wenden.

Möller würde ihn beobachten.

Da Rosenfeld kaum 20 Meter weitergegangen war, sein Blick vom leuchtenden *Imperial*-Schriftzug angelockt wurde, der den Rand des Stadtparks erhellte, da meldete sich Möller auf Rosenfelds Handy:

„Wo gehen Sie hin?"

„Ich dachte wir halten Funkstille."

Ein Hummer fuhr dröhnend vorbei, aus der geöffneten Fahrerscheibe schallte Rap-Musik.

Möller sagte: „Vereinbart war, Sie bleiben auf dem Stadtparkgelände. Bis Ihr Auftraggeber erscheint, um das Geld in Empfang zu nehmen."

„Aber es kam niemand."

„Weil Sie weggegangen sind."

„Glauben Sie, ich spaziere mit den Millionen davon?"

„Zum Beispiel."

„Ich habe Ihnen gesagt, dass ich zum Parkrand gehen sollte."

„Den Sie jetzt verlassen haben, Rosenfeld."

„Weil gerade jemand Kontakt mit mir aufnehmen wollte."

„Was?! Der mit dem weißen Schal?", wollte Möller wissen. Rosenfeld hatte bei der Vorbereitung unbestimmt von einem Mann gesprochen, der einen weißen Schal als Erkennungszeichen tragen würde.

Rosenfeld sagte: „Nehme ich an, konnte es nicht erkennen."

„Wieso nicht erkennen?"

„Weil er mich telefonieren gesehen hat. Mit Ihnen, Möller."

„Er weiß doch nicht, dass ich dran bin."

„Das Telefon am Ohr reichte ihm wohl. Würde mir auch reichen, um eine Übergabe abzubrechen. Er hat Gas gegeben und ist weg. Haben Sie sicher gehört."

„Diese Dreckschleuder von Ami-Karre?"

Rosenfeld bestätigte Möllers Annahme.

„So ein Mist!", fluchte Möller.

„Ja, kann man sagen." Rosenfeld war stehengeblieben. Das lief gut.

„Wie hat er Kontakt aufgenommen?"

„Er hat gewunken. Aus dem Seitenfenster. Da kam Musik raus."

„Aber den Schal haben Sie nicht gesehen?"

„Nein."

„Haben Sie sein Gesicht gesehen?"

„Der war doch längst weg." — Ja, es lief super.

„Bleiben Sie, wo Sie sind."

Den Gefallen tat Rosenfeld dem Oberkommissar gern. Schließlich war es kein Vergnügen, überschwere Rollkoffer zu ziehen und gleichzeitig zu wissen, dass man den Inhalt nie besitzen würde.

Verstohlen sah Rosenfeld zurück. Der Jaguar scherte langsam aus der Parklücke, wendete und glitt in die Nacht davon.

Weiter hinten in den Büschen raschelte es, Zweige knackten. Möller stolperte aus dem Unterholz auf den Bürgersteig. Ihm folgten zwei uniformierte Polizisten, deren größte Sorge war, sich ihre Schirmmützen nicht von Zweigen vom Kopf fegen zu lassen. Zum Schluss erschien in Zivilkleidung Kommissar Vered.

„Holt Goedeke her", gab Möller Anweisung, ordnete sein spärliches Haar, an dem ein aufkommender Wind zauste. Dann trat Möller zwischen die parkenden Autos und schaute die Fahrbahn entlang.

„Da ist er runter gefahren, die Richtung." Rosenfeld zeigte zum *Imperial*.

Möller ließ sich den Hummer beschreiben. „Nummernschild wissen Sie?" — Nein, wusste er nicht.

Möller löste eine Fahndung aus.

Konnte er machen, dachte Rosenfeld. Es war egal, ob die

Rap-Bengels ausfindig gemacht wurden oder nicht.

Max Goedeke erschien in Begleitung von Vered und den zwei Beamten. Max gab sich ungehalten. Aber Rosenfeld merkte gleich, dass der Hotelier damit nur seine Verunsicherung zu verbergen versuchte.

„Bin ich festgenommen, Herr Kommissar?", rief Max herüber zu Möller, kaum dass er auf dem Bürgersteig war. „Herr Kommissar, bin ich festgenommen? Ich protestiere!"

„Oberkommissar. Auch für Sie. Noch bin ich nicht pensioniert."

„Etwa wegen des albernen Handys von dem Bengel?! Das habe ich nicht gestohlen."

„Mmmh ... So einfach ist das nicht."

„Aber das ist doch ...!" Max Goedeke funkelte Möller an.

Rosenfeld beobachtete das Geschehen fasziniert und dachte: Gleich langt der geschniegelte Max, der übrigens nach der ganzen Kofferschlepperei gar nicht mehr so geschniegelt aussah, dem Oberkommissar eine Ohrfeige.

Möller ließ Max stehen, wandte sich Rosenfeld zu: „Die können Sie jetzt mir geben." Er meinte die zwei Koffer.

Rosenfeld trat beiseite. Es fiel ihm nicht sonderlich schwer, von den 7,5 Millionen Abschied zu nehmen. Wenn man sein Ziel erreicht hatte: Niemand sprach von Celina ...

„Herr Oberkommissar, Sie haben kein Recht, mich hier festzuhalten", meldete sich Max, ruhiger geworden, aus dem Hintergrund.

„Tu ich gar nicht" sagte Möller. „Ich glaube sogar, Sie wollen hier sein, Herr Goedeke. Sehr dringend wollen Sie hier sein." Möller legte die Hand auf einen der Koffer und fuhr fort: „Um Ihr Eigentum zurückzubekommen. Das ist doch Ihr Eigentum?"

„Ja … ja! Das ist meins."

„Ich kann es Ihnen jetzt wiedergeben. Dann haben Sie alles, was Sie haben wollten."

Unwillkürlich fasste Max in die Tasche, wo er die Gutachtenkopie verwahrte.

Möller schob ihm die Millionenkoffer hin. „Sichergestellt. Für Sie. Nehmen Sie es, aber lassen Sie Celina van de Laar in Ruhe, sonst …" Möller ließ den Satz unvollendet.

„Sonst?", fragte Max. Und Rosenfeld fragte sich erschreckt, was Möller von Celina wusste.

Möller sagte zu Max: „Sie wissen, was sonst passiert. Deswegen lassen Sie Celina van de Laar in Ruhe."

„Sie kennen das Gutachten?"

„Was für ein Gutachten?"

„Schon gut."

„Wollen Sie es mir zeigen?"

„Nein, nein."

„Das ist in Ordnung. Sie zeigen es mir nicht und ich zeige Sie nicht an."

Max brauchte einen Moment, um Möllers verwickelte Logik nachzuvollziehen.

„Wieso sollten Sie mich anzeigen? Wegen des Handys von dem Jungen?", fragte Max schließlich, „Dann machen Sie es doch endlich!"

„Sie haben eine Straftat nicht gemeldet."

„Was für eine Straftat?!"

„Sie sind erpresst worden."

„Um eine Millionensumme, das stimmt. Unverschämt, nicht wahr?"

„Das muss gemeldet werden. Das haben Sie nicht getan. Stattdessen haben Sie 7,5 Millionen Euro in bar verschoben. Verstoß gegen das Geldwäschegesetz."

„Aber —"

„Dazu kommen Schwarzgeldverdacht, Steuerbetrugsverdacht und Vertuschung einer Straftat. Daher muss ich von Amts wegen gegen Sie ermitteln."

„Was?!"

„Aber das werde ich nicht. Bleiben Sie ruhig. Wir sind uns ja einig. Ich meine in Beziehung auf Celina van de Laar, da sind wir uns einig." Möller schaute Max scharf an. „Das sind wir doch?"

„Völlig einig."

„Wie sehr völlig einig?"

„Ich werde ihre Villa in Ruhe lassen."

Möller zeigte auf die zwei Rollkoffer. „Nehmen Sie Ihr Geld."

Rosenfeld aber, Rosenfeld glaubte Max Goedekes Zusicherungen nicht.

Die Selfmade-Kiezgröße Tarek versuchte in der Mansardenwohnung weiterhin unter Einsatz seiner gesamten intellektuellen Möglichkeiten den Verbleib seiner Millionen herauszufinden.

Er hatte seinem Steuerberater Plöckeboom das Koffergeld anvertraut. Dieser hatte versprochen, es zu waschen, indem er das Geld über Immobilienprojekte in den regulären Geldkreislauf einschleusen würde. Herbert hatte den Architekten Nielsen kontaktiert, der Investoren suchte für ein großes Naturschutzgebiet im Norden Hamburgs …

Tarek war das alles zu kompliziert. Herberts Ausreden,

wortreich bestätigt von Nielsen, dampfte Tarek ein:

„Ihr habt meinen Koffer weggemacht. Ihr besorgt ihn wieder. Sonst spieß ich euch auf. Zuerst die Hände. Dann den Pimmel. Dann das Herz. — Wie bei dem da." Er wandte sich Sascha zu, der auf der Bettkante saß und zitterte.

Sascha verlor Blut, ihm war kalt. Er schaute nach oben zur Dachluke. Als käme von dort die Lösung. Dort war auch die Lösung. Aber das ahnte hier keiner.

„Wir kennen uns", entdeckte Tarek, da er Sascha beäugte.

„Nicht, dass ich wüsste", log Sascha kleinlaut.

„In der Uni. Du warst mit so einem gebügelten Typen da. Ich meine, du bist ja auch gebügelt. Ihr wart da, um den Schatz zu suchen."

„Was für einen Schatz?"

„Tu nicht so. Ich weiß alles. Von Rosenfeld. Ich war auch wegen dem Schatz da. Hab aber nichts gefunden."

In Saschas Kopf wirbelten die Gedanken. Der Erpresser, der die Millionen haben wollte, hieß Rosenfeld. — Aber Sascha blieb keine Zeit, das weiter zu analysieren, denn Tarek redete auf ihn ein:

„Ihr habt den Schatz auch nicht gefunden, was? Da haben wir etwas gemeinsam. Dann aber hast du etwas anders gemacht, und das war nicht gut. Du hast dir mein Geld geholt. Die hier unter dem Bett in einem Koffer lagen. Das wäre dein Ersatzschatz. Hast du dir gedacht, du Kartoffel." Tarek brachte die Speerspitze an Saschas Kehle.

„Das ist doch Unsinn", stieß Sascha hervor, versuchte dabei, sich wenig zu bewegen.

„Aber Tarek lässt sich nicht bestehlen. Er ist innerhalb von zwei Jahren Kiezboss geworden. Weil er sich nicht verarschen lässt."

Plöckeboom mischte sich ein und sagte: „Vielleicht sollten wir erstmal seine Hand verbinden."

„Wer fragt dich?" Tarek ließ den Speer sinken, zog Plöckeboom hart am Ohr. Plöckeboom quiekte. Tränen traten ihm in die Augen.

Sascha wollte ein Taschentuch aus der Hose holen, um die blutende Hand zu verbinden.

„Hände nach oben!", bellte Tarek.

Sofort hob Sascha die Hände. Blut lief ihm über das Handgelenk unter die Manschette.

„Höher."

Sascha hob die Hände höher.

„Kartoffeln …", zischte Tarek, „glauben, können mich verarschen … die habe ich so was von durchschaut."

Er mochte glauben, sie durchschaut zu haben. Unbezweifelbar hatte er die drei Männer in seiner Gewalt: Sascha und den schweigsam gewordenen Architekten Nielsen und den schmalschulterigen, erfolglosen Koffersachverständigen Dr. Herbert Plöckeboom. Aber seinen verschwundenen Millionen war Tarek nach dem stümperhaften Verhör der drei Männer nicht einen Meter näher gekommen. Dabei lagen Geld und Koffer nur einen guten Meter von ihm entfernt.

Tarek tastete Sascha nach Waffen ab. Dann durfte Sascha sich die Hand verbinden. Als das mit einer Hand nicht gelang, sollte Plöckeboom helfen.

„Jetzt durchsuchen wir die Bude. Stellen alles auf den Kopf."

30 Minuten lang suchten sie. Ließen nichts an dem Ort, wo

es stand. Sogar die Fußbodendielen wurden aufgerissen. Nur der verschnürte Polizist blieb in der Wanne.

Die Millionen fanden sie nicht.

Der Koffer mit dem Geld stand nämlich auf dem Dach und Juna saß auf dem Koffer und fror. Sie hatte auch keine Lust mehr, länger dort oben auszuharren. Mit klammen Fingern brachte sie das Handy aus der Jackentasche und meldete sich bei Rosenfeld.

Bei Rosenfeld vibrierte das Handy.

Es war nach Mitternacht. Der Wind verstärkte sich.

„Gehen Sie schon ran", meinte Möller, da Rosenfeld zögerte.

Rosenfeld telefonierte nicht gern auf dem nächtlichen Bürgersteig in Anwesenheit eines Oberkommissars und eines Kommissars, von zwei uniformierten Polizisten und Max Goedeke, den er zuerst hatte erpressen wollen und dem er gerade zig Millionen Euro in zwei Koffern hatte überlassen müssen. Nachdem er die Koffer im Schweiße seines Angesichts fast einen Kilometer über nächtliche Sandwege und Bürgersteige mehr geschleift als gerollt hatte.

Rosenfeld schaute also zuerst aufs Display. Es war Juna. Er drückte sie weg.

Das Letzte, was er jetzt gebrauchen konnte: In Anwesenheit von Möller mit Juna palavern, die auf dem beiseite geschafften Koffer in der Silbersackstraße saß.

Er musste sehen, dass er hier unauffällig verschwinden konnte. Juna hatte kein Durchhaltevermögen. Zunächst wirkte sie willensstark wie ein kerniger Kerl. Dann stellte sich heraus, dass sie labil war wie ein pubertierendes Mädchen. Sie hatte etwas von einer Mannsfrau, dachte Rosenfeld.

Kommissar Vered tippte auf einen der beiden Millionenkoffer und fragte Max: „Ist da wirklich Geld drin?"

„Heben Sie es hoch", erwiderte Max.

„Boah, schwer."

„7,5 Millionen wiegen ein paar Kilo."

„Vielleicht sind aber nur Steine drin", gab sich Vered skeptisch, „kann ich mal reingucken?"

Max zögerte, sah zu Möller und den beiden Uniformierten und meinte: „Mein Eigentum ist ja gut geschützt hier." Er legte einen Koffer hin und bückte sich und machte sich daran, den Schnappverschluss zu öffnen.

Rosenfeld fand das albern. Er hätte sich gern in die Büsche geschlagen. Möller würde ihn aber nicht gehen lassen, sondern ihn aufs Revier mitnehmen wollen. Womöglich gab es schon einen Verdacht gegen ihn wegen der verschwundenen Theda Goedeke. Die Millionen hier waren jedenfalls uninteressant für Rosenfeld. Interessant waren die Hintergründe der Erpressung, die Möller vorhin offenbart hatte. Celina hatte sie ihm nie erzählt. Er wusste, dass sie ihren Vater verehrte und dass sie seine Villa halten wollte. Während Max Goedeke die Villa in seinen Besitz bringen wollte. Warum das so war, das wusste Rosenfeld nicht. Aber er wollte Celina helfen. Sie sollte ihre Villa behalten.

Max traute er nicht. Er hatte auf krummen Wegen versucht, mit Rosenfelds Hilfe Mitglied der Baugenossenschaft am Borgweg zu werden, um sie von innen heraus zu übernehmen. So ein Geschäftstyp wie Max würde weiter probieren, Celina aufs Kreuz zu legen.

Wieder vibrierte Rosenfelds Handy.

„Jetzt gehen Sie schon ran", sagte Möller.

Rosenfeld nahm das Gespräch an und brummte ins Handy: „Was'n los?" Juna berichtete, was sie durch die Dachluke erspäht hatte. „Au Mann!", sagte Rosenfeld. „Das ist voll krass. Bleib, wo du bist.

„Gibt's ein Problem?", wollte Möller wissen.

„Sascha Niederberger ist mit einem Speer verletzt worden und wird gefangen gehalten."

„Was?! Woher wissen Sie das?"

„Von Tarek."

„Dem Kiezverbrecher?! Der telefoniert mit Ihnen?"

„Nein. Er hält Sascha gefangen. In dem Haus, in dem Sie mich bei den Reisevorbereitungen gestört haben."

Da Max hörte, dass sein Freund Sascha in der Gewalt von Tarek war, vergaß er die Millionen im aufgeklappten Koffer und bestürmte Möller, etwas zu unternehmen.

Was dieser sowieso wollte, Max deswegen auf Abstand hielt, er solle sich darum kümmern, dass ihm die Millionen nicht davonflatterten. Aber Max kümmerte sich zunächst nicht um das Geld, er tippte eine besorgte Botschaft an seinen Freund Sascha. Möller kommandierte Vered und einen Uniformierten, ihn sofort in die Silbersackstraße zu begleiten. Der zweite Uniformierte sollte auf Rosenfeld aufpassen.

Rosenfeld sah seine Chance. Mit einem einzelnen Polizisten konnte er fertig werden.

Zumal Max nicht störte. Der lief jetzt davonwehenden Scheinen nach.

Sascha konnte zusehen, wie der große Kiezboss Tarek auf Normalmaß zusammenschrumpfte.

Was die Lage für Sascha, Nielsen und Plöckeboom nicht besser machte.

Denn nun wurden sie wie Rumpelstilzchen von Tarek umtanzt, den Speer in der Hand: „Ihr Kartoffeln … habe euch durchschaut … alle werde ich umbringen …"

Plötzlich hielt er inne.

„Was telefonierst du?!", schrie er Sascha an.

„Aber ich habe nicht telefoniert."

Tarek, einen Kopf kleiner als Sascha, trat dicht an Sascha heran und funkelte mit irren Augen. „Aber dein Handy hör ich, es vibriert doch!"

Es vibrierte schon seit über 30 Minuten immer wieder. Eine Menge Nachrichten waren eingelaufen, Sascha hatte sich nicht getraut nachzuschauen, um keine Aufmerksamkeit auf sich und das Handy zu lenken. — Jetzt wird Tarek mich aufspießen und das ist mein letzter Gedanke, dachte Sascha und haderte mit sich selbst: So einen dämlichen letzten Gedanke zu haben.

„Gib es her!"

Mit zittrigen Fingern reichte Sascha das Handy, und Tarek wischte vergeblich darauf herum:

„Mach es auf, Kartoffel! Los jetzt!" Tarek gab das Handy zurück, Sascha entriegelte es und beide lasen die Nachricht, die das Vibrieren ausgelöst hatte. Sie kam von Max:

Geht es dir gut?????

Gerade noch in Todesangst, machte Sascha nun innerlich einen Luftsprung, da er von Max hörte, der sich Sorgen um seinen Freund machte. Ganz ohne Millionengabe. Es war schön.

„Max, wer ist Max? Sag es, Kartoffel!"

„Ein Freund."

„Mit dem ich dich in der Uni getroffen habe? Ihr wisst also doch, wo der Schatz ist."

Sascha konnte die Schlussfolgerung Tareks nicht nachvollziehen.

„Los, sag es mir!" Tarek nahm Sascha das Handy wieder ab und brachte die Speerspitze vor Saschas Gesicht. Er hob die Spitze an, so dass sich die ersten Millimeter des Metalls in das Nasenloch von Sascha schoben.

Allerdings behielt Tarek, da er sich mit Sascha befasste, die Wohnungstür nicht mehr im Blick. Was ein Fehler war.

Inzwischen hatte Möller nämlich das betagte Türschloss mit einem Dietrich geöffnet und brachte sich nun in Tareks Rücken in Position, gab Nielsen und Herbert Plöckeboom Zeichen, ihn nicht zu verraten.

Ein Ansinnen, das Plöckeboom jedoch überforderte: Der Steuerberater zwinkerte nervös mit den Augen.

Der zurückgebliebene Polizist klappte den Rollkoffer zu, damit nicht noch mehr Scheine verwehten. Max telefonierte nach einem Taxi und suchte zugleich im Rinnstein des Südrings nach Geldscheinen. Aber da waren keine mehr, er hatte alle aufgesammelt.

„Ich hab hier noch einen Zweihunderter gefunden", sagte Rosenfeld, streckte dem Polizisten die leere linke Hand entgegen.

Als der Beamte in die leere Handfläche guckte erwischte ihn Rosenfelds von rechts geführten Aufwärtshaken am Kinn. Der Polizist fiel der Länge nach auf den Bürgersteig und blieb regungslos liegen. Seine Mütze flog auf die Fahrbahn.

„Pass auf dein Geld auf", rief Rosenfeld hinüber zu Max und verschwand im Stadtpark. Über einen Pfad, der sich zwischen alten Rhododendrenbüschen hindurch schlängelte, gelangte Rosenfeld zum *Imperial*. Dort warteten Taxis.

„Einmal *Silbersackstraße*."

Auf dem Rücksitz telefonierte er mit Juna: „Du musst da verschwinden."

„Bin ich schon."

„Was?"

„Glaubst du, ich bin blöd und frier mir einen ab."

„Wo bist du?"

„Gleich bei mir in der Wohnung und dann nehm' ich ein heißes Bad."

„Hast du den Koffer?"

„Bin ich blöd?"

„Sag einfach, wa."

„Natürlich hab ich den. Kannst du abholen."

„Cheffe, vergiss die *Silbersackstraße*", beugte sich Rosenfeld nach vorn zum Fahrer, „Es geht zum Grindelberg, wa."

Dann ließ Rosenfeld sich von der stolzen Juna am Telefon berichten, wie sie in Besitz des Koffers gelangt war. Tarek war gekommen, hatte den Polizeiposten niedergeschlagen und während er den Polizisten im Bad fesselte, war Juna, die durch die Dachluke alles beobachtet hatte, mit ihrem Schlüssel in die Wohnung und hatte den Koffer herausgeholt.

Juna war doch ein Goldstück.

Rosenfeld fühlte es: Endlich lief es mal gut für ihn.

Was für ein Irrtum. Noch nie im Leben lief es so schlecht für Rosenfeld wie gerade jetzt. Er wusste es nur noch nicht.

Kapitel 12

Tarek merkte Plöckebooms Zwinkern, wurde misstrauisch, fuhr herum — und schaute direkt in die dunkle Mündung von Möllers Dienstwaffe.

„Oh", meinte Tarek.

„Schluss mit den Häuptlingsspielen, Tarek", sagte Möller. „Schön langsam ablegen. Wo ist mein Kollege? Der hier aufpassen sollte?"

Plöckeboom kicherte, Nielsen schnaufte und Sascha betete. Dass Tarek ihm nicht noch mit einer unbedachten Bewegung der Speerspitze die Nase aufriss.

Aber Tarek blieb kühl. Als wenn ihm die unmittelbare Bedrohung die Krause im Gehirn glätten würde. Er sagte: „Ihrem Kollegen geht es gut. Er nimmt gerade ein Bad", Tarek deutete mit einer Kopfbewegung zur Toilettentür. „Darf ich meinem Kumpel hier noch das Handy zurückgeben?"

Da Möller nickte, nahm Tarek die Speerspitze aus Saschas Nase, täuschte die Rückgabe des Handys an Sascha an, warf das Handy stattdessen jedoch Möller gegen die Stirn. Dann schlug er mit dem Speer einen Kreis. Geistesgegenwärtig wichen alle zurück: Für Tarek war der Weg ins Treppenhaus frei. Er machte einige schnelle Schritte aus der Mansarde, übersprang eine aufgerissen Diele.

„Alles Kartoffeln! Weichgekochte!"

Dann trabte er die Stufen abwärts.

„Ruhig bleiben", sagte Möller, „am Vorder- und Hinterausgang stehen zwei Posten."

Plöckeboom und Nielsen befreiten den verschnürten Polizisten.

Aus dem Treppenhaus drang ein Schrei nach oben.

„Das war nicht Tarek!", sagte Sascha, und Möller entglitten die Gesichtszüge:

„So ein Mist!"

Der Oberkommissar eilte zum Fenster, von dem man die Silbersackstraße überblicken konnte.

Tarek überquerte die Straße, lief an der Kachelwand der Kneipe entlang und verschwand um die Ecke.

„Fahndung nach Tarek", schrie Möller ins Funkgerät, gab Personenbeschreibung und Örtlichkeit durch.

Kurz darauf wimmelte es in der bereits durchsuchten und übel zugerichteten Dachwohnung von Polizisten. Sie suchten wie zuvor Tarek den Millionenkoffer, den Möller hatte zurückbringen und unter das Bett hatte schieben lassen.

Der Koffer blieb verschwunden, auch wenn Möller es nicht wahrhaben wollte. Er unterzog den aus der Wanne befreiten Polizisten eines ebenso scharfen wie ergebnislosen Verhörs. Der bedauernswerte Mann, dessen Karriere zu Ende sein durfte, hatte die Aufgabe gehabt, auf das Geld aufzupassen.

Letztlich jedoch lag die Verantwortung für den Millionenverlust bei Möller. Für den Oberkommissar zeichnete sich ein unschönes Finale seiner Polizeikarriere ab. Bei jeder Weihnachtsfeier, zu der er als Pensionär von seinen Ex-Kollegen eingeladen würde, müsste er ihre Lästereien ertragen. Wie er es gemacht hätte, kurz vor Dienstende seine Pension um 7,5 Millionen aufzubessern.

Möller kommandierte: „Alle herhören. Die Tapeten müssen runter."

„Aber ..."

„Nichts aber. Vielleicht haben wir ein Geheimfach übersehen. Und die restlichen Dielen raus. Alle. Wir machen jetzt ernst."

„Dürften wir gehen?", brachte Herbert Plöckeboom sich, Nielsen und Sascha ins Gedächtnis.

„Von wegen. Zum Verhör bereithalten. Aber nicht im Weg stehen, geht da ans Fenster."

Also stellten sich Sascha, Plöckeboom und Nielsen ans Fenster. Vor ihren Fußspitzen kanteten Beamte eine Diele nach der anderen hoch. Möller ließ sich am Funkgerät über den Stand der Fahndung nach Tarek informieren. Plöckeboom stellte fest:

„Sein Wagen steht da unten."

„Was?!"

„Ich kenne ihn. Ist ein Pick-up. Mit dem fährt Tarek bei mir vor, wenn er Steuerunterlagen bringt. Zu groß für die Stadt. Ist eher was für die Deiche, draußen im Alten Land."

Möller schaute hinunter. Am Straßenrand parkte ein protziges amerikanisches Modell mit Pritsche und Plane.

„Ist ja interessant", murmelte Möller und machte sich auf den Weg nach unten, stieg im Treppenhaus über Vered hinweg, dessen Kopfwunde von einem Notarzt versorgt wurde. Vered hatte sich von Tarek überrumpeln lassen, als dieser durch das Treppenhaus flüchtete.

Vom Fenster aus sahen Sascha, Plöckeboom und Nielsen zu, wie Möller die Plane beiseite schlug. Auf der Pritsche des Pick-ups lag eine Leiche.

„Hat die keinen Kopf?", erkundigte sich Plöckeboom.

„Ist zu wenig Licht", meinte Nielsen. Der Pick-up stand

entfernt von der nächsten Laterne.

Sascha jedoch glaubte, trotz der knappen Beleuchtung zu erkennen, wen Möller da unten gefunden hatte. Sascha sah es an der Kleidung. Jahrzehntelang hatte Theda Goedeke mit Vorliebe solche karierten Röcke getragen.

Sascha spürte, wie ihn die Kraft verließ. „Ich muss mich setzen", sagte er und ließ sich auf den Boden sinken, lehnte den Rücken an den Heizkörper und sah zum Glück nicht, wie Möller nun den abgetrennten Kopf von Theda Goedeke in die Höhe hielt.

Weitere Polizisten hasteten zum Pick-up. Vered war auch dabei, nun mit Kopfverband: Der Kommissar hatte es abgelehnt, vom Notarzt nach Hause geschickt zu werden. Möller ließ sich auf die Pritsche helfen. Hinter der Leiche entdeckte er einen Spaten und eine Mistgabel. Beide Geräte waren blutverschmiert.

Möller überlegte laut: „Der Oberarzt im UKE meinte, Rosenfeld habe eine Rückenverletzung wie von einer Forke …" Dann schrie Möller ins Funkgerät: „Rosenfeld sofort Handschellen anlegen!"

Möller reichte Vered Spaten und Mistgabel hinunter. „Sofort zur Spurensicherung damit. An beiden ist Blut", sagte er und Vered nahm sein Taschentuch, um keine weiteren Fingerabdrücke zu produzieren.

Möller sagte: „Ich verwette meine Pension darauf, dass mit dem Spaten der Frau der Kopf abgetrennt wurde. Und zwar als sie noch lebte."

„Soll ich nicht doch einen Notarzt alarmieren?", fragte Max. Der Polizist rappelte sich auf, lehnte vehement ab und informierte Möller, dass Rosenfeld entwischt war. Möller ahnte das schon, da er ebenso wie die Zentrale den Polizisten über Funk nicht mehr erreicht hatten. Die Fahndung nach Rosenfeld sei bereits ausgelöst. Rosenfeld stehe unter Mordverdacht.

Auf dem Handy von Max warteten mehrere Nachrichten von Laura. Aber für die Schwester hatte Max jetzt keine Zeit. Er tippte Nachrichten an Sascha. Endlich kam das Taxi für Max. Er hatte schon überlegt, dass es schneller gewesen wäre, hinüber zum *Imperial* zu laufen. Meistens standen dort ein oder zwei Taxis. Andererseits, die zwei Koffer bis dahin zu bekommen …

Er wuchtete das Geldgepäck in den Kofferraum.

„Zur *Silbersackstraße* bitte."

Sein Handy klingelte — Laura.

„Ich habe keine Zeit, Laura."

„Hast du nie."

Er dachte an ihre Strip-Eskapade und wie er sich um sie gekümmert hatte. Aber besser war, nichts zu sagen. Es würde Laura nur noch mehr aufbringen.

„Sascha ist in Schwierigkeiten, ich muss ihn da rausholen", meinte er.

„Wann wolltest du mir sagen, das Mama verschwunden ist?!"

„Äh … ich …" Er brachte Entschuldigungen vor … machte es damit schlimmer. Egal was er sagte, wie er es zu erklären versuchte, er machte es schlimmer. Es war ja auch unerklärlich … unentschuldbar. Sie hatten immer wenig über ihre Mutter gesprochen, hatten sie in der Wohnung in Altona selten besucht. Zum Kornspeicher war nur noch Max gefahren. Warum sich das so entwickelt hatte … irgendwie war das Fundament über die Jahrzehnte zerbröselt, oder es war in ganz früher Zeit nicht richtig gelegt worden.

„Drehen Sie bitte noch mal um, zum *Imperial*", sagte Max.

Wenn mit Mutter etwas falsch gelaufen war, wenn sie sich auseinander gelebt hatten, dann wollte er den Fehler mit seiner Schwester nicht wiederholen.

Laura stieg zu.

Von oben bis unten trug sie Jeans, zeterte und machte ihm Vorwürfe — um sich dann umstandslos an seine Brust zu werfen und zu weinen: Was mit Mama wohl wäre, ob es ihr gut gehe …?

Sanft schob er Laura beiseite.

„Ich muss an mein Handy."

Es vibrierte, das Display zeigte Sascha an, aber Max ließ seinen Freund gar nicht zu Wort kommen:

„Wie geht es dir?"

„Alles gut, bin auf dem Weg ins UKE", meinte Sascha.

„Was?!"

„Nur ein kurzer Check. Max —"

„Zwischen uns ist alles gut, Sascha. Alles ist gut, mach dir keine Sorgen."

„… was ganz anderes … Max, sie haben deine Mutter gefunden …"

„Was? Wo?"

„Sie ist … tot, Max. Sie wurde auf der Ladefläche von Tareks Pick-up gefunden. Es tut mir so leid."

Max ließ das Handy sinken, schaute aus der Seitenscheibe auf die vorbeiwischenden Lichter.

„Was ist, Max?" Laura schaute zu ihrem Bruder. „Max …?"

„Mama ist tot."

„Ohhhh." Lauras Stöhnen kam tief aus ihrem Inneren.

Sascha erzählte mehr, von den Umständen, von Möllers Verdacht, von Tareks Flucht, von Rosenfeld. Dünn hörte Max die Stimme von Sascha aus dem Handy klingen, er hob das Handy wieder ans Ohr. So war Sascha besser zu hören. Aber verstehen tat Max das alles nicht wirklich. Sein Verstand wollte es nicht verstehen. Stattdessen verstand Max seine Schwester:

Laura hatte feuchte Augen und erzählte, wie Mama sie immer in den Kindergarten gebracht hatte und dass sie Mama noch nach einem *Grauen Ort* fragen wollte.

Max fühlte sich leer. Er wollte sich auch an Mama erinnern. Wie sie ihn in den Kindergarten brachte. Aber da waren keine Bilder.

Rosenfeld fühlte eine wohlige Müdigkeit. Die monotonen Fahrgeräusche, das sanfte Federn des Wagens, der routinierte Fahrstil des Fahrers. Rosenfeld saß auf der Rückbank, ließ sich durch die nächtliche Stadt chauffieren. Seine Augen wurden schwerer.

„Wir sind da."

Er bezahlte, stieg aus, fuhr im Fahrstuhl nach oben. Juna öffnete.

„Du siehst müde aus."

„Bin ich auch."

Sie hatte den Koffer neben ihr Bett gestellt.

Er lobte: „Das ist unglaublich. Wirklich unglaublich."

„Danke." Ihre knochigen Hände strichen ihm weich über die Wangen. „Dein Hemd ist hinten blutig", entdeckte sie und wollte den Verband erneuern, der sich ihm um Brust und Rücken wickelte.

„Morgen früh", meinte er, „dann machen wir das. Ich bin echt müde."

Was kein Wunder war. Er war seit fast 24 Stunden auf den Beinen und seit der Verletzung durch Theda Goedeke geschwächt, trotz der Spritzen und Infusionen im UKE.

Rosenfeld ließ sich auf Junas Bett fallen und zog das Kopfkissen heran. Juna löschte das Licht und wollte hinüber ins Wohnzimmer.

„Kannst du mir noch Stift und Papier hinlegen", bat er.

Sie brachte es ihm. „Plus eine Zahnbürste", sagte sie. Kurze Zeit später war Rosenfeld in einen tiefen, traumlosen Schlaf gefallen.

Ein paar Stunden später oder waren es nur Minuten gewesen rüttelte jemand an Rosenfelds Schulter, störte ihn. Er wollte weiterschlafen, konnte aber nicht - das Rütteln wurde stärker. Rosenfeld blinzelte.

Juna beugte sich über ihn.

„Was'n los?", fragte er.

„Unten ist Polizei. Jede Menge Peterwagen. Ohne Blaulicht, ohne Tatütata."

Sofort war Rosenfeld wach:

„Ich muss weg, wa.""

„Suchen sie nach dir?"

„Vielleicht … hab' mich nämlich nicht abgemeldet. Aber woher konnten sie wissen, dass ich hier bei dir bin?"

„Eventuell kommen sie wegen Tarek? Dem gehört das Apartment."

„Du brauchst eine eigene Wohnung, Kleines. Solltest dich von dem Gauner lösen."

„Da habe ich kein Geld dafür."

Rosenfeld richtete seine zerknitterte Kleidung, kontrollierte die Rückseite seiner Jacke; dort war kein Blut zu sehen.

„Oder sie sind nicht wegen Tarek und nicht wegen mir hier", meinte Rosenfeld und bat Juna, noch mal vom Balkon aus hinunterzuschauen, ob die Polizei weitergefahren sei. Könnte doch sein …

Rosenfeld schnappte sich den Koffer mit den Millionen.

Juna meldete sich vom Balkon: „Ich sehe die Polizeiwagen, die stehen noch vorm Haus."

Rosenfeld schlich währenddessen durch den Flur und zog hinter sich die Wohnungstür geräuschlos ins Schloss.

Er würde zu Celina gehen. Er wollte sie sehen und mit ihr sprechen. Außerdem würde ihn da niemand vermuten.

Am Goldbekufer stieg er aus dem Taxi, er war vorsichtig, den Rest ginge er zu Fuß.

Feuchte Kühle krabbelte ihn vom Kanal herauf an. Es war früher Wintermorgen, der Himmel noch dunkel.

Rosenfeld mied das Laternenlicht, blieb in der Deckung von Baumstämmen und parkenden Autos. In der Villa von Celina brannte kein Licht. Sie würde noch schlafen, und er entschied sich dagegen, sie anzurufen oder an der Tür zu klingeln. Sie würde sich erschrecken, außerdem wusste er nicht recht, was er sagen sollte.

Bei Babsi, bei Jeanette, Katrin oder Frieda hätte er einen kessen Spruch auf den Lippen gehabt, er wusste sie zu nehmen und mit ihnen Spaß zu haben. Celina war anders, verunsicherte ihn, faszinierte ihn. Mehr noch als das, es ging tiefer. - Sein Handy meldete sich, Juna war dran:

„Sie fahnden nach dir! Ein Möller war hier an der Tür. "

„Weswegen?"

„Hat er nicht gesagt. Gab sich jovial. Aber das ist ein harter Hund, das habe ich gemerkt. Der lässt nicht locker."

Er musste von hier weg. Sofort. Celina schützen. Durfte sie nicht in Verdacht bringen.

Irgendein Nachtbus würde noch fahren. Die Station Borgweg lag um die Ecke. In der Dönerbude neben der Station hatte er Max kennengelernt … Rosenfeld entschied sich, zum Grindelberg zurückzufahren. Dort würde die Polizei ihn zuletzt vermuten. Denn dort waren sie gerade erst gewesen.

Rosenfeld näherte sich den Grindelhochhäusern. Es wurde heller.

Im Vorraum wartete er vor den Fahrstuhltüren, wollte zu Juna hochfahren, als hinter ihm Tarek hereinstolperte.

Tarek sah aus wie ein Vagabund.

Mehrmals war Tarek in den vergangenen Stunden um Haaresbreite der Polizei entkommen. Tarek war über Autodächer gelaufen, durch die Kanalisation gewatet, unter Sträuchern hindurchgekrochen. So hatte er seine Meute abgeschüttelt. Glaubte der Kiezboss zumindest, dem im Moment gar nicht mehr so bossig zumute war. Der sich verkriechen und Kraft schöpfen wollte.

„Ah, welche Überraschung", sagte Tarek, „der Oma-Mörder kehrt zurück. Haben ihm also doch gefallen, die Traumspritzen von Ubejd."

Rosenfeld fuhr herum.

„Was machst du denn hier, wa'?"

„Vielleicht suche ich immer noch den Schatz, von dem du mir nicht sagen willst, wo er ist?"

„Schwachsinn."

„Ich brauch nämlich Geld. Bin im Moment klamm. Hatte unvorhergesehene Ausgaben."

Sie standen sich gegenüber wie zwei Boxer.

Tarek drohte: „Diesmal lasse ich dich nicht davonkommen. Du sagst mir, wo der Schatz ist, oder ich werde bei der Polizei auspacken. Alles was ich weiß. Plus die Beweise."

„Tu dir keinen Zwang an. Die sind schon da. Ganz heiß auf deine Story."

Rosenfeld zeigte durch die Glastür.

Durch den kargen Hochhausvorgarten näherten sich Möller, Vered und Streifenpolizisten in geducktem Laufschritt.

„Mist", meinte Tarek. „Dann nehm ich mir eben Celina noch mal zur Brust. Die wird's ausspucken." Tarek wollte fliehen: Gerade öffnete sich die Fahrstuhltür.

Rosenfeld warf sich Tarek entgegen: „Für dich ist hier Endstation. Nichts mit Celina."

Tarek taumelte, suchte Halt, bekam den Feuerlöscher zu fassen, der neben der Fahrstuhltür hing, riss den roten Eisenbehälter von der Wand.

„Tarek und Rosenfeld!", schrie Möller von draußen, „Ihr seid vorläufig festgenommen!"

„Ich bestimmt nicht", keuchte Tarek, der sein Gleichgewicht wiedergefunden hatte und in die Aufzugkabine hechtete. — Rosenfeld packte Tarek am Kragen und riss ihn zurück in den Vorraum.

„Endstation", wiederholte Rosenfeld. Wie damals im Ring,

als er der Champ war, und er das Kinn vorschob.

Tarek erwiderte: „Deine Nase sieht so was von scheiße aus." Er holte mit dem Feuerlöscher aus. Rosenfeld sah die schmale Seite des Löschers mit der scharfkantigen Standfläche auf sich zu sausen. Aber er hob seine Arme nicht ... Wie der Champ es gemacht hätte.

Er wollte nicht mehr Champ sein, er hatte eine neue Rolle. Die machte mehr Sinn. Jedenfalls fand er das.

Der eiserne Löscher traf Rosenfeld mit Wucht an der Nasenwurzel.

Rosenfeld machte einen Ausfallschritt, ziemlich fahrig, dann ging er zu Boden.

„Celina, ich ..."

Sein Blick wurde starr, Rosenfeld verlor das Bewusstsein. Aus einem Hautriss an der Nasenwurzel trat dunkles Blut. Auch um seinem Hinterkopf breitete sich eine riesige Blutlache aus.

Tarek stand über Rosenfeld, und seine Knopfaugen glichen zwei glühenden Kohlestücken. „So was von scheiße, deine Nase. Wollte ich dir schon letztes Mal sagen."

„Tarek", rief Möller, der mit den Kollegen herein gestürmt war, „Löscher hinstellen."

Zwei Streifenpolizisten zugleich griffen Tarek von hinten, Vered fesselte ihn mit Handschellen.

Möller kniete bei Rosenfeld; lauter als nötig rief er ins Funkgerät: „Wir brauchen einen Notarzt, schnell!"

Im Notarztwagen auf dem Weg ins Krankenhaus erlag Julian Rosenfeld seinen Verletzungen, ohne zuvor noch einmal das Bewusstsein erlangt zu haben.

Das erfuhren Max, Laura und Sascha erst einige Tage später in Berties Büro, als sie dort auf den Stahlrohrfreischwingern Platz genommen hatten.

Auf der anderen Seite des Schreibtisches lehnte sich Bertie in seinem Stuhl zurück. Er hatte die Lamellen des Vorhangs zugezogen. Sie sprachen über Rosenfelds Tod. Vor allem über den Verdacht, dass er Theda Goedeke getötet haben könnte. Bewiesen war es nicht, aber Indizien sprachen dafür. Max, Laura und Sascha kam die Tat rätselhaft vor, sie spekulierten über Motive.

„Vielleicht war es nur ein Unfall. Oder eine Affekthandlung", meinte Bertie, „und mit letzter Sicherheit lässt es sich nicht mehr aufklären."

Gehilfin Sandra brachte Schümli, Sahne und eine Vase mit frisch geschnittenen Nelken.

„Passt beim Kaffee auf", warnte Max, „der ist heißer als bei uns. Muss ich noch in Erfahrung bringen, wie Sandra das macht."

Um das Treffen bei Bertie hatte Max gebeten, nachdem er am Tag zuvor von Oberkommissar Möller ohne nähere Erläuterungen aufs Revier geladen worden war. Max war der Einladung aufs Revier nicht gefolgt.

Hätte Max um keinen Termin gebeten, so hätte seinerseits Bertie sich bei ihm gemeldet und das Treffen empfohlen. Denn auch bei Bertie hatte Möller vorgesprochen …

Obwohl Sascha auf Bertie nicht gut zu sprechen war, saß auch er, die verletzte Hand verbunden, mit in der Runde: Aus Gründen, die mit seiner Extratour zum Architekten Sebastian Nielsen zusammenhingen, die er besser unterlassen hätte:

Denn es stellte sich heraus, dass die scharfe Barbara von dem

Judenfriedhof im Tunneltal wusste. Um Nielsen eins auszuwischen, hatte Barbara daraufhin Gott und die Welt darüber informiert, dass ihr Verflossener, der gescheiterte Architekt und Bezirkspolitikerdarsteller Nielsen, im Tunneltal einen versunkenen Judenfriedhof zubetonieren lassen wollte. Was so was von böse war, da solche Friedhöfe von Juden auf Ewigkeit als heilige Orte angesehen würden, die nicht entweiht werden durften: schon gar nicht aus reinen Profit-Zwecken. Als Gipfel antijüdischer Perfidie würde angesehen werden, dass alles auch noch bezahlt werden sollte aus den Steuergeldern des Volkes, das auf ewig die Schuld der Judenvernichtung auf sich geladen hatte.

Die Haspa, als regionales Geldhaus bestens vernetzt, hörte in Stundenfrist von dem sich anbahnenden Friedhofsskandal. Hartmut Reschke rief Sascha an: Die Finanzierungszusage für das Tunneltalprojekt werde leider zurückgezogen werden müssen.

Das bedeutete, dass Max innerhalb weniger Wochen das Geld ausgehen würde. Und er konnte noch nicht mal das *Imperial* verkaufen, um flüssig zu werden. Es gehörte ihm ja praktisch schon nicht mehr.

„Waaaaas …?!"

So kreischte Laura, als sie das hörte. Laura bekam einen richtigen Kreisch-Anfall. In einer Lautstärke und Länge, die Max bei Laura zuvor nie erlebt hatte — und er hatte schon einige Schrei-Attacken seiner Schwester überstanden.

Kurz gesagt, es war der Moment erreicht, da nur noch Bertie helfen konnte, und seine unverschämten Kostennoten würde Max zu ertragen haben. So also saßen sie hier vor Bertie und dampfendem Schümli.

Bertie zerpflückte Blütenblätter, schnippelte an Stängeln und hörte sich die Dramen an.

Auch von dem *Grauen Ort* erfuhr Bertie, an den Laura sich erinnert hatte, nachdem der BILD-Mann Müller-Ahrendt sich bei ihr so interessiert an der Geschichte der ollen Familienmünze zeigte.

Bertie wurde das Ganze unübersichtlich:

„Eigentlich würde ich das Gespräch gern in der Sauna fortsetzen."

„Bitte nicht", flehte Max.

Bertie sah hinüber zu Laura: „Was meinst du? - Wir duzen uns doch?"

„Ich habe aber keinen Bikini dabei."

„In die Sauna geht man doch nicht mit Bikini."

„Ach so. Ganz nackt?" Überrascht klimperte sie mit den Mascara-Wimpern. Zumindest tat sie überrascht. „Du meinst wir gehen ganz nackt da hinein?"

„Wir bleiben hier und Schluss damit", entschied Max und wollte wissen, ob Möller etwas gegen ihn in der Hand haben könne?

Bertie bezweifelte das, aber es sei richtig gewesen, nicht zu Möller aufs Revier zu gehen: „Dazu bist du nicht verpflichtet. Selbst wenn sie dir eine dienstliche Einladung schicken." Oberkommissar Möller stände kurz vor der Pensionierung. Mit Tarek und dem verstorbenen Rosenfeld als möglichem Mörder von Theda Goedeke habe Möller alles, was er wolle und werde zufrieden in Pension gehen. — „Oh, Entschuldigung", sagte Bertie zu Max und Laura, „mein Beileid zum Tode eurer

Mutter. Wie ungeschickt von mir, ihren Tod in Zusammenhang mit der Zufriedenheit eines Oberkommissars zu bringen."

„Geht schon", meinte Max, „wir hatten uns von ihr gedanklich irgendwie in den letzten Jahren … wir hatten uns … entfernt."

„Ich werde sie nicht vergessen", sagte Laura leise, „meine Mama."

In die entstehende Stille hinein reichte Sascha dem Anwalt den Erbpachtvertrag, den Max unterschrieben und über den Laura sich so aufgeregt hatte. Ob man da etwas machen könne, wollte Sascha wissen.

Bertie blätterte durch die Papiere: „Das ist durchaus anfechtbar." — Es sei denn … und Bertie schaute zu Laura … Sie wollen das gar nicht anfechten.

„Warum sollten wir das nicht tun?", fragte Max.

„Weil es vielleicht nicht im Interesse deiner Schwester ist", meinte Bertie.

„Du bist *mein* Anwalt."

„Ich bin immer auch Vertreter der Interessen schöner Frauen."

Laura schenkte Bertie ein Lächeln. Ein Lächeln von der Art, wie Frauen es denjenigen vorbehielten, mit denen sie kürzlich etwas Wunderschönes erlebt hatten oder es bald erleben wollten.

Bertie blieb dran: „Ich habe gehört, du hast ein spezielles … Verhältnis … zu dem Begünstigten des Erbpachtvertrages?"

Lauras Lächeln wich abrupt einem skeptischem Gesichtsausdruck. „Zu Elias, ja."

„Wie speziell ist dein Verhältnis?"

„Wir planen zu heiraten."

„Meinen Glückwunsch."

Max sagte: „Dann würde ich zum Angestellten meiner

Schwester und ihres Ehemanns."

„So ist es. Gut, dass du es aussprichst", meinte Bertie, „Ihr steht damit am Grund eurer künftigen Beziehung. Sprecht darüber, du und Laura, und werdet euch klar, was ihr wollt. Wenn das entschieden ist, werde ich euch helfen. Die Erbpachtgeschichte ist anfechtbar. Aber man kann sie auch akzeptieren. Auch eine Ehe ist anfechtbar." Bertie suchte Lauras Blick. Laura wich nicht aus. Bertie fuhr fort: „Scheidungen sind lukrativ. Nicht nur für Anwälte."

„Wir werden darüber sprechen", sagte Max und nahm die Hand seiner Schwester.

Laura meinte: „Außerdem gibt es da noch ein Grundstück auf der anderen Elbseite. Das ist nicht Bestandteil des Vertrags."

„In der Nähe der Festung *Grauer Ort*", sagte Max.

„Genau", bestätigte Laura, „da hat Müller-Ahrendt Interesse dran. Er meinte, da könnte ein Piratenschatz liegen. Er würde eine Serie schreiben. Ich dachte mir, vielleicht könnte man etwas Touristisches auf dem Grundstück aufziehen. Schatzsuchen anbieten oder so."

Max sah seine Schwester erstaunt an: „Gute Idee."

Bertie sagte: „Ich sehe, ihr einigt euch. Es scheinen neue Aufgaben auf euch zu warten."

Sascha fragte nach dem Gutachten und dem möglichen Gift unter dem Hotel. Max wollte nicht mehr darüber sprechen, schließlich habe er das Gutachten erhalten.

„Nur die Kopie", gab Sascha zu bedenken. Das Original habe der Erpresser noch: wahrscheinlich Celina van de Laar.

„Das ist nicht bewiesen", meinte Bertie, „es könnte auch Rosenfeld allein gewesen sein. Ich rate euch, sprecht euch mit

Celina aus. Ich habe von Möller signalisiert bekommen, dass sie dazu bereit wäre."

„Woher wusste Möller wann und wo die Geldübergabe war?", wollte Max wissen.

Bertie berichtete, was Möller ihm gestern erzählt hatte: Rosenfeld habe Möller gestanden, 7,5 Millionen Euro am Planetarium von Max entgegennehmen zu sollen. Rosenfeld wisse aber nicht, wer der Auftraggeber der Erpressung sei. Rosenfeld wurde daraufhin von Möller beschattet. Da der Erpresser keine unregistrierten Scheine verlangt habe, habe Möller nie Rosenfeld für den eigentlichen Täter gehalten, sondern auf einen Amateur als Hintermann getippt.

„Celina!", rief Max. „Sie hätte auch ein Motiv. Konnte die Hypotheken nicht mehr bezahlen. Sie weiß auch, dass wir ihr Grundstück für einen Parkplatz brauchen."

„Möller konnte ihr aber nichts nachweisen", sagte Bertie.

„Vielleicht wollte er es nicht. Er legte mir nahe, ich möge Celina in Ruhe lassen."

„Ich empfehle dir, dich mit Celina auszusprechen. Das scheint mir das Fundament von allem zu sein, was die Zukunft des *Imperials* betrifft."

Bertie schaute dabei Max ernst an, und Max dachte, Bertie ist nicht nur ein guter Anwalt, er ist auch ein echter Ratgeber. Obwohl er sockenlose Mokassins, einer Nelke im Knopfloch und das Haar zu lang trug.

Bertie ergänzte: „Ich könnte mir vorstellen, dass das Gutachten wenig aussagt. Es ist über 30 Jahre alt. Offensichtlich ist die ganze Zeit niemand wegen Bodengiften im *Imperial* zu Schaden gekommen. Sollte da etwas im Boden sein, ist es einbetoniert und so sicher wie in einem Sarkophag verschlossen. Oder es ist längst ausgekoffert worden von deinem Vater. Eventuell mit Unterstützung von Horst van de Laar? Er war Geologe und Professor, Spezialist für solche Sachen. Sprich mit Celina. Vielleicht weiß sie etwas. Ihr müsst eine gemeinsame Basis finden. Nur so lässt sich eine Zukunft aufbauen."

„Auskoffern", rief Sascha, „das ist die Idee! Wir können den Friedhof herausnehmen lassen und verlegen. So ist es schon mit dem jüdischen Friedhof unterm Mercado in Altona gemacht worden. Dann könnte im Tunneltal gebaut werden."

Am selben Morgen, da Max, Laura und Sascha bei Bertie im Büro saßen, erhielt Celina van de Laar einen Brief.

Celinas Anschrift war von ungeübter Hand auf den Umschlag notiert.

Genauso krakelig geschrieben war der Absendername: Julian Rosenfeld. Der stand auf der Rückseite des Umschlags.

Rosenfelds Brief war von Juna in die Post gegeben worden.

Juna hatte den verschlossenen Brief, der fertig an Celina adressiert war, am Abend nach Rosenfelds Tod unter ihrem Kopfkissen gefunden. Dabei hatte ein Zettel gelegen:

Im Falle meines Todes bitte einwerfen.
Ich danke dir für alles.
JR

Eine große Menge an *Fünfhundertern* hatte Rosenfeld für Juna ebenfalls danebengelegt.

Celina las Rosenfelds Zeilen.

Es waren wenige Sätze, geschrieben in einer ungelenken Schrift, aber voller Zärtlichkeit; die Celina Rosenfeld nicht zugetraut hätte. Er offenbarte ihr seine Gefühle. In so einfachen und klaren und ehrlichen Worten, wie sonst nur Kinder und reine Seelen es können.

Celina traten Tränen in die Augen. Sie sehnte sich so sehr nach diesem Mann, der ihr ausgerechnet in dem Moment genommen worden war, da sie glaubte, ihn zu gewinnen, und der damit für immer in ihrem Herzen bliebe.

Am Ende des Schreibens entschuldigte Rosenfeld sich für die Kellerfensterscheibe, die er zerbrochen habe.

Sie hörte zum ersten Mal von der zerbrochenen Scheibe, war Celina doch seit Monaten nicht im Keller der Villa gewesen.

Sie mögen, so schloss Rosenfelds Brief, bei den Marmeladengläsern gucken, im Kellerraum mit der kaputten Scheibe. Da wäre etwas für sie.

Celina interessierten keine Marmeladengläser: Sie heulte nun hemmungslos, ergab sich ihrer Trauer, haderte mit dem Leben, das ihr so schnell den ersten Mann nahm, dem sie sich nahe gefühlt hatte seit dem Tod ihres Vaters.

Ihr Handy brummte. Es war Müller-Ahrendt. Sie ließ es klingeln. Letzte Mal als er anrief, hatte er sich tausendmal entschuldigt: Sein Chefredakteur übernähme die Hypothek für die Villa doch nicht. Aber Celina würde, so bettelte Müller-Ahrendt, die Störtebeker-Story mit ihm weiterverfolgen …?

Sie wollte nur noch auf der Couch liegen und heulen. Ab und zu ein Zigarillo rauchen. Dann wieder heulen.

Es klingelte an der Tür.

Als wenn die Welt, die Celina van de Laar in den letzten Jahren links liegen gelassen hatte, sie nun, im Moment ihrer Trauer, unbedingt brauchen würde.

„Mist."

Celina setzte sich auf, trocknete die Tränen. Öffnete schließlich die Haustür, da es immer weiter klingelte.

Es war Hausmeister Fritz, ausstaffiert mit dem unmöglichen Trachtenjanker.

Fritz stand auf den Stufen, drehte einem schüchternen Schuljungen gleich einen Hut mit Gamsbart zwischen den Händen.

„Ich ... ich wollte mal fragen. Wann du wieder kommst, Celina. Du gehst ja nicht ans Telefon."

„Bald, Fritz. Bestimmt. Willst du reinkommen?"

„Nein, nein, ich muss zurück. Im Institut rufen ständig Leute an, fragen nach dir. Wollen dich beauftragen."

„Was?!"

In der BILD war bisher nichts erschienen, was für öffentliche Aufmerksamkeit hätte sorgen können. Sie war noch nicht wieder im Institut gewesen, um eine Münze oder sonst was zu untersuchen.

Fritz sagte: „Ja, sie beziehen sich auf einen Müller-Ahrendt. Der hätte ihnen gesagt, du wärst eine Konifere oder so auf deinem Gebiet, deswegen wollten sie dich haben."

„Aha ... ich komme vorbei, verspreche ich dir."

„Heute?"

Sie nahm es sich vor. Sie sollte frühstücken, einen geregelten Tagesablauf finden.

Nachdem Celina, indem sie hoch und heilig versprach, heute Nachmittag im Institut zu erscheinen, Fritz abgewimmelt hatte, fiel ihr das Kellerfenster ein. Wenn sie das Haus verließ, müsste sie dort noch ein Brett oder so einsetzen, damit niemand einsteigen konnte. Außerdem wollte sie schauen, was Rosenfeld gemeint hatte: Dort wäre etwas für sie.

Das würde sie nun als Erstes machen.

Celina stieg in den Keller hinab. Jahrzehntelang hatte es hier muffig gerochen, jetzt wehte frische Luft. Wahrscheinlich wegen der kaputten Scheibe. Celina schaute unter das Regal mit den leeren Marmeladengläsern.

Da war ein alter, staubiger Koffer hingeschoben, den sie dort noch nie gesehen hatte.

Abspann

Hotelier **Max Goedeke** lässt das Gutachten keine Ruhe. Er will wissen, was unter dem *Imperial* ist. Er beauftragt mehrere Bohrungen. Zunächst wird das Ergebnis des alten Gutachtens bestätigt: Es befinden sich Gifte unter dem Hotel. Allerdings sind sie abgedichtet durch die Betonbodenplatte des Fundaments und stellen keine Gefahr für die Gäste dar. Einige organische Schadstoffverbindungen stammen vermutlich aus dem nahegelegenen Goldbekkanal, der bis ins vorige Jahrhundert als Überlauf für Abwasser und Industriereste diente. Auch Schwermetalle werden gefunden, vor allem Blei. Die Wissenschaftler schauen genauer nach und machen eine sensationelle Entdeckung: Bei dem Blei handelt es sich nicht um Industrieabfall, sondern um Ornamente von Schwertgriffen und Brustpanzern sowie um Gefäßböden. Neben dem Blei entdecken die Forscher auch Silber- und Gold-Münzen aus dem 14. Jahrhundert. Haben sie etwa den verschollenen Piratenschatz von *Klaus Störtebeker* gefunden? Max jedenfalls überlegt, die Funde an Ort und Stelle zu lassen und eine Glaskuppel darüber zu errichten: Der Schatz würde als Attraktion für die Hotelgäste ausgestellt, das *Imperial* umbenannt in *Hotel Störtebeker*. Er stellt seine Idee Einkäufern großer Touristikkonzerne vor. Die sind begeistert. Die Betten-Auslastung steigt.

Finanzberater **Sascha Niederberger** versucht sich beruflich von Max zu emanzipieren und sein eigenes Leben aufzubauen. Er ist mit Nele zusammengezogen und sucht mit ihr nach geeigneten Standorten für ein Autohaus.

Was für eine Traumhochzeit im *Imperial*: **Laura Goedeke** ehelichte im August ganz in Weiß den Hamburger Kaufmann Elias Nehlen. Aktuell allerdings kriselt es in der Beziehung.

Anwalt **Bertie**, von Haus aus Scheidungsspezialist, hat Laura bereits seine Hilfe angeboten. Sein Schlachtplan: Das *Imperial* komplett zurück in die Familie holen und Elias Nehlen finanziell bis aufs Hemd ausziehen. Laura überlegt noch.

Julian Rosenfelds Grab schmücken rote Rosen, die wöchentlich frisch gebracht werden. In unregelmäßigen Abständen gesellen sich Sträuße mit gelben Tulpen zu den Rosen, und alle paar Monate stehen auch Veilchen in kleinen Töpfen vor Rosenfelds Grabstein. Die Tulpen werden von Babsi, Jeanette und Klunker-Katrin gebracht. Die Veilchen kommen von Frieda, die aus Mallorca zurückgekehrt ist. Was die Frauen gern wüssten: Wer lässt wöchentlich Rosen ablegen?

Für **Stefan Müller-Ahrendt** läuft es richtig gut. In immer neuen Beiträgen erklärt der Reporter in der BILD sowie in diversen Talkshows, wie und wo er überall in Hamburg Teile des Schatzes des legendären Hamburger Piraten *Klaus Störtebeker* gefunden und teilweise bereits ausgegraben hat. Müller-Ahrendts Arbeiten sind sowohl farbig geschrieben, als auch wissenschaftlich fundiert. Etwa durch Gutachten der renommierten Hamburger Geologin Celina van de Laar.

Celina van de Laars Institut für Geologie boomt. Sie hat Aufträge städtischer Museen sowie von der Hafenerweiterungsgesellschaft und von Airbus. Der Flugzeugbauer sucht nach einem geeigneten Standort für eine mögliche Erweiterung der Produktionsfläche.

Oberkommissar **Cordt** Möller träumte vor Jahren noch davon, Polizeipräsident zu werden. Heute ist er schon froh, wenn er es schaffen sollte, ohne Blessuren pensioniert zu werden. Zurzeit schlägt er sich damit herum, internen Ermittlern das Verschwinden eines Koffers mit 7,5 Millionen Euro zu erklären.

Rob Lampe
unschuldig Schuldig

Freitagabend 20.17h. Marie Artles geht zur Tür. Ihr Mann wurde heute von uns verhaftet. Dürfen wir reinkommen...

Leon Artles ist erfolgreich. Er residiert in einem Hamburger Büro im 11. Stock und überblickt die Stadt, den Hafen und sein Leben. Bis zu dem Augenblick, da die Polizei den Marketingmanager Leon Artles am Arbeitsplatz festnimmt.

Leon ist sich keiner Schuld bewusst. Beim Verhör bleibt unklar, was ihm die Ermittler vorwerfen. Leon glaubt, am Ende der Vernehmung zu Frau und Kindern heimkehren zu können. Stattdessen sperren ihn Vollzugsbeamte ins Untersuchungsgefängnis... Ein Fall für Bertie, Ex-Steuerfahnder und umtriebiger Anwalt der Hamburger Society.